仕切り直しの初恋

椎崎 夕

幻冬舎ルチル文庫

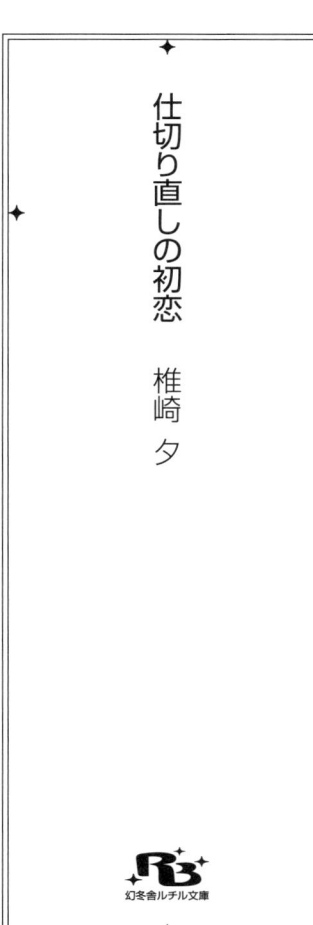

CONTENTS ✦目次✦

仕切り直しの初恋

仕切り直しの初恋 …… 5
三十二番目のコイビト …… 269
仕切り直しの告白 …… 285
最後の初恋 …… 331
あとがき …… 350

✦カバーデザイン＝齊藤陽子（CoCo.Design）
✦ブックデザイン＝まるか工房

イラスト・金ひかる✦

仕切り直しの初恋

1

その日は朝から、あまりついているとは言えなかった。

時計のアラームが鳴る前に目が覚めて、珍しいこともあるとのんびり起き出しテレビをつけたら、画面の左上に本来なら職場で開店準備にかかっているはずの時刻が表示されていたのだ。

全身から、血の気《け》が引いた。

超特急で支度をしてアパートを飛び出し、愛用の自転車に跨《また》がった。

職場になる美容室「ＲＩＡ」の開店時刻にはギリギリ間に合ったが、朝食抜きで午後四時まで休憩なしはさすがにきつい。おまけにその日には職場で飲み会の予定が入っていたため、半強制的に参加することになった。

そこまでは、まだ良しとしよう。目覚ましが鳴らなかったのはきっと電池切れだし、昼休みが大幅にずれ込むのもそう珍しいことではない。

問題は、今現在目の前にある「現実」の方だ。

「そこで突っ立っていられると邪魔なんだけど。避《よ》けてくれる？」

手洗いへと続く狭い廊下の途中で足を止めて、相良陽平《さがらようへい》はごく淡々と言った。

月曜日の居酒屋は、週末に比べて客数がやや少なめだ。とはいえ客がいないわけでも、人目がないわけでもない。

その居酒屋の、手洗いに続く狭い通路のど真ん中で、一組の男女がコートを着たまま抱き合ってキスなんぞをしていた。

それだけなら、よくあることだ。泥酔するには時間が早すぎるだろうとか場所くらい選べとか、どうしても人目がある場所でしたいならせめて通行人の邪魔はするなとか、忠告しておきたいことは山ほどあるが、いちいち口を出すほど親切でもない。

……その女の子の方が、陽平の「恋人」だということを除外すれば。

煩《うるさ》そうな顔でこちらを見やった男は、陽平を一瞥《いちべつ》したものの動く気配はなく、かえって女の子を抱き寄せる素振りを見せた。

ぱっと目を開けた女の子――加奈《かな》は、傍目《はため》にはっきりわかるほど顔色を失《な》くした。手のひらで男の顎《あご》を押しのけ、悲鳴のような声を上げる。

「よ、……陽平？　何でここにいるのっ？　今日は仕事で遅くなるって」

「仕事じゃなくて、仕事場の飲み会。って、一昨日《おととい》メールしたはずだけど」

一言返して陽平は加奈のそばを擦り抜け、手洗いに向かった。用をすませたあと、洗面所の鏡で自分の表情がいつもと変わらないことを確認する。

手洗いを出た先では案の定、加奈が待ち構えていた。先ほどの男はどこに行ったのか、少なくとも目に入る範囲に姿はない。

パステルグリーンのニットアンサンブルは、先月のデートの時に陽平が見立てたものだ。加奈の、軽いウェーブを描いて肩に届くセミロングの髪と肌の色に似合うと思って勧めた。その時、加奈は「今度のデートの時に着ていくからね」と笑ったのだ。

無言で加奈の傍《そば》を擦り抜けると、ふわりと花の香りがする。もう馴染《なじ》みのその香りを、今はひどくよそよそしく感じた。

「陽平が、悪いんだからねっ！」

背後から罵声《ばせい》が飛んできたのは、その時だ。

「陽平が、構ってくれないから――で、んわだってないしメールの返事も遅いしせっかく約束してても駄目になっちゃうし、陽平がそんなだからあたし、あ――」

「あ、そう。了解。好きにすれば」

半分だけ振り返って言い放つと、泣き出す寸前の顔をした加奈はその場で立ち竦《すく》んだ。

「仕事の関係で、都合がつかないことが多い。約束しても守れなくなる時もある。それは最初に、ちゃんと断ったよな？」

「よう、へ……」

「それが気に入らなくて他の相手を選ぶのは加奈の自由だし、オレは何を言う気もない。思うようにすればいい」

「……っ、ど、──っ」

しゃくりあげに混じって聞こえた声の正体は、「ひどい」だろうか。言われ慣れた台詞《せりふ》だけに特に感慨もなく、陽平はそのまま歩き出す。二階へ続く階段に手をかけてから、ぎょっとした。

この居酒屋は二階席まで作られているが、手洗いは一階に一か所あるだけだ。急な階段からは、入り口から廊下、そして手洗いのドアまでが見渡せる。

その階段の途中に、よく知った人が立っていた。陽平と目が合うなり、端整な顔に人好きのする笑みを浮かべる。大柄な背を丸めるようにして訊《き》いてきた。

「よ。トイレ、込んでた？」

「いや、空《す》いてましたよ。今なら誰もいないと思いますけど」

「あ、そ。サンキュー」

さらりと言って、その人──陽平の上司であり美容室「ＲＩＡ」の店長でもある仁科有吾《にしなゆうご》は階段を降り、陽平と入れ違いに廊下を歩いていった。

長身が向かう先に、既《すで》に加奈の姿はない。あのまま帰ったのか、それとも自分の席に戻ったのか。どちらでも構わないが、このタイミングでは仁科に一部始終を見られてしまったかもしれない。

考えただけで、気が重くなった。

「あれ、相良くん？　店長は？」

席に戻るなり隣からかかった声に「トイレです」と返すと、陽平と同じくアシスタントの芽衣《めい》は不思議そうな顔になった。

「え、でも店長、相良くん探しに行ったのに？　もしかして、どっかで迷うか寝てるんじゃないかって心配してたよ」

「……オレ、そこまで飲んでませんが」

「うん、相良くん結構強いから大丈夫ですよって言ったんだけど。今日は朝も遅かったし、何か疲れてるみたいだからって」

「うっわ、マジですか。バレてんなー」

思わずぼやいた陽平に、芽衣は面白がるように笑った。

「仕方ないんじゃない？　相良くん、基本平常心のヒトなのに今日は一日あわあわしてたでしょ。そういうのって目立つのよねー。さすが店長、お世話役が板についてるっていうか」

「お世話役、っすか。店長が？」

「そうよお。っていうか、ふつう店長は毎回飲み会の幹事とかやらないし、自分が下戸《げこ》だからってスタッフ全員を家まで送ったりしないもん」

「まあ、そうですよね」

「だから、うちの店長、変わってるのよ。——ねえねえ相良くん、勿体《もったい》ないと思わない？」

唇を尖《とが》らせて言う芽衣は、どうやら見た目以上に酔っ払っているようだ。察して陽平は、肩を竦めて返す。

「えーと、一応訊いてみますが。何が、ですか」

「あたしねえ、結構店長に憧《あこが》れてたのよ？　優秀なスタイリストだし見た目ばっちりだし優しいし！　なのに、就職してみたらその店長が実は男の子大好きって、そんなのあり？」

テーブルに突っ伏すようにして、芽衣はうわあんと泣き出してしまった。

初回は何事かと慌てたが、飲み会のたび恒例のように目にすればもはやルーチンワークのようなものだ。言うだけ言ったらけろりとしていると知っているだけに、陽平は放置を決め込むことにする。

しばらく唸《うな》っていた芽衣が静かになった頃に、仁科が座に戻ってきた。斜《はす》向かいに腰を下ろしながら、ふとこちらを見る。反射的に知らん顔してしまった陽平に気づいたのかどうか、隣にいたスタイリストの武藤《むとう》と話し始めた。

端整な横顔をこっそり眺めながら、陽平は今日の二次会はキャンセルすることに決める。

仁科は、ものわかりのいい上司だ。過去にスタッフのプライベートを詮索したことはないし、これからもないとは思う。

それでも身構えてしまうものは仕方がなかった。

2

夜のゲームセンターは明るくて賑《にぎ》やかで、そのくせどこか空《から》っぽだと、陽平は思う。

……もっとも、最後の部分は個人的な感傷にすぎないのかもしれないが。

「んー……」

手許《てもと》のレバーを押し引きしながら、陽平は小さく息を吐く。

二次会参加を辞退したのは、「ＲＩＡ」で働くようになって以来初めてだ。そのせいか真《ま》っ直《す》ぐ帰る気になれず、目についたゲームセンターに入ったのだった。

無駄に考えを巡らせている間にも、目と手と指は的確に獲物を狙《ねら》っていたらしい。気がついた時には陽平は、店員からビニール袋入りの、大人でも抱えるほどの巨大な熊のぬいぐるみを手渡されている。

景品を取る過程が面白いのであって、景品そのものはどうでもいい、というのが陽平のスタンスだ。でかいぬいぐるみを引きずって店内を歩きながら、つくづく面倒くさくなった。

手持ちのコインが尽きたのを機にゲームセンターを出て、駅の方角へと向かった。

二月中旬の夜は、かなり冷え込む。羽織っていたジャンパーの襟をかき寄せながら歩くと、吐く息がくっきりと白いのが夜目にもわかった。

歩くたびに足に当たる熊が、邪魔だった。どうしたものかと悩んだあとで、適当に誰かにやればよかったのだと気づく。

「うーん……」

一拍考え、一応周囲を見回して、陽平は最寄りの電柱に近寄った。

時刻は二十二時を回ったところだ。繁華街から駅へと向かう道には、ほどけたマフラーを引きずったサラリーマンらしい酔っ払いがふらふらしている程度で、人通りはあるものの他人を注視するような物好きはいない。

電柱の陰にそっと熊を置き、関係ないフリで立ち去ろうとした、その時だ。

「あ。不法投棄発見」

横合いからかかった声に、文字通りその場で飛び上がっていた。慌てて振り返るなり、がっくりと力が抜ける。

「……店長ですか。脅かさないでくださいよ」

「いや驚いたのはこっちなんだけど？　善良で真面目《まじめ》な相良が電柱の陰に不法投棄」

にんまりと笑って言った仁科——陽平の職場の上司は、小一時間ほど前に居酒屋の前で別れた時と同じ、タートルネックのセーターにジーンズという格好で、無造作にコートを羽織っている。テイラーカラーの下を通したマフラーも、結ばずぶら下げたままだ。

「訂正します。オレは善良でも真面目でもないただの小心者です。ついでにコレは投棄じゃなくて、里親募集中です。ほしい人が持って帰ってくれればいいなーと。それより店長こそ、何でここにいるんですか。二次会は？」

職場の飲みは、三次会か四次会までなだれ込むのが常だ。決行が定休日前日ということもあって、ほぼ毎回飲み明かしになる。

そのたびに酔っ払いの面倒を見たあげく、スタッフ全員をそれぞれの自宅玄関前まで送り届けるのが、店長である仁科の役目だったはずなのだ。

「気が乗らなかったんで今回は一次会でパス。それよりおまえ、こんな寒空に置き去りにするなよ。誰かにやれば？」

「あげる相手がいませんよ。いつもはツレにやるんですけど、まあもう会うことはないと思うんで」

すらっと言ってしまったあとで、まずかったと気づいた。首を竦めた陽平に「ふーん」と軽く返して、仁科は電柱脇のビニール袋に近づく。無造作に拾い上げて言った。

「んじゃあさ、こいつ俺がもらっていい？」

「いいですけど……どうするんですか、そんなの」

「いや、大きさがさ。抱っこして寝るのにちょうどよさそうなんで」

「……はあ？」

「そうなると名前がいるなあ。うーん、どうするか……」

呆気《あっけ》に取られた陽平を尻目にビニール袋についた埃《ほこり》を軽く払うと、目の前に掲げたぬいぐるみと額同士をくっつけるようにして唸った。ややあって、満面の笑顔で言う。

「よし。オマエは今日から『よーへー』だ。覚えておくように」

「あのー、勝手にオレの名前つけないでほしいんですけど」

「え、何で？　こういう場合は発見者にちなんで名前をつけるもんだろ？」

お持ち帰り体勢でぬいぐるみを抱えた仁科を眺めて、陽平はため息を吐《つ》く。

「それはいわゆる世紀の発見をした場合です。そもそもオレはそいつを捨てたんであって、発見したのは店長でしょう」

「いや、でも俺が自分ちでぬいぐるみ相手に『ユウゴくん』とか呼んでたりしたら、相当怖いだろ？　誰かに見られたらその場で救急車呼ばれそうだし」

確かに怖いだろうとは思うが、それ以前に大の男が「抱っこして寝る」ためにぬいぐるみを持って帰るという発想の方がよほどまずいのではなかろうか。内心思いはしたものの、陽平は穏便に言う。

「……だったら適当に別の名前にするか、そのまんま熊かぬいぐるみ扱いでいいんじゃないですか」

「それだと愛着が湧かないからヤダ」

「じゃあお好きになさってください。でも『よーへー』だけは却下でお願いします」

「うわー相良、冷たいこと言うなあ……あ、そうだ。おまえ、明日用事ある？　これから一緒に何か食いに行かない？」

「……一次会でかなり食ってませんでしたか、店長」

「あ、俺燃費悪いから。で、どう。つきあえる？」

期待に満ちた顔で覗《のぞ》き込まれ、ビニール袋ごと摑《つか》んだぬいぐるみの「手」で、ぽふぽふと頰《ほお》をつつかれた。

ひとつ息を吐いて、陽平は言う。

「いいっすよ。どうせ帰って寝るだけだし」

明日は火曜日で、店は休みだ。加奈との約束はあったが、今日の明日では間違いなくキャンセルだろう。それに、その件で仁科に何か言われるのであれば、今日のうちにすませておいた方が気楽だ。

「じゃあとりあえず、これはオレが持ちますんで」

言って、陽平は仁科の手からぬいぐるみを奪い取った。

「あ。陽平が『よーへー』奪った」

「……だから、勝手にオレの名前つけるのはやめてくださいよ。ついでに奪ったんじゃなくて荷物持ちをするだけです！　こんなもん、抱えて歩いて誰かに見られたらどうすんですかっ！」

「え、だって結構似合うだろ？　俺に、コレ」

「似合いません！　自宅で抱いて寝ようがサンドバッグにしようが店長の自由ですが、もう少し世間の目を気にしてくださいって！」

渋い顔で睨《にら》んだ陽平を見下ろしていた仁科が、やけに嬉《うれ》しそうに笑った。厭《いや》な予感に肩を引いた陽平に構わず、ポケットから取り出した携帯電話を開く。

「似合う……悔しいけど、俺より可愛い。なあなあ、その格好で写真撮っていい？　俺のひとり楽しみにするから」

「いいわけないでしょう！　だいたい何ですか、そのひとり楽しみって」

「んー？　そりゃあれだ、いかがわしい意味に決まってんだろ。大丈夫だって、誰にも見せないから」

にやにや笑いで言われたあげく、頭のてっぺんから足許までを舐《な》めるように眺められた。

「店長……たとえ場所が職場外であってもセクハラは適用されるの、知ってますか」

「うん知ってる。この前、武藤がわざわざ教えてくれた。あいつ、新聞の切り抜きまで持ってきたぞ」

即答した上司を見上げて、陽平はわざと声を落とす。静かに言った。

「男漁《あさ》りは職場関係外で、相手の同意を得た上で好きなだけどうぞ。あいにくオレは店長のセクハラにつきあう気はないんで。それ以上仰《おっしゃ》るようなら、武藤さんに相談しますけど」

「うわ、それは勘弁。あいつ怒ると厄介《やっかい》なんだよ。はい了解、もう言わない。んじゃ行こうか」

諸手《もろて》を挙げて言うなり、仁科は陽平の肩を押して歩き出した。

聞くところによると、仁科はバイセクシュアルなのだそうだ。男女を問わず、相手が気に入れば速攻で、かつ非常に執拗《しつよう》に情熱的に口説《くど》いてものにする。その代わり飽きるのも早く、その時には相手の意向を確認することもなく、あっさりポイ捨てする——らしい。

そうした風評があるにもかかわらず、仁科は「店長」として、スタッフ全員からの信頼が厚かった。

オンとオフの区別が、はっきりしているのだ。オンの時は厳しいが、腕のよさには定評がある上に新人教育にも熱心で、教え方も丁寧《ていねい》でわかりやすい。それでいて、オフの際はやや過ぎるほどさばけている。

唯一問題があるとすれば、オンオフ関係なくこぼれるセクハラ発言だが、それが特定人物に集中することはまずない。むろん、客スタッフを問わず、実際に手を出された被害者も——陽平の知る限りは、存在しない。

かさばるぬいぐるみを抱え、ネオン目映《まばゆ》い繁華街を歩くこと十分、連れて行かれた先はこぢんまりとした小料理屋だった。なんとなく意外な気がして純和風の店構えを見上げていると、「早く来いよ」と急《せ》かされる。

外観に見合った、静かで落ち着いた店だった。和服の女性店員に手渡された熱いお絞りで両手を拭《ぬぐ》いながら、仁科はカウンターの奥に声をかける。

「大将、熱燗《あつかん》よろしく。相良はビールか？」

「ああ、いやオレはもう酒はいいっす。えーと、お茶漬けかなんかありますか？」

あるよ、と答えた大将は、とうに還暦を超えただろう年代の渋い男前だった。頷《うなず》いた大将の仕事をぼんやりと眺めながら、陽平はふと違和感に気づく。

「熱燗て店長、下戸じゃなかったでしたっけ」

「うんそう。表向きね」

にんまりと笑った仁科の前に、じきに徳利が置かれる。手酌で中身を注いだお猪口を慣れたしぐさで口に運び、満足げなため息を吐いた。

堂に入った飲み方と非常に幸せそうな表情に、陽平は呆気に取られてしまう。

「何ですかそれ。わざと下戸のフリしてんですか？」

「相良くん。人それぞれ、いろいろ理由とか事情ってもんがあるんだよ。――大将、すみませんもう一本よろしく！」

上機嫌な上司の横顔を眺めて、陽平はつくづく奇妙な思いがした。

陽平が美容室「ＲＩＡ」に就職して、もうじき五か月目に入る。これまで何度となく飲みに連れ出してもらったが、そのたびこの店長は「コップ半分のビールで卒倒した前歴」とやらをふりかざし、一滴も飲んでいなかった。

「はいよ、お茶漬け」

「あ、ありがとうございます。……うわ。すげー美味《うま》い」

前に置かれたお碗の中身は、焼おにぎりをお茶漬けにしたものだ。さっそく箸をつけてみると、あり得ないほど美味だった。じっくり堪能していると、ふと傍から覗き込まれる気配がする。

「前から思ってたけど、相良、本っ当に美味そうに食うよなあ。まだ入るだろ？　あ、大将、追加頼みます」

嬉しそうに言うなり、仁科は次々と注文した。それでいて出された料理にはあまり手をつけず、ひたすら燗を空《あ》けていく。結果、料理のほとんどを陽平が平らげることになった。

酒が入ると口が軽くなる癖は陽平にもあるが、美味い料理もその引き金になるらしい。気がつけばいつの間にか、話題は本日の一次会での出来事に移っていた。

予想違《たが》わず、仁科は居酒屋での一幕を見ていたようだ。しかも、加奈が他の男とキスしている場面からずっと、だ。

「立ち聞きですか。店長、趣味悪いっすねー」

「見ようと思って見たわけじゃないぞ。そもそもあんな場所で愁嘆場をやる方が悪い」

「そりゃそうですが。アレ、愁嘆場でしたか」

「うーん、一般的には愁嘆場になるはずの場面だな。ちょっと違ってた気もするが。――で？　無事仲直りできたのか？」

覗き込んでくる仁科は、どうやら陽平がそのために二次会に行かなかったと思っていたらしい。

「仲直りも何も、もう終わりっすよ」

「おや。終わりって、いいのかおまえ」

「いいも悪いも、目の前で他の男とちゅーしてるの見せられたんすよ？　どうしようもないじゃないですか」

ため息まじりに言う陽平の頭をぽんぽんと撫《な》でて、仁科が顔を覗き込んでくる。

「野次馬根性で訊くけどさ。おまえら、つきあってどのくらい？」

「二か月ですね。去年、友達に頼まれて数合わせに出た合コンで隣の席になって、その時に。……今考えてみたら、結構早々と嚙《か》み合わないことはあったんですけど」

嚙み合わなかった主な原因は、互いのスケジュールの行き違いだ。加奈が女子大生で陽平が社会人で、その辺《あた》りの調整がうまくできなかった。というより、陽平の側が万事に仕事優先だったのだ。

美容室に勤務するスタッフは、大まかにはスタイリストとアシスタントに区分される。端的に言えばスタイリストは客の髪をカットする人であり、アシスタントはその補助をする者だ。

アシスタント歴一年未満の陽平は、カラーの手伝いにシャンプーにヘッドマッサージと客の髪に「触る」機会は多いが、当然のことにまだ客相手に鋏《はさみ》は持たせてもらえない。毎日が勉強の連続に加えて美容室「ＲＩＡ」では月に二度、アシスタントを対象としたテストがあって、それに受かるための練習も必要になる。他にも定例の講習会があり、予定日以外でも突発で勉強会が始まることも珍しくなかった。

仕事と勉強が最優先だから約束を守れない時もあると、事前に加奈には伝えていた。それでもいい、応援したいと言われたからこそ、付き合うことにしたのだ。

もちろん、そこに胡座《あぐら》をかいていた陽平自身にも、大いに問題はある。あるがしかし、「構ってくれない」という理由で他の男とあんな真似をされた日には、百年の恋も冷めるというものだった。

「それさ。もしかして彼女、相良の気を引きたかったんじゃないか？」

「だったらなおさら無理っすね。つきあってる相手に当てつけるために、他人を巻き込むこと自体が理解できないんで」

すっぱりと言い切ると、仁科は大きく目を瞠《みは》った。

「何すか？」

「いやいや。冷静だなあと思ってさ」

「冷静、ですか」

「うん。言ったろ、本来は愁嘆場になるはずの場面だって。さもなきゃ修羅場《しゅらば》。それが、相良が一番落ち着いてたからさ」

はあ、と首を傾《かし》げた陽平を横目に、仁科は猪口の中身をからにする。

「ちゅーはもちろん論外にしても、現在進行形の彼女が男とふたりで飲み屋にいる時点で駄目だって野郎は多いからなあ。ふつうは相良がキレて彼女と言い合いになるか、相手の男巻き込んで泥沼の殴り合いになるかだと思うけど、えらくあっさりしてたろ」

「ああ。オレ、冷たいらしいんで」

「冷たい？」

「昔から、よく言われるんですよね。一緒に夢中になってくれないとかよそ見が多いとか、醒《さ》めてるとか。前の前の彼女からは、枯れ果てた老人扱いされたくらいで」

「老人って、いくら何でもそりゃないいんじゃないか」

「もう慣れましたよ。毎回そんな感じで振られてますんで」

さらりと言ったつもりが、今度は頰を摘まれた。突然のことにわけがわからずにいると、ぷにぷにと頰全体を揉《も》むようにされる。

「……何やってんですか店長」

「ん？　いや、ちょっと羨《うらや》ましくなった。若者はいいよなあ、いろいろ青い春で」

「そうですねえ。古い春を待ってるおっさんよりはいいかもしれませんね」

「おっさん……おっさんて、俺まだ三十三なんだけど……そうか三十三は相良にとっておっさんか……」

思わず出た憎まれ口に、仁科は大袈裟《おおげさ》に口を覆ってみせる。宙を見つめて呟《つぶや》く様子に、さすがに悪いことを言った気分になった。

「いいじゃないですか、古い春で。その気になったらいつでも春が来るのが、おっさんの特権なんでしょう」

「うわ、何それ、おまえそれどっから聞いた？」

「芽衣からです。この間、店長と武藤さんで励まし合いの会をやってたみたいっすね」

「うーん、ちょっと外れ。武藤は新婚さんなんで、今は常春なんだよね。実は、俺が励まされてた」

「え、店長がですか」

意外に思ったのが、ストレートに出てしまったらしい。まじまじと目を向けた陽平に、仁科は苦笑した。

「そう。実は彼女にフラレたばっかりなんで」

「え、彼女って……女の人ですか。ええ、店長、女の人は駄目なんじゃなかったんですかあ？」

「駄目なんじゃなかったんですかって、おまえもまた失礼な奴だねー。大丈夫も何も、俺は女の子大好きだよ」

「じゃあ、何で店でオレや武藤さんみたいな野郎にばっかりセクハラすんですか？　芽衣とか柳井《やない》さんには絶対やらないくせに」

「そりゃおまえ、女の子にセクハラしたら洒落《しゃれ》にならないだろうよ。間違って警察沙汰にでもなったら、俺の人生真っ暗でしょうに」

堂々と言われて、一瞬納得しそうになった。ギリギリのところで違和感に気づいて、陽平はじろりと仁科を見る。

「それ、論点がおかしくないっすか？　相手が男だろうが女だろうが、セクハラしなきゃそれですむことじゃないですか」

「さすが相良だ。言うことが正論だよなあ……けど、それだと俺の人生の潤いが足りなくてねえ」

「何の潤いっすか。だいたい」

言いかけた言葉が途中で途切れたのは、いきなり仁科に肩を抱かれたせいだ。そのまま、意味ありげに顔を覗き込まれる。

「ちなみに俺、男の子も大好きなんだよなー。相良の腰とか脚つきとか、つくづく美味そうだ。そういうの、つい言いたくなるだろ？　趣味と実益ってことで」

ぱっと見爽やかな笑顔つきだから騙《だま》されそうになるが、口にした台詞はセクハラそのものだ。とはいえ毎度のことだけに、陽平は右から左に聞き流しておく。

満足するまで飲み食いしたあと、揃《そろ》って腰を上げた頃にはそろそろ時計は日付を変えようとしていた。

「悪い。ちょっと手洗い行ってきていいか」

精算を終えてやってきた仁科の言葉に、陽平は「了解です」と頷く。

「じゃあオレ、先に外に出てます。もう少し、酔いを覚ましたいんで」

「わかった。ああ、でも先に帰るなよ？」

念を押して店の奥に引き返す仁科の足取りは、ふらつきもなくしっかりしている。かなり飲んだはずだが表情も顔色も、物言いまでもいつも通りだ。

酒には相当強いと見たが、どうしてわざわざ下戸だと偽っているのか。思いつく可能性はといえば「スタッフ全員を車で送るため」くらいのものだが、そのために仁科「だけ」が飲まないというのも何か違うような気がした。

「……ま、いっか」

それぞれに事情も都合もあると言われれば、陽平が口を挟むすじあいはない。カウンターの中の大将にお礼を言い、例のぬいぐるみを抱えて、陽平は一足先に店を出た。

時刻は二十四時を回ったところだ。周囲に灯《とも》ったネオンが明る過ぎるせいか、藍色の空に星らしい光は見当たらず、中天に浮かぶ半端な形の月も心なしか暗い印象がある。

切りつけるような寒さに、陽平はジャンパーを着た肩を竦ませる。抱えたぬいぐるみに顎《あご》を埋めてガードレールに寄りかかった時、ふいに横合いから声がした。

「——陽平？　何だおまえ。こんなとこで何やってんだ、ああ？」

厭な予感にのろのろと振り返って、陽平は眉《まゆ》をひそめてしまう。

やはりつくづく、今日は厄日だったらしい。ため息を吐いた陽平をじろじろと見下ろして、信田《しのだ》——五か月前まで陽平が勤めていた美容室「シノダ」の店主はあからさまに唇を歪《ゆが》めた。

「……どうも」

返事をするのも億劫だが、無視するとかえって面倒なことになりそうだ。仕方なく会釈《えしゃく》をしながら、中で待たせてもらうんだったと心底後悔した。

「飲みに来てたのか。こんな時間まで、いい身分だな」

嫌みたらしく言う信田も飲んだ帰りのようで、吐く息に濃いアルコール臭が漂っている。わざわざ目の前に立たれると、大柄な体軀《たいく》のせいか無駄に威圧感があった。

「で？　おまえ、今はどこで何をやってるんだ」

「何って、まあ。ふつうに働いてますが」

「フリーターか。ファーストフードのバイトでもやってんのか？　仕方ねえよな、おまえみたいな気の利《き》かない奴、わざわざ雇う店もないだろう」

小馬鹿にした物言いに、反論する気が失《う》せた。無言で視線を逸《そ》らしていると、どこか痺《しび》れを切らしたふうに信田が言う。

「どうしても戻りたいなら、雇ってやってもいいぞ」

「……はあ？　何すか、それ」

「何だも何も、てめえ自分が何やったかわかってんだろうが、ああ？　手前勝手に辞めやがった上に、想《そう》にまで妙なこと吹き込みやがって。さんっざん客や店に迷惑かけやがったくせに、それも覚えてねえのかっ」

「…………は……？」

どうしてここで、瑞原《みずはら》想の名前が出てくるのか。

予想外以前の、奇想天外な言いがかりに、陽平は瞬間返答を忘れて呆《ほう》けてしまう。一拍置いて、猛烈に腹が立ってきた。

半人前だの気が利かないだのと罵倒されるのは、実際にそういう部分もあると思えるからまだいい。けれど、やってもいないことの責任を押しつけられるのは真っ平だ。

「あの、ですねえ。瑞原さんが『シノダ』の看板スタイリストで固定客がついてたことは事実ですけど、その瑞原さんを一方的にクビにしたのは店長でしたよね？　ついでに、オレが辞めたのは瑞原さんが退職した四日後です。それでどうしてオレが瑞原さんに妙なことを吹き込んだことになるのか、説明してほしいんですが？」

「うるせえな。いちいち理屈こねてんじゃねえよ！　ろくに仕事もできない半人前が面倒ばかりかけやがるから、想の負担が増えたんだろうが！　何かっていや想にくっつき回って、あいつがどれだけ迷惑だったかわかってんのか、ああ⁉」

言い合ったところで無駄だと思い知って、陽平は反論を飲み込んだ。小さく息を吐く。

勝ち誇ったような顔つきで、信田は陽平を見下ろした。

「頭を下げて、雇ってくださいと言ってみろ。そうしたら、考えてやってもいい」

傲然と言い放たれて、心底脱力した。敢えて淡々と、陽平は言う。

「あいにく、オレはもう辞めた身なんで。雇用主でもない相手に罵倒されるいわれもなきゃ、言いなりになる義理もないっすね」

「何だそりゃあ。おまえなあ、どんっだけ人に迷惑かけたと思ってんだ、あ？　学校出たての、ロクに役にも立たないようなのを雇ってあれだけ面倒見て教えてやったってのに」

「お言葉を返すようですが、オレを指導してくれたのは瑞原さんであって、信田店長じゃありません」

「何だとぉ？」

「ついでに、オレが学校卒業したてで実務経験がないことは就職時の面接で言ったはずです。それが気に入らないなら、最初から採用しなければすんだことなんじゃないですか？」

「陽平、てめえ」

信田の気配がさらに険悪になる。それはわかったが、今さら退《ひ》く気にはなれなかった。

「確かに恩は感じていますが、それは瑞原さんと当時のお客さんにです。信田店長に、じゃありませんね。そういうわけなんで、オレは失礼します」

「てめ、……待ちやがれ！　何勝手言っ……」

「相良ー？　どうした？」

背後から聞こえた暢気《のんき》な声に、ふっと肩から力が抜けた。振り返った先、いつもと同じように飄々《ひょうひょう》とした表情の仁科が近づいてくる。

「……店長」

「往来で賑やかしはやめときな。もう遅いしなあ、いい加減帰るか」

「そうっすね。って店長、ひとりで帰れます？　結構飲みましたよね」

「平気。いくら酔っぱらっても記憶と脚だけは無事なんだよな、これが。――……で？　それ、誰？」

わざとらしく、仁科が信田を見る。つられて目をやると、信田は唇を盛大に歪めた不機嫌そのものの顔で、こちらを見ていた。

わざと適当な口調を作って、陽平は言う。

「大昔の知り合いです。でも、もう何の用もないんで」

「陽平、てめえ」

「オレは今の勤め先を辞める気はありませんし、辞めたとしても絶対に、あんたの店には戻りません。もちろん、瑞原さんに口利きする気もないので、覚えておいていただけると助かります」

言い捨てて、陽平は仁科のコートの腕を掴んだ。そのまま、ずんずんと歩き出す。

何もコメントせず一緒に歩いてくれた仁科が口を開いたのは、歩き出して数分が経《た》った頃だ。陽平の腕を軽く引き、振り返ったのへ別方向を差して言う。

「相良ー。駅、こっち方向」

「あ、はい。すみません」

「いやいや、役得役得」

にんまり笑顔を向けられて訝《いぶか》ったあとで、自分が仁科の腕を掴んだままだったことに気づいた。

即座に、陽平は手を放していた。

「え、もう終わり？　うわ、惜しい……」

「ですからそのセクハラやめましょうよ……ってか、店長、まだ時間あります？」

ん、と目を向けてきた仁科の様子では、先ほどの一幕をどう思っているのかがまったく読めない。いつも通りの表情で、首を傾げるようにして言った。

「ある。っていうか、相良の頼みならつきあうけど？」

「了解です。そしたら、もう少し飲みましょう」

「んー……いや、俺はいいけど。相良はもう打ち止めじゃなかったっけ」

「気が変わりました。実はこないだウチの親が酒送ってきてるんですよ。オレ家でひとりだと飲まないんで、手伝ってもらえると助かります」

「え、うわ。それ、もしかしてお家にご招待って奴？」

「お家ってほどの部屋じゃないっすけどね」

言いながら、自分の頬がわずかにひきつっているのがわかった。

加奈の件に加えて、信田だ。今日一日で二度になると、もはや取り繕う気も失せて、ひたすら気分が悪い。浴びるほど飲んで、すかっと忘れたい気分だった。

「へえ。何の酒があるんだ？」

「日本酒とビールでした。銘柄までは覚えてませんけど、もしかして店長、決まった酒しか飲まない人ですか」

「とんでもない。飲めるものなら何でも飲みますよ俺は」

あっさりと言って、仁科は陽平の肩を叩《たた》く。背中ごと押すようにして、歩きだした。

「んじゃ、お邪魔させてもらおうかな。相良んち」

3

この際自慢しておくが、陽平は酒に強い。

自宅でひとりで飲むことは滅多にないが、飲み会に出ても最後まで潰《つぶ》れたことがないのだ。勧められるたびに飲んでそれだから、美容学校に通っている頃には「底なし」扱いまでされた。

ちなみに酔った時の自覚症状は、いつもより口が軽くなり、ふだんにも増して陽気になる程度だ。

「ところで訊いていいか。さっきおまえが言ってたミズハラさんて、『ＬＥＮ』の瑞原想くんのことか」

仁科が口を切ったのは、陽平のアパートで飲み直し始めて小一時間が過ぎた頃だった。

何か言われると覚悟はしていたが、いきなりその名前が出てくるのは想定外で、陽平は怪《け》訝《げん》に隣に座る仁科を見た。

「ってことは、あのオッサンは『シノダ』の店長だな」

「え、あの。何で知ってんですか？」

『ＬＥＮ』の店長、俺の飲み仲間なんだよ。瑞原くん、『シノダ』を辞めたあとで『ＬＥＮ』に入ったろ？　俺は瑞原くん本人とは面識がないけど、あそこの店長から話だけは聞いてる」

「うわ。世間って狭いっすね」

「ＬＥＮ」は、現在の陽平の勤め先になる「ＲＩＡ」の最寄り駅から一駅先の、商店街の中にある美容室だ。距離だけ言えばさほど遠くはないが、まさかそこの店長と仁科が知り合いだとは思ってもみなかった。

「そうなんです。ついでにひとつオマケ情報な。信田と瑞原くんは元々同僚で、信田が独立する時にかなり強引に瑞原くんを連れて行ったって話。これは初耳？」

「初耳です」

缶ビールを手にぽかんとつぶやいた陽平を横目に、仁科は手許に置いた一升瓶《びん》からコップに酒を注ぐ。他人事《ひとごと》のように言った。

「で？　その信田は今になって、相良を、自分の店に引っ張り戻そうとしてるわけか」

「違いますよ。瑞原さんを引っ張り戻したいんです。オレはまあ、生き餌《え》みたいなもんで」

「生き餌って、何だそれ」

「悪いのは全部オレだから、そのオレが瑞原さんを呼び戻せばいい。むしろ進んでそうすべきだ、ってのがあの店長の言い分でしたから」

「……何だそりゃ。他力本願にもほどがあるぞ」

「そんなの、今に始まったことじゃないですよ。個人的には、今さら瑞原さんを呼び戻そうとしてる時点で呆《あき》れますけどねえ。……まあ、確かに信田店長だけでやっていくのは難しいと思いますけど」

「そうなのか？」

「予約の九割九分が瑞原さん指名でしたからね。それにあの店長、飛び込みでも髪質が難しそうだったり扱いが厳しそうだったりすると、速攻瑞原さんに丸投げしてましたから。今、どうやって回してんだか知りませんけど」

ああ、と目を細めた仁科が、無造作にコップの中身を呷《あお》る。

「聞いた限り、あまりいい状態じゃないらしいな。知り合いに片っ端から当たってスタッフを集めようとしてるが、スタイリスト以前にアシスタントも一週間と続かない。辞めた人間からの話も回って、今は誘われても行こうとする人間自体がまずいない。新規も含めて客足が減っているから信田ひとりでもどうにか回ってるが、このままだと店を維持するのも難しいだろうってさ」

そうなんですか、と返しながら、陽平は去年の春から夏まで勤めた勤務先を思い出す。

陽平が勤務していた頃には、「シノダ」にもそれなりに常連客がいた。新規の客がリピーターになることも多かったし、友人を紹介してくれる客もいて、それなりに賑わっていたはずなのだ。

「ちなみにあの店で一か月以上保《も》ったアシスタントは相良陽平のみ。なので、相良はかなり忍耐強いって噂《うわさ》もあるらしいぞ」

「忍耐強くないっすよ。瑞原さんのおかげで何とか保ってただけです」

「ん。それは何となくわかった。——で？　いつからあんなふうにつきまとわれてんだ」

「いつからも何も、今日が初回ですね。店辞めたあとは一度も顔合わせてなかったんで」

「そうか？　それにしてはやけに剣呑だったけど」

「んな。素人《しろうと》に毛が生えた程度の実務経験がほとんどない役立たずに、いちいちつきまとうほどあの人も暇じゃないでしょうよ」

軽く言った言葉だったが、仁科ははっきりと顔を顰《しか》めた。厭そうに言う。

「それ。信田に言われたのか」

「そうっす。就職三日目にばっさりやられました。そういうわけで、オレはあの人がとても嫌いです」

そうか、と返した仁科は、どういうわけかやけに嬉しそうだ。冷やのコップをローテーブルに置いたかと思うと、陽平の頭をぐりぐりと撫でる。

「なるほどな。ある意味幸いだ」

「何がっすか。……って、うわ！」

いきなり、肩ごと抱かれて引っ張られた。取り落としかけたビール缶はかろうじて死守したものの、気がついた時には陽平は完全に仁科を背もたれに座った形になっている。

「店長、急に引っ張るのは反則っすよ。酒、こぼれたらどーすんですか」

「ん？　ビールくらいならまた買ってやるけど」

「いや、そういう問題ではなくてですね……」

言いながら、この際だと残りを一気に飲み干した。からになった缶を適当に畳に置いて新しいものに手を伸ばすと、笑いを含んだ声がする。

「おまえ飲むねえ……それ何本め？」

「さあ。あ、数えてみましょうか？」

「藪蛇《やぶへび》になりそうだからいい。――ん、けど安心したな」

声とともに、ぐりぐりと頭を撫でられる。懐かしい感触と凭《もた》れた体温の心地よさが相俟《あいま》って、陽平はへらへらと笑ってしまった。

「何が安心なんすか？」

「うん？　相良がウチ辞めて『シノダ』に戻るって言い出したらどうしようかと思った」

「……んなワケないじゃないっすか。そもそも話が逆ですよ。使えねーと思われて放り出されたらどうしようかと思ってんのはオレの方です」

「そりゃないよ」

声と同時に、顎を取られて引っ張られた。ぎょっとするほど近い距離に仁科の顔を見つけて、陽平は目を白黒させる。

「せっかく素直に上達していっているのに、その相良を攫《さら》って行かれるのは、俺が困る」

「…………さようですか。それはどうも、ありがとうございます」

「じゃあ逃げないよな？」

「クビにならない限りは居座りますよ。だいたい、オレを拾ってくれたの店長じゃないっすか……ッ」

顎を摑んでいた指先に擽《くすぐ》るように喉《のど》を撫でられて、思わず返事が上擦《うわず》った。気づいたはずなのに手を緩めない仁科を眺めながら、そういえばこの店長はヘッドマッサージもかなりの腕だという噂だったと思い出す。

「そうか」と笑った仁科が、さらにずいと顔を寄せてくる。その態度を、訝るひまもなかった。

「店長？　あ、の……？　どう、――っ」

問いのほとんどは、唇を塞《ふさ》いだキスに飲み込まれた。

最初は押し当てられるだけだったキスが、やんわりと角度を変える。湿った体温に唇の合間をなぞられて、勝手に肩がびくりと震えた。意図せず緩んだ歯列を割った舌先に上顎をなぞるようにされて、思わず喉から声がこぼれる。

長い、キスになった。心得たように動く体温に唇の奥のそこかしこをなぞられ、時に軽く歯を立てられる。びくりと竦んだ顎から喉を長い指先で撫でられて、肌の表面に奇妙な緊張が走った。ようやく呼吸を許される頃には、陽平は小さく息を切らしている。

呆然《ぼうぜん》と見上げた視界の中、ピントが合わない距離で仁科と目が合う。わずかに細めた目許は筆で描いたようにすっきりと切れ長で、この人はパーツだけでも男前だと何の脈絡もなく思った。

「てん、ちょ……あの、オレ男なんすけど……」

どうにか絞った声は掠《かす》れ、呂律が怪しい。自分の声の甘ったれた響きに思わず手のひらで口を押さえると、間近で見下ろしていた仁科が嫣然《えんぜん》と笑う。それを目にした瞬間、どういうわけか背すじがざわりとした。

「知ってる。相良が厭だったらやめるけど、どうする？」

「や、あのですね……どう、と言われましても、その——店長、相当、酔っ払いましたね？」

「いーや。まだ十分に許容範囲」

「許容範囲って、けどあの店の時からかなり飲んでたし。それにその一升瓶、封切ったばっかりなのに中身四分の一しか残ってないっすけど！」

「ん？　でもまだ一本空けてないだろ？　どうってことないぞ」

仁科の横の畳の上に確保された日本酒をさして指摘すると、さっくりと言い返された。喋《しゃべ》り口調はもちろん声音も顔色も、「いつも通りの仁科」だ。むしろ、頬や背中に部分的な熱を感じている陽平の方が、傍目にも明らかな酔っぱらいだろう。

ぐるぐると考える様子に焦《じ》れたのか、仁科は指先で陽平の頬を撫でる。

「厭かどうか、もう一回試してみる？」

「え、あの、試す、って——……」

制止するより先に、背中と腰を引っ張られた。気がついた時には体勢を変えられて、またしても呼吸を塞がれている。

喉の奥で飲み込む吐息すら、奪い取られるようなキスだった。顎を掴んだ指に喉を撫でられ、息を飲んだその隙《すき》に歯列を割った体温に舌先を搦《から》め捕られている。

頭のすみで、何か違うだろうちょっと待てと警鐘が鳴っている。仁科が男女問わずなのはいいとしても、陽平はいたって平凡に、ふつうに女の子が好きなのだ。なのに、何が楽しくて男の上司とこんなことをやっているのか。

思うはしから、長い指に頬や耳朶《みみたぶ》をなぞられる。心得たような手の動きは明らかに他人の肌に触れることに慣れていて、そのせいかまるで嫌悪を感じさせない。むしろ、くすぐったいのに心地いいという、不思議な感覚を生んだ。

耳許で、低く名を呼ぶ声がした。

聞き慣れた声で、耳慣れた名前だ。今さらどうということもないはずなのに、鼓膜に届いた瞬間に全身がぞくりとした。

気づいてみれば先ほどまで背もたれになっていた仁科に横抱きにされ、浮いた膝裏《ひざうら》は左右とも引き寄せられて仁科の脚の上に乗せられている。ジーンズの尻は辛うじて畳の上だが、このまま仁科が立ち上がったならほぼ完全に、世に言う「お姫様抱っこ」状態だ。

何をやっているのかと呆れる前に、なるほどこういう時の「女の子」はこういう感じなのかと感心した。

何しろ、過去の記憶を総動員してもあり得ない扱いなのだ。おそらく今後の未来を考えても滅多にない機会だとは確信できて、陽平は思わず過去につきあってきた女の子たちを思い出してしまう。

歴代の「彼女」全員とコウイウコトに及んだわけではもちろんないが、まったくなかったわけでもない。その時に自分はここまで優しく丁寧だったろうかと、つい思い起こしてしまっていた。

こら、と耳許で声がした。揶揄《やゆ》を含んだ響きにぼんやり目を向けると、鼻先がぶつかる距離で仁科が顔をしかめている。

「とりあえず、余所事《よそごと》を考えるのは禁止。こっちに集中しなさい」

作ったような声音で叱られて「はあ」とぼんやり返した、その吐息すら落ちてきたキスに飲み込まれた。遠慮もなく唇の奥に割り入ってきた体温に舌先を取られながら、キスが上手な人だなとぼんやり思う。同時に、これまで耳にしてきた噂を思い出して納得した。

基本的に、扱いが優しくて丁寧なのだ。陽平自身にも覚えがあるが、こういった時の男にありがちの、先の先を取ろうとするような性急さがまるで感じられない。むしろ、宙に浮いた感覚をもっと高く放り上げてくれるような気配がする。

こんなふうに扱われたら、それは確かに大抵の人間は舞い上がってしまうだろう。

「そうか。そりゃ光栄だな」

目の前で笑った仁科にもう一度唇を齧《かじ》られて、たった今思ったことをそのまま口に出してしまったことを知った。浮いた心地はその分現実感を遠ざけていて、陽平はつい笑ってしまう。

目尻と耳朶を齧った吐息に、再び呼吸を塞がれる。耳許で聞こえた言葉の意味を理解するより先に、畳の上にころりと転がされた。

見慣れた木目の古い天井を背景に、仁科が上に重なってくる。もう一度、低く囁《ささや》く声がする。許可を求める内容だとぼんやり悟ったものの、具体的に何を望まれているのかが今ひとつ摑みきれない。

いつになく、飲み過ぎたのだろうか。ぼんやり思いはするものの、たかだかビール六缶でそれはないだろうと打ち消した。同時に、これはちょっとかなりまずい状況ではなかろうかと、ようやくの焦燥に襲われる。

「あ、の……——」

言いかけた拒絶は、目許から頬を辿《たど》り顎を啄《ついば》むキスに封じられた。急《せ》いた気配のない、ゆったりとたゆたうような口づけはひどく心地よくて、気がついた時には陽平は吐息を共有するキスに応じてしまっている。

頭のすみにこびりついていた焦燥は、長く続くキスに押し出された。

顎から喉へ、さらに下へと落ちていったキスが、シャツの前をはだけた胸許へと移っていく。それを感覚だけで追いかけながら、陽平はただ天井を見上げていた。

4

右肩と右足がやけに重くて、目が覚めた。

「……れ、?」

しばらく、自分がどこにいるかがわからなかった。ぼんやりと見上げた先、木目の天井に見知った形の染みを見つけて、それでようやくそこがアパートの自分の部屋だと気づく。

怪訝に思いながらふと右側に目をやって、

「店長、？……」

　思いがけなさに、目を瞠った。

　自分の真横右側、ほんの少しずれれば頬がくっつくような距離に、仁科の寝顔があった。ぐっすり眠っているらしく、陽平が身動《みじろ》いでも目覚める気配はない。

　これほど近くでこの人の寝顔を見るのは初めてで、思わずまじまじと観察していた。

　目を開いた時と閉じている時とで印象が変わる人は案外に多いが、多分に漏れず仁科もそうだった。眠っている今、伏せた睫《まつげ》が頬に濃い影を落として、端整な容貌をさらに引き立てている。この人の飄々としたつかみ所のない印象は、切れ長の眼《め》がいつも面白そうに笑っているせいらしい。引き気味になった顎にはわずかに髭《ひげ》の先が覗いていて、それがやけに新鮮な気がした。

　それにしても、男前というのは寝顔であっても手を抜かず「男前」だ。他人事のように感心して、そのあとでようやく違和感の正体に気づく。

　――どうして、仁科がここで寝ているのか。

　そもそも、陽平はあまり自宅アパートに人を呼ばない。実家住まいの頃から他人を自宅に招くのは好きではなかったし、何よりこのアパートの壁はかなり薄い。どんちゃん騒ぎをやった日には両隣と上下の住人から苦情が出ること間違いなしだから、という切実な理由もある。

「えー、……と？……」

息をひそめて、陽平はもう一度天井を見上げた。

——二次会をパスしたあと、ゲームセンターを出たところで仁科に出くわした。誘われて行った小料理屋で奢《おご》ってもらった帰りに、よりにもよって信田に会ってしまった。そのあとで、自宅アパートに仁科を招いたのは、確かに自分だ。

そこまでは、良しとしよう。良しとするが、しかしなにゆえに、陽平は素っ裸で転がっているのか。

真夏であれば飲んだ勢いで脱ぐのもアリかもしれないが、今は真冬だ。そして、妙に密着した感触からすると、どうやら仁科も同様の状態のようで——。

（やめるなら今だけど。抵抗しなくていいのか？）

突然に耳の奥でよみがえったのは、仁科の声だ。それも、仕事中にもバックヤードでも聞いたことがない、深く艶《つや》のある、声。

ふと思いついて、陽平は顎を引いた。自分の肌をまじまじと見下ろして、

「え、……？」

口は開いたものの、声は悲鳴にもならなかった。

仕事がインドアで休日もけしてアウトドアではないため、陽平の肌は白くもなく黒くもない、つまりは中間だ。

その肌の上に、点々と赤い痕《あと》が散っていた。

虫刺されかと指先で撫でてみても、痒《かゆ》みはもちろん痛みもない。それ以前に、腫《は》れもない。

「……？」

もう一度首を捻《ひね》った耳許で、仁科が深い息を吐く。それを聞いた瞬間に、思い出した。

仁科に、キスをされたのだ。呆然としている間に抱き込まれ、気がついたら畳の上に寝転がっていた。傍で囁く声に肌が粟立《あわだ》って、なのにやたらと心地よくて――そして。

飛び起きようとした、その肩を押さえる力に阻まれた。仁科が小さく唸る声に「起こしてはまずい」と何の脈絡もなく思って、陽平は思わず息を潜めてしまう。

とにかく、この状況だけは何とかしなければなるまい。

とりあえず布団を出て服を着て手と顔を洗って、部屋中の窓を開ける。そのあとのことは、その時に考えよう。

思い決めて、腰と肩に絡まった仁科の腕を持ち上げた。極力注意し、じりじりと身体《からだ》を退きながら、仁科の腕が見た目以上に筋肉質だということを改めて認識する。

あと少しで抜けられるとほっとした時、急に仁科が声を上げた。伸びをするような声音とともに、ようやくほどいたはずの腕がまたしても腰に絡みつく。え、と思った時にはぐるりと視界が反転し、陽平は完全に大柄な体軀の下敷きになっていた。

密着した肌から伝わってくる体温に、おぼろだった昨夜《ゆうべ》の記憶が一気に鮮明になった。

かあっと、顔に血が上った。思わずじたばたとあがいていると、耳許で吐息とともに低い声がする。

「んー……？　何やってんだよこんな朝っぱらから……いいから、もう少し、寝……」

間近にあった顔が、眠そうに歪む。ゆっくりと動いた瞼《まぶた》が開いて、切れ長の瞳が覗いた。

悪さを見つかった、子どもの心境になった。身動きが取れずその場で固まった陽平に向けられた視線が、訝しげに眇《すが》められるのがわかる。

「……え？　相良……？」

「はあ。えーと、おはよーございます……」

間が抜けているとは思うが、他に言葉が見つからない。まさにその心境で言った陽平を、仁科はそれこそ穴が空くほどまじまじと眺めている。その視線がゆっくりと、陽平の喉許から下の肌を辿っていく。

自分の目に入る範囲だけでも、結構な痕が残っていたのだ。他人の目にはなおさら露骨なはずで、その場から走って逃げたい心境になった。

仁科は、しばらく無言だった。ふだん滅多に見ることのない生真面目な顔つきで、じっと陽平を眺めている。

沈黙に、耐えきれなくなったのは陽平の方だった。

「……店長？」

「あー……いや。ちょっとかなり、不覚……」

呻《うめ》くような声とともに、仁科は額を押さえて俯《うつむ》いてしまった。視線だけを上げて、ぼそりと言う。

「おまえ、身体は？　平気か」

「はあ、……あの、とりあえずちょっと起きません、か？……っ」

言いながら身を起こしかけた、そのとたんに背骨に沿って激痛が走った。再び布団に沈没しかけたのを、伸びてきた腕が支えてくれる。慣れた手つきで引き起こされ、布団の上に座らされた。

身体のそこかしこに居座る痛みと倦怠感を、その時ようやく自覚した。一時的に寄せていた痛みをやりすごして息を吐くと、素肌に乾いた布を被《かぶ》せられる。促されるまま袖《そで》を通して見れば、それは昨夜陽平が着ていたシャツだった。

素っ裸で向かい合う気まずさは払拭《ふっしょく》されたものの、何をどう言えばいいのかが思いつかない。それは仁科も同じようで、こちらは素肌の腰を辛うじて毛布で覆っただけの格好で、じっと陽平を見下ろしている。

何か言おうと悩んだ末に、勝手に口から出た言葉は、自分でも笑えるほど間が抜けていた。

「店長。朝メシは、しっかり食べる人ですか」

「……ああ」

怪訝な顔で肯定した仁科に、敢えて陽平はさらりと言った。

「だったら、とりあえず朝メシでも食べに行きません？　この近くにけっこう美味い店があるんで」

「――行けるのか？」

「え、何か問題あります？」

きょとんと聞き返した陽平に、仁科が苦笑したのがわかった。

「俺にはない。……おまえは？　外、歩ける？」

「ああ、はい。たぶん」

曖昧《あいまい》に答えて、そのあとで布団から起き上がった時の苦労を思い出す。この調子で立って靴を履いて外に出て歩いて喫茶店まで行くのは、確かに難儀かもしれない。

「あー、……じゃあ適当に何か作りましょうか。えーと」

「いや、いい。おまえもう少し寝てろ」

声とともに肘《ひじ》を摑まれ、布団の上にころりと転がされた。触れた体温と近い距離に何となく狼狽《うろた》えていると、上から毛布まで被せられる。ようやく顔を上げた時には、仁科は衣類を身につけスラックスのポケットを探っていた。

「近くにコンビニあったよな。すぐ戻るから動くなよ」

言い残すついでのように壁際の温風ヒーターの電源を入れて、仁科は部屋を出て行ってしまった。

玄関ドアが閉じるのを見届けたあと、古びた天井を見上げて、陽平はため息を吐く。

あの様子では、どうやら間違いなく、仁科は昨夜の件を後悔しているらしい。

良心の呵責か、職場のアシスタントに手を出したのを悔やんでいるのかは定かでないが、「本意ではなかった」ことに関してはひとまず双方ともに一致した、ということのようだ。

「うーん……」

それはそれで良しとすることにしても、さてこれからどうしたものか。

間違っても、クビになるのは困るのだ。陽平は「ＲＩＡ」を気に入っているし、今さら他の店に移る気もない。しかし、客からの指名が引きも切らない人気スタイリストと半人前以下のアシスタントでは、そもそも勝負になるわけもない。

……つまり、陽平の今後の身の振り方は、仁科の胸ひとつということになるのだ。

転がったまま視線を巡らせて、布団の合間に見覚えた色が混じっているのを見つけた。

陽平が、昨夜着ていた衣類だ。そういえば下は裸だったと思い出して、慌ててそれを手繰《たぐ》り寄せた。転がったままで、どうにか身につける。

最寄りのコンビニエンスストアの白いビニール袋を手にした仁科が戻ってきたのは、その直後だった。

「キッチン借りるぞ」

「はあ。あの、メシならオレがやりますけど」

「いいからおまえは寝てろ」

どうにか起きようとした陽平の頭を押さえたあとで、キッチンに向かい何やらあちこちを開け閉めし始める。問われるままに食器や箸の置き場所等を答えて数分後、布団の傍に戻ってきた仁科が、すみに押しやられていたローテーブルを部屋の真ん中に引っ張り戻した。

「起きられるか？」

「大丈夫っす。すみません、お手数かけます」

即答したものの、どこかに力を入れたとたんに別の箇所が痛む有様で、ごろごろと布団の上を転がるばかりだ。結局は仁科に起こしてもらい、座らせてもらう羽目になった。

ローテーブルの上に用意されていたのは、おにぎりとインスタント味噌汁、漬物に出汁《だし》巻《ま》き卵にほうれんそうのごま和《あ》えという、パックに入っていなければ一見コンビニとは気づかないメニューだ。

おにぎりのパッケージまで剝《は》がしたものを手渡されて、仕事の時にはあり得ない過保護さに一瞬呆気に取られてしまう。礼を言ってもそもそと齧りながら視線を感じて顔を上げると、ローテーブルに肘杖をついた仁科がやや俯き加減にこちらを見ていた。

「――身体。かなりキツいか」

「あー……まるっきり元気、ではないです。ちょっとあっちこっち、いろいろと」

曖昧に返答を濁した陽平を見たまま、仁科は低く言う。

「……悪かったな。その、謝ればすむと思ってるわけじゃないんだが」

淡々と言う仁科は畳の上で正座をし、まっすぐに陽平を見ている。

非常に申し訳ないと大声で叫んでいるような雰囲気に、かえって居たたまれない気分になった。

「いや、……いいっすけど。あのー、何かあったんすか？」

思わず訊いてしまったのは、昨夜の経緯があまりにも唐突過ぎたせいだ。

「あった、と言うか。……んー、そうだな。話すと長いんだが、俺が表向き下戸になってる理由がな」

実は禁酒しているのだと、仁科は言った。

「本当はザルなんだけどな。どうもその、酒を飲むと気が大きくなるというか、いろいろ厄介事を拾うというか」

「厄介事、ですか」

「ん。まあその、出先で犬猫拾って帰るとかストリーキングしながら帰ってくるとか、財布がからになるまで飲むとかは序の口。他にもいろいろ余罪がな」

「はあ……でもあの、動物拾うとか脱いで帰るとか金使い果たす程度なら、そこまで厄介でもないんじゃ……自己責任の範囲なんだし」

「拾うのは、動物だけじゃないんだ」

「は？」

齧りかけのおにぎりを手にしたままで瞬《またた》いた陽平から気まずそうに視線を逸らして、仁科は言う。

「朝、目が覚めたらホテルや自分の部屋で知らない奴とベッドにいるとか。自宅のキッチンやバスを勝手に使われてたこともあったな」

「……店長。よくそれで無事生きて来れましたね……」

何かと物騒な昨今、店に近い繁華街や駅辺りの歓楽街では、流血沙汰だの強盗強奪事件だのが、年々増えているという。実際、町内会や商店街組合からは、美容室「ＲＩＡ」宛に注意喚起の文書がたびたび舞い込んできてもいる。

そんな中、見ず知らずの人間とホテルに行くだの自宅に連れ込むだのと、聞いただけでぞっとした。

「んー、あんまり無事でもないな。財布丸ごと持って行かれたこともあるし、家財道具を勝手に持ち出されたこともある。その程度ならまだよかったんだが、そのうちの何人かに猛烈に好かれたらしくてなあ……恋人気取りで追い回されたりとか、そんな感じでいろいろと」

はあ、とつぶやきながら、陽平は真正面にいる上司の顔を見つめる。

そういえば、昨夜も居酒屋に場を移したあとでスキンシップが始まったのだ。それとこれとを総合するに、どうやらあれが仁科の「酒癖」に当たるらしい、が。

「それ、自業自得って言いませんか」

「言いますね。で、いくら何でも改めろって方々からお叱りを受けてねえ」

「で、禁酒ですか。え、でも家ではどうしてるんですか？」

「自宅内は酒類持ち込み禁止。どうしても飲みたい時は事情を知ってて、ストッパーになってくれる奴を誘って行くことにしてる」

頷く仁科を眺めて、ようやく陽平は納得する。

つまり、巷《ちまた》での「仁科ろくでなし」説はまったくの嘘でもでっちあげでもなく、そういった過去の所行が原因であり根拠にもなっていたようだ。

「そこまでは了解しました。けど、何でオレだったんすか？　店長の酒癖とか、初耳なんですけど」

「相良、酒に強いだろ」

あっさりと、仁科は言った。

「真面目っていうか理性的だし、おかしいと思えば遠慮なく突っ込んでくるから大丈夫だと思った。一応、こっちもセーブするつもりだったしな」

「はあ……」

「昨夜は、油断した。まさか相良が」

言いかけて、ふっつりと黙ってしまった。

ずん、と落ちた沈黙の重さに、陽平は手持ち無沙汰に残りのおにぎりを頬張った。咀嚼《そしゃく》しながら上目に窺《うかが》ってみると、仁科は困ったような顔でこちらを見ている。

「……おまえ、腹立たないのか？　昨夜の」

「いや、何も考えないわけじゃないっすけどね。オレも相当酔っぱらってましたから、お互い様といいますか。酒の上での間違いは、誰でもそれなりにあるもんだし」

ぼそぼそと言った陽平をしばらく無言で見つめたあとで、仁科はさらりと言う。

「……初めて、だと思ったが。慣れてるのか？」

「――っ……！」

口の中に残っていたおにぎりを、危うく吹き出しそうになった。泡を食って目を向けると、仁科は至極真面目な顔つきでこちらを見ていて、なおさら頭に血が上った。

「あいにく野郎相手はまるっきりの初心者っすよ！　昨夜あんだけしつっこく弄《いじ》くり倒しといて、そのくらいわかんねーもんですか!?　ていうか、店長、言ってることが最低なんですけど！」

「あ、よかった。ふつうの反応だ」

肩で息をつく陽平を見上げた仁科が、どうしてかほっとしたように笑う。噛んで含めるように言った。

「もちろん初心者なのはよくわかったんだけどな。あんまり冷静だから、もしかしたら俺の勘違いかと」

「レイセイ、って何すか。オレはちゃんとふつうですが！」

「初心者でいきなりあそこまでされて、お互い様っていう発想は、ふつうはないぞ？」

穏やかに言い返されて、陽平は一拍黙る。息を吐いて言った。

「――あのですね。オレはちゃんと、ふつうに最大限にびっくりしましたよ。けど、自分が逃げも隠れもしなかったことくらいは覚えてます」

拘束されたわけでも、脅されたわけでもない。殴るなり蹴飛《けと》ばすなりして、逃げる余地は十分にあった。

結果的には流されたのだ。そうなるとただの自業自得か、いいところお互い様で終わりだろう。改めてそう結論づけて、意図的に軽い口調を作った。

「とりあえず、今回はいいっす。ニアミスってことで、水に流しましょう」

「本当にそれでいいのか？」

念押しするように訊いてくる仁科は、本当に複雑そうだ。

いい年をして、そこまで酒に飲まれるのはどうかと思う。悪癖を自覚しているなら完全に禁酒しろと言ってやりたい気持ちも、ないではない。

考えるのもおぞましいが、信田にされたなら即座に警察に訴えてやるところだ。けれど、相手が仁科だと思うとそこまでする気になれないというのが、正直なところだった。

「いいっすよ」と、だから陽平はもう一度笑う。

「オレ、これでも店長のこと尊敬してますんで。悪かったと思ってるんだったら、その分、今後のご指導よろしくお願いします」

5

瑞原想に連絡してみようと思い立ったのは、やたらと陽平の具合を気にする仁科を無理やり帰したあと、窓の外がすっかり暗くなった頃だった。

休日は同じはずだが、今日の今日にこの時刻ではいきなり過ぎて断られるかもしれない。そんな危惧《きぐ》とは裏腹に、瑞原はふたつ返事で了解し、電話の三十分後には待ち合わせ場所の駅前に駆けつけてくれた。

「陽平、久しぶりー。夕飯食った？」

「あ、いやまだです。瑞原さんは？」

「おれもまだ。んじゃ、どっかで一緒に食おうよ」

屈託のない笑顔で言う瑞原の希望でパスタ屋に入り、ディナーコースを頼んだ。

見た目のわりに健啖家《けんたんか》の瑞原は成人の男としてはやや小柄で、正面から向かい合うとやや見下ろす形になる。職場を移ってから短くした髪の色はナチュラルブラウンで、柔らかめの癖がついた外はねの形だ。優しい色と雰囲気が、繊細な顔立ちによく似合っている。

瑞原と初めて出会ったのは、昨夜出くわした信田の店——美容室「シノダ」でのことだ。当時の陽平は美容学校を卒業したばかりで、最初の勤務先になったそこに、瑞原がスタイリストとして働いていた。

本人はまるでひけらかすことがないが、瑞原の美容師としてのセンスは群を抜いている。一緒に働いている時に瑞原の施術を間近にできただけで、あの信田の嫌みに耐えるだけの価値はあったと今でも思う。

信田の店を辞めたあとで、美容室「ＬＥＮ」に移った瑞原は、そこでも多く指名を得て忙しくしているようだ。陽平を後輩として気にかけてくれるようで、時折メールのやりとりをし、たまには会って話す間柄になっていた。

「んで、どした？　何かあった？」

デザートのシャーベットが運ばれてきたあと、見透かしていたように瑞原に言われて、陽平は苦笑する。

「あ。わかりますか」

「陽平、基本的に事前計画型だからさ。今日の今日でこれから呼び出しって、まずやらないよね」

「えーと、じゃあ本題で。……すみません余計なことだとは思うんですが。瑞原さん、ちゃんと別れてますよね？」

え、と瑞原は目を見開く。それへ、敢えて淡々と続けた。

「信田店長と、です。あの人、結婚したじゃないですか。まさか、まだ続いてたりとかは……しませんよね？」

陽平の言葉に、瑞原はその場で固まった。

棒でつついたらさぞかし立派な音がしそうなほどの、硬直ぶりだった。呪縛が解けるのを待つこと数分後、ようやく瑞原が口を開く。

「…………………何で、陽平がそんなん知ってんの？」

地を這《は》うように低く掠れた第一声に、本音を言えば少し呆れた。

「何でも何も、初日にわかりましたけど」

「う、そだろ！　おれ絶対、陽平にだけはバレないように凄《すご》い気をつけてたてっ」

「はあ。それもわかったんで、敢えて話題にはしませんでした」

「え、うえっ？　嘘っ！　え、じゃあ陽平それってあの」

あたふたと両手を振り回す瑞原を眺めながら、「これはないな」と確信した。

他人事ながら、つくづくわかりやすい人なのだ。根が素直だということだろうが、感情も思惑もダイレクトに顔や態度に出てしまう。いわゆるダダ漏れという奴だ。

「あ、でもわかった理由の半分は信田店長ですよ。ものすごくわかりやすく牽制《けんせい》されましたから」

「牽制？」

「不用意に瑞原さんに近づくと不機嫌になるとか邪魔されるとか八つ当たりされるとか、そういう類《たぐい》っすね」

「え、え、え？　でもあれって信田さんが気分屋だったからじゃ」

「だから、その気分が悪くなる原因のひとつが、オレと瑞原さんが親しくすることだったんすよ。瑞原さん、時々居残りでオレにいろいろ教えてくれたじゃないっすか。そういう日とか翌日とかはもう、覿面《てきめん》でした」

正直に言えば、それでも最初は半信半疑だったのだ。いくら何でも男同士でそれはないだろうと、何度も思い直した。

確信を得たのは「シノダ」で働き始めて三日後だ。客足が絶えた午後、信田は瑞原を奥に呼び、陽平は店で床掃除をしていた。耳に入った物音に目を向けた先、半開きになったドアの隙間から、信田が瑞原を捕まえてキスしているのを見てしまった。

当時の瑞原は、信田に対して呆れるほど献身的だった。信田に何を言われようが、八つ当たりされようがいつも笑顔で仕事に集中している。その様子は「仲がいい」というより、

「人の好《い》い瑞原を信田がいいように扱っている」ようにしか見えなかった。

その瑞原が突然に「シノダ」を辞めたのは、去年の夏の終わりのことだ。

(想ならクビだ。あの野郎、仮病使って仕事できないだの言い出した)

定休日明けに出勤した陽平に、信田は吐き捨てるようにそう言った。そして、その日にも翌日にも瑞原は出勤してこなかった。

「何かあった」のだと、その時に理解した。

「何か」の内容を具体的に知ったのは、その日の閉店時刻を過ぎた片付け中に小柄な女性が店を訪れた時だ。ふたりのやりとりを聞くだけで、彼女が妊娠していることと、彼らが結婚しようとしていることがわかった。

人それぞれに、事情も思惑もある。瑞原と信田のように少しばかり特殊な恋愛になればなおさら、いろいろな都合や事情があるのだろうとも思う。

他人事と承知でそれでも腹が立ったのは、信田と瑞原がきちんと話し合ったとは思えなかったからだ。納得した上のことであれば、瑞原があんなふうにいなくなるはずはなかった。

瑞原がいなくなったあと、陽平は信田の言いがかりと八つ当たりの集中砲火に遭った。

瑞原のフォローがあったからこそ、続いていた職場だ。客の反応や機嫌の責任まで追及されて、それでも耐える義理はない。四日後の閉店時刻ぴったりに辞表を叩きつけて、陽平は「シノダ」を辞めたのだ。

瑞原から連絡があったのは、「ＲＩＡ」に就職してようやく慣れてきた頃だ。久し振りに顔を合わせた時、瑞原は骨折した右手にギプスを嵌めていた。鋏を使うどころかアシスタントもできない、だから解雇になったのだと笑う顔を見ながら、信田に腹が立つと同時にほっとした。

勝手な言い分だとは思うが、瑞原と信田の縁がこれで切れたならその方がいいと思ったのだ。

「じゃあ、信田店長とはもう関係ないんですよね？」

念押しすると、瑞原はあっさりと頷いた。

「たまーに知り合いから噂聞くくらいかなあ……最近はそれもなくなったけど。——あのさ、信田さん、何かあったんだ？」

「あったのはオレです。昨夜飲み屋で出くわして、戻ってこいって締め上げられました」

「え……」

「相当、飲んでたみたいっすね。何か、店がうまくいかないのも瑞原さんがいきなり辞めてったのも、全部オレのせいなんだそうです。何だっけ、オレが瑞原さんにありもしないことを吹き込んで、違う店を紹介したから瑞原さんが出ていったんだそうで」

「——…………何、ソレ」

「要はオレが反省して今の店辞めて、瑞原さんに頭下げて謝って、『シノダ』に戻るよう説得しろ、ってことじゃないすか。ちょっと感心しましたよ。どうやればそこまでナナメになれるんだか知りたいっす」

「え、ちょ……ちょっ、待ってよ陽平！」

慌てたように椅子から腰を浮かせて、瑞原が声を上げる。

「それ、完全に言いがかりじゃん！　だいたい、おれが辞めた理由は陽平には全然、関係ないことで」

「ですからナナメなんです。まあ、今に始まったことじゃないですけどね。あの人、責任転嫁が得意じゃないすか」

「そ、……」

ぎゅっと唇を噛んで、瑞原が黙り込む。ややあって、生真面目な顔で陽平を見た。

「……わかった。おれが、信田さんと話す。陽平は関係ないって、ちゃんと説明する」

「あ、それしなくていいです。時間の無駄です」

意図的にさっくり切り捨てると、瑞原は途方に暮れたような顔になった。

「無駄、って……でもそれだと陽平が」

「大丈夫です。今回は、たまたま出くわしただけだし、向こうもオレを追い回すほど暇じゃないでしょう。——どっちかっていうと瑞原さんの方が気になったんで、今日も連絡したんです」

「え、おれ？」

きょとんとして、瑞原は自分を指差す。それへ、敢えて軽い口調で言った。

「信田店長。瑞原さんのこと、諦《あきら》めてないですよ」

え、と瞬いた瑞原を指先で招いて、陽平は声を落とす。

「昨夜、うちの店長から聞いたんですけど。『シノダ』、かなりまずいみたいです」

「かなり、って」

「スタッフが居着かない上に、お客さん離れが半端じゃないそうです。初回の客しか来ないし、それもここ最近は人数が減ってるみたいで。オレはオマケで、本当は瑞原さんを呼び戻したいんだと思います」

困った顔つきになった瑞原に、陽平は敢えて念を押す。

「だから絶対、瑞原さんは連絡しないでください。それと、信田店長から電話なり何なりあった時には必ずオレに教えてください」

「……陽平……言ってることが、保護者みたいなんだけど」

「そりゃまあ、この件に関しては一蓮托生《いちれんたくしょう》ですから。オレとしてはせっかく馴染んだ職場で問題は起こしたくないし、瑞原さんも今の店が気に入ってるんですよね？　なので、そのへんお互いに気をつけるようにお願いします」

きっぱり言い切った陽平を神妙な顔で見返したあとで、瑞原はぼそりと言う。

「…………電話がさ。きてるみたいなんだよね」

「電話？」

「うん、そう。店の方。おれ宛にかかってくるけど、名乗らない電話は無視しろって店長命令で、これまで一度も出たことがない。けど、わざわざ店にってことになると、信田さんくらいしか心当たりないんだよね。……携帯、変えるまでは直接かかってきてたし」

「ちょっと待ってくださいよ。何すか、それ。携帯にって、店辞めたあとですか？」

「そう。いいかげん拗《す》ねるのやめて帰ってこい、って言われた」

「うわ、最低。っていうか、瑞原さんいちいち相手にしたら駄目じゃないっすか！」

思わずぴしりと言い放つと、とたんに瑞原は生真面目な顔つきになった。

「あ、だから。怒られたんで着信拒否にしてもらって、それでもかかってきてたんで一回ちゃんと話つけて、そのあとで前の携帯は解約したんで今は店にしかかかってきてないよ？」

「瑞原さん……誰が、と誰を、が抜けてるんで、意味わかんねーんですけど」

「えーと、携帯にかかってくるけど放置してるって言ったらセンセーに怒られて、その場で信田さんの電話チャクシンキョヒにしてくれたんだよ。それでもかかってくるんで、センセーが怒って電話かけて、これ以上しつこくしたら出るとこ出るぞって説教して、その日のうちに携帯解約した」

「了解しました。で、そのセンセーっていう人は瑞原さんの恋人さん、ってことでＯＫですよね？」

え、と瞬いた瑞原が、直後に目に見えて真っ赤になる。その様子で答えを悟って、陽平はほっと安堵《あんど》した。

「だったらその恋人さんにも、現状だけは伝えておいてください。くれぐれも、忘れないように」

「……いやあの陽平さ、おれまだ、センセーがコイビトだとか言った覚えはないんだけど」

「あ、そうでしたっけ。じゃあ確認します。そのセンセーっていう人は瑞原さんの恋人なんですよね？」

「それ、完全に確認じゃん……」

「え、違ってます？　だったら訂正してくださいよ」

「いいよもう。ホントのことだし」

ぼそりと言う瑞原の顔は未《いま》だに赤いままで、年上に対して失礼だと知りながらもつくづく可愛いと思ってしまった。

「センセー」とやらがどういう人かは別として、信田の件をきちんと措置してくれているならまず安心だろう。ほっと息を吐くと同時に、ふと興味が湧いた。

「ちなみに『センセー』って何やってる人ですか。学校とか塾の先生とか？　スポクラのインストラクターとか」

「え、あ、う……えーと、そうじゃなくて、お医者さん、やってるヒトで」

「医者ですか。はー……」

「え、何。何か変？」

「いや、変じゃなくてどこで接点があったのかなあと。あ、でもよかったっすよね」

「え、え、え？　何で？」

「瑞原さん、ずいぶん楽そうです。『シノダ』にいた時とは比べものにならないくらい」

「え、……そっかな？」

照れたように笑う表情の柔らかさに、安堵した。

ひとまず、瑞原の方は心配なさそうだ。だったら、あとは信田が陽平を構うのに飽きるのを気長に待つのが得策だろう。下手《へた》に刺激して、後々面倒なことになるのだけは避けたい。

――陽平自身のためだけでなく、瑞原のためにも。

6

美容室「ＲＩＡ」は、最寄り駅の中央出口を出た先の、商店街の入り口近くに位置する。いわゆるベッドタウンに当たる町中にあるため、週日週末を問わずで客の数は多い。

半年前に入ったばかりの陽平は、この店では一番の新人に当たる。年数だけで言うなら芽衣は同期になるが、「シノダ」と「RIA」での教育体系は比較しようがないほど差があって、結果的には陽平が大幅に遅れた形になっていた。

受付が一段落したところで、スタイリストの武藤の指示を受けてシャンプーを終えた客を席まで案内する。髪の水気を拭ってヘッドマッサージを終えると、飲み物のリクエストを聞いた。武藤に状況報告をし、休憩室の入り口でハーブティーを淹《い》れる。それを件《くだん》の客の席に運ぶついでに、新しい雑誌を届けてしばらく待ってもらうよう伝えた。

いったん受付に戻った陽平がこのあとの予約状況を確認していると、店の扉につけられた鈴が鳴る音がした。

「RIA」の入り口は、チェーン全店に共通の観音扉だ。ペパーミントグリーンに塗られた木製の格子扉に、磨《す》りガラスが嵌《は》め込まれている。その扉の内側上部に取り付けられた鈴が、開閉のたびに涼やかな音を立てる仕組みだった。

「いらっしゃいませ……」

一瞬言葉に詰まったのは、女性に肩を抱かれて入ってきた女の子の、被った帽子からはみ出す髪が無残なざんばらになっていたからだった。

本来は背中まであったのだろう髪が、何段階にも無造作に鋏を入れた形になっていた。切り口そのものが斜めになっている上に、もともとの毛質でかそれが部分部分で爆発したように膨らんでいる。帽子の端を握りしめた小さな指先が、力の入れすぎで白くなっているのがやけにはっきり目についた。

「ご予約はおありですか？」

「いえ。すみません、この子の髪のカットだけ、お願いしたいんです」

気を取り直しての問いに、保護者らしい女性は仁科を指名できないかと訊いてきた。

「すぐに確認いたします。そちらにおかけになって、少々お待ちいただいてもよろしいでしょうか？」

頷いた客がソファに腰を下ろすのを見届けて、陽平は受付に戻った。半分祈るような気持ちで予約帳を確認して、ほっと息を吐く。フロアに出て、女性客のカットの仕上げをしていた仁科に耳打ちをし、返事を貰《もら》ってから待っていた客に声をかけた。

「あと十分ほどお待ちいただけますか。次に声をおかけします」

頷いた女性が、安堵したように息を吐くのが聞こえた。女の子の方は、相変わらず俯いたままだ。

武藤に呼ばれてシャンプーに入りながら目をやると、件の女の子が仁科のエスコートで椅子に腰を下ろすところだった。椅子の真横にしゃがみ込んだ仁科が何事か話しかけると、女の子が躊躇《ためら》いがちに帽子を取るのが見えた。シャンプーを終えた客をその隣の椅子まで案内し、ヘッドマッサージにかかっていると、聞くとはなしに仁科と女の子の会話が耳に入ってくる。

天然の猫っ毛で量が多く、毎朝のように爆発してしまうから、長く伸ばして三つ編みや編み込みでボリュームを抑えていた。それが災いしたのかどうか、この夏の暑さで首や髪の毛の中に汗疹《あせも》ができてしまったのだという。

病院でもらった薬を塗布してもなかなか軽減せず、あまりの痒みに思い余って、自分で髪を切ろうとしたらしい。それを、たまたま遊びにきた叔母が見つけてここまで連れてきた、という経緯だった。

「うんうん。……じゃあ、どうしても長くないと厭ってわけじゃないんだ？　そっか、了解。じゃあさ、おじさんに任せてくれる？　絶対、可愛くするから」

女の子が頷くのを見届けて、仁科が腰を上げる。ざんぎりの髪に触れ、頭皮の状態を確かめてから、ゆっくりと、髪に鋏を入れていく。

知らず、陽平はその手際に見とれていた。

技術がある人は単に鋏使いがうまいだけではなく、コームの扱いやロッドを巻く手際が見とれてしまうほどきれいだ。手や指先の動きに無駄がなく、流れるように動くたびに客の髪が形を変えていく。

仁科が陽平に鏡を出すように言ったのは、女の子が鏡の前に座ってから二十分後だった。きょとんとしたふうに鏡の中を見ていた女の子に、後ろの長さを合わせ鏡で見せる。こくりと頷いた女の子がもう一度鏡を見つめ、その直後に花が開くように笑ったのが見えた。

「おじさん、ありがとうございます」

椅子から降りるなりそう言って、ぴょこんと頭を下げる。受付近くの椅子で待っていた女性の許に、跳《は》ねるような足取りで駆けていった。

長くロングヘアーだったらしい彼女の髪を、仁科は爽やかなベリーショートに変えていた。ボーイッシュになりがちな長さを、猫っ毛特有の癖を生かすことで柔らかく、女の子らしく仕上げている。この年齢で、この髪質だからこそだと思わせる出来だった。

帰っていく女の子を見送りながら、陽平は思わず店の入り口に立つ仁科を見つめてしまう。よほど露骨だったのか、仁科が不思議そうにこちらを見た。

「ん、何だ？　どうかした？」

「いや、……すごいなあと、思いました」

カットを依頼されたからといって、ただ短くしさえすればそれでいいわけじゃない。それは知っていたつもりだったが、目の前で見せつけられると感嘆する以外になかった。

「何。もしかして俺に惚《ほ》れた？」

「惚れてますよ、ずいぶん前から」

意外そうにした仁科を見上げたまま、陽平はあっさりと続ける。

「店長の腕に、ですけどね。正直、オレはこの腕がとっても欲しいです」

「ふうん。じゃあ、やろうか？」

意趣返しのつもりの言葉に即座に切り返されて、今度は陽平が絶句する羽目になった。

「もっとも切って渡すわけにはいかないんで、本体つきだけどな。相良が本気で欲しいんだったら真面目に検討するよ？　ただし、有料になるからそのつもりでな」

「はあ……ちなみに原価はおいくらですか」

「本体は原価割れしてるから激安。けど、資格手当てとかのオプションが高くつくなあ……うーん、何やってもらおうか」

上から下まで眺め回されたあげく、にんまりと意味ありげに笑われた。

「……一晩つきあってくれるとか？」

いつもなら速攻で言い返しているはずが、咄嗟《とっさ》に返答できなかった。内心で焦った陽平を覗き込んだ格好のまま、仁科までもが奇妙に黙ってしまう。

いつもの仁科なら、セルフ突っ込みで終わらせてくれる話題だ。間の保たなさについ見上げると、今度はまともに目が合ってしまう。

「おいこら。店内でのセクハラはほどほどにしとけよ」

妙な具合に固まった空気を破ったのは、ちょうど傍を通りかかった武藤だ。

仁科はとたんに相好を崩し、やけに嬉しそうに武藤を見た。

「だってさあ。相良、何かすげえ可愛いんだけど。どうしよう？」

「どうもしなくていい。とにかくおまえは仕事しろ」

素《そ》っ気《け》なく一蹴《いっしゅう》された仁科が、陽平に肩を竦めてみせる。芽衣に呼ばれて、何事もなかったようにフロアに戻っていった。

受付の中、取り残された陽平はどっと疲れを覚えて息を吐く。その時、近くにいた武藤から声がかかった。

「相良。おまえ大丈夫？　もしかして、仁科に何か悪さでもされた？」

「……は？　え、何でですか？」

声を落としての問いの意味深な響きに、陽平はつい狼狽えてしまう。

「最近、相良ちょっとおかしいから」

「え、オレおかしいっすか？　あの、どのへんが……？」

「しょっちゅう仁科のこと睨《にら》んでるだろ」

思わぬ指摘に瞬いた陽平に、武藤はさらりと続ける。

「慢性的にセクハラされてるんで、そろそろ堪忍袋の尾が切れたかなーと思ったんだけど。違ったかな」

「あー……いや、セクハラは別に、慣れましたんで。実質的な被害があるわけじゃなし、一種のデモンストレーションですよね？」

「あ、それはわかってたんだ？　あれ、じゃあ別件？　何であいつのこと睨んでんだ？」

「睨んでますか。そんなつもりはまるっきり、これっぽっちもなかったんですけど」

「自覚なしか。そりゃ別の意味で重症だな」

はあ、とつぶやいて、陽平はおそるおそる武藤に訊く。

「えーとあの、もしかしてオレが睨んでるって、……店長は」

「そりゃわかってるだろ。かなり露骨だったからな」

即答に、頭の中まで固まった気がした。絶句した陽平をひょいと覗き込んで、武藤は言う。

「とりあえず、悩んでないで何かあれば言えよ。あんまり困るようならあいつ締めるから」

「あ、えーと。ありがとうございます……」

礼を言い、武藤がフロアに戻るのを見届けて、陽平は仁科へと目を向ける。

施術中の仁科を見ているのは、陽平に限ったことではない。むろん客の前では技術的な質問はできないが、「見る」ことも十分に勉強になるため、芽衣やほかのスタッフも手が空けばさりげなく仁科の近くに行くのが常だ。

けれど、「睨んでいる」と言われたのはこれが初めてだ。

「相良、シャンプー頼む」

「え、うわ、はははいっ！」

いきなり背後からかかった声に振り返るなり、陽平は思わず背後の壁に張りついてしまう。

今の今までフロアにいたはずの仁科が、いつの間にかすぐ傍に来ていたのだ。かなり挙動不審なはずの陽平を怪訝そうに眺めて、ぐりぐりと頭を撫でてくる。

「ぼけっとすんな。とっとと動けよ」

「……っ、はい、すみません！」

即答して受付を出、待っていた客に声をかけた。シャンプー台に誘導し、手早く仕事にかかりながら——たった今、仁科が触れていった箇所を火照《ほて》ったように熱く感じた。

陽平のアパートで飲み明かして以来、仁科はたびたび陽平に触れてくるようになった。

とは言っても、セクハラ的なものではなく、頭を撫でたり小突いたり、肩や背を押す程度の些細《ささい》なものだ。オマケに無意識なのか心得ているのか、そういう時にはいっさいセクハラ発言もない。

無理やり頭を切り替えて仕事を終えたあと、陽平は定例の勉強会に参加した。ウィッグを使ってカットの練習をし、仁科や武藤にチェックしてもらう。助言と注意事項とを頭に叩き込んで、帰り支度をする頃にはぐったりと疲れていた。

とりあえず、今日のところはとっとと帰って寝よう。思い決めて更衣室を出るなり、横合いから声がかかった。

「あ、相良が出てきた。おーい、おまえ今日は暇？　これからメシ行くんだけど、一緒に来ない？」

言い出したのは仁科だが、その横には武藤もいた。気持ちは大いに揺れたものの、陽平は愛想笑いを作る。

「あー、ありがとうございます。でもオレ、今日はちょっと用事があるんすよ」

さすがに、今日の今日に武藤と仁科と三人で出かける気にはなれなかったのだ。

「え、そうなのか。残念」

「じゃあまた今度な。気をつけて帰れよ」

「はい。すみません、また誘ってやってください」

あっさりと退いたふたりに挨拶《あいさつ》をして、陽平は先に店を出た。愛用の自転車を取りに、ビルの裏手へと向かう。

見習いの分際で店長や先輩の誘いを断って、何のわだかまりもなく許されるのは、ここ「ＲＩＡ」に特有の事項なのだそうだ。以前に芽衣から聞いた話をつくづくありがたく実感しながら自転車の鍵を解除した時、「相良」と背後から名前を呼ばれた。

「え、あ、うわははは、はいっ⁉」

ぎょっとして振り返って、陽平は別の意味で緊張する。

仁科が、呆気に取られた顔でこちらを見ていたのだ。

「あ、あれ？　店長、武藤さんと食事に行くんじゃ」

「行くよ。けど、その前にひとつ確認。——例の信田。あれから何か言ってきたりしてないか」

「あ、何もないっすよ。大丈夫です」

「そうか。だったらいいけど、何かあったらすぐ言えよ」

陽平の即答に軽く笑って、仁科は店の方に戻っていってしまった。

仁科に心配されていたらしいと気づいたのは、自転車に乗って帰途の半分を辿った頃だ。すっかり日が暮れ、道沿いに街灯が灯る中、ペダルを漕ぎながらつい笑ってしまった。

昔から、陽平は物事に動じない方だ。おかげで、目上や年上からは、「しっかりしているがその分可愛くない」という評をいただくことが多い。裏返して言えば、そんなふうに「心配」されることは滅多になく――それが、何だか嬉しい。

「……れ？」

自分の思考を奇妙に思った時、数メートル先にコンビニエンスストアを見つけた。ガムでも買って来ようと自転車を停めるなり、ふいに携帯電話の着信音がした。液晶画面には「非通知」の文字が躍っていて、それなら実家からかと暢気に通話をオンにする。

手続きの仕方を間違えたとかで、陽平の実家の電話は未だに「非通知」表示のままなのだ。

「はい、陽平――」

『おまえ、いつ店に帰ってくるんだ』

「……え、？」

『ワガママにも限度があるんだ。いい加減、とっとと帰って来い。こっちが下手に出てるうちに言うことを聞いた方が利口だぞ』

返事をする前に、陽平は通話を切っていた。沈黙した携帯電話を眺めたまま、しばらくその場から動けなくなる。

たった今、耳にした声が信田のものだと気づいたのは、子どもの笑い声を聞いた時だ。兄弟らしい小学生がふたり、コンビニエンスストアに駆け込んでいくのを目の端に入れながら、陽平はどうしても待ち受け画面から目を逸らせなかった。

ボタンを操作し、アドレス帳を開く。スクロールした画面の「信田店長」の表示を開くと、自宅と携帯、そして携帯のメールアドレスのアイコンが出てくる。

陽平の携帯電話は、専門学校に入った年に新しくしたものだ。何度か機種変更はしたが、番号やアドレスは変更していない。それだから、信田はこの番号を知っている。

そして、信田はわざわざ「非通知」になるよう準備してから、かけてきたことになる——。

悟った瞬間に、ぞっとした。その時、ふっと画面表示が切り替わる。

現れたのは「非通知」の文字だった。同時に鳴り響いた電子音に息を殺して、陽平はもう一度通話をオンにする。

『勝手に切んじゃねえよ。聞いてんのかよ、あぁ？　こっちにも都合ってもんがあるんだ、とっとと想に連絡して連れ戻せよ。あいつが戻るんだったら、てめえなんざどうでもいいからよ』

どうやら酔っぱらっているらしく、声が乱れて呂律が怪しい。そこまで確かめたあとで、陽平は息を吸い込んだ。携帯に向かって、ゆっくりと言う。

「非常に迷惑なんで、オレに電話してくるのはやめてもらえますか。ついでに、オレには今の職場を辞める気はありません。もちろん、瑞原さんをアンタの店に連れ戻す手伝いをする気もないので、他を当たってください」

言い捨てて、そのまま通話を切った。直後、再び電子音が鳴り、画面に「非通知」の文字が出てくる。

電源を落とした携帯をポケットに押し込みながら、誰からでも見える場所に立っていることに寒気がした。急いで自転車に跨って、陽平は自宅アパートへと向かった。

7

以前にも思ったことだが、続く時には続くものだ。

翌々日、寝不足気味で出勤した陽平が受付で予約の電話を受けていると、店の扉が開くと同時に鈴が鳴る音がした。

電話を顎に挟んだまま扉に目を向けて、陽平は思わず顔をしかめた。

半端に開いた扉に手をかけて立っていたのは、加奈だった。物言いたげな顔つきで、じっと陽平を見ている。

「……はい、承りました。それでは、明日の十五時に。カットとカラーということで。――はい、お待ちいたしております。ありがとうございました」

ひとまず電話を終わらせ、手許の予約帳に記入をすませる。そのあとで顔を上げると、加奈は先ほどと同じ格好のまま、扉を押さえてそこにいた。

「――いらっしゃいませ。本日は、いかがなさいましたか？」

「あの、……陽平に、話があって」

「申し訳ございませんが、勤務中です。私用はご容赦願います。……それと、そこに立ってるとお客さんの邪魔なんで。用がそれだけなら帰れよ」

「陽平、あの」

平日の午後だ。週末や祝祭日に比べれば客数は少ないが、けして皆無というわけではない。もし客がいなかったとしても、勤務時間中に相手ができるはずがなかった。

そもそも、加奈とはあの飲み会の日で終わったはずだ。陽平はとうに加奈の連絡先を携帯電話から削除しているし、二度ほど連絡があった時も意図的に応じていない。

「仕事中にごめんね。でもあの、もう一回だけ。話を聞いてほしいの。ねえ」

「いらっしゃいませ……？」

半開きの扉の向こうから声がしたのは、その時だ。見れば、陽平と同じアシスタントの芽衣が戸惑った様子で立っている。どうやら、休憩を終えて帰ってきたらしい。

「あの、お客さま……？」

「カット、お願いします。——あの、このお店って指名できますよね？　陽平……相良、さんに」

唐突に、加奈が言う。え、と瞬いた芽衣が、今度は困惑気味に陽平を見た。

息を吐いて、受付を出た。加奈の腕を掴んで、店の外に連れ出す。

「……あと三十分で休憩だから。適当なところで待ってろ」

とたんに、加奈の表情が明るくなった。上目に陽平を見上げて言う。

「本当？　本当に、来て、くれる？」

「行くよ。とにかく、ここにいられても仕事の邪魔だし、オレも相手できないから。わかるよな？」

「わかった」と応じて、加奈はようやく歩き出す。数歩先で振り返って手を振ってきた。応じる気になれずそのまま店に戻ると、機転をきかせて受付に入ってくれていたらしい芽衣が困ったように笑う。

「相良くん、さっきのって彼女？　何かあったんだ？」

「あー……すみません。もう来させないようにします」

「あたしはいいけど、彼女のこと苛《いじ》めちゃ駄目だよー？　健気《けなげ》じゃない、女の生命まで預けようなんて」

「その場の勢いで言っただけですよ」

「だとしても、なかなか言えないよ？　あれっだけ手間暇かけてる髪だもの。あたしだって、今の自分に自分の髪、完全に任せるのは怖いもん」

「そうじゃなくて、たぶんあいつ、オレがまだお客の髪を切れないのを覚えてないんじゃないすか？」

　え、と芽衣が驚いたように陽平を見る。

「相良くん。それ、彼女に言ってないの？」

「言いましたけど、忘れてんですよ。すごい髪にこだわる奴だったんで、知ってたらまずあんなこと言わないはずです」

　さもなければ、その場しのぎか単なる機嫌取りだ。うんざりと思ったあとで、そんなふうに考える自分が厭になった。

「あ、相良。おまえ先に休憩行っていいぞ」

　武藤からそんな声がかかったのは、芽衣と受付を交替しフロアに入った直後だった。

　え、と瞬いた陽平に、武藤はあっさりと続ける。

「今、彼女来てたんだろ？　いいから先に行ってこい。仲直りなら早い方がいいってさ」

「いや、でもあの今日は店長の方が先で」

「仁科はまだ当分、手が空かないってさ。待ってると時間読めなくなるから、先に行って来いって」

思わず目をやると、仁科はフロアでロングヘアーの女性客のカットをしているところだった。けらけらと笑いこけながら、変わらない鮮やかな手つきで鋏を使っている。

(仲直りなら早い方がいいってさ)

見ていないフリで実は見ているのが仁科の特技ではあるが、間の悪さについ閉口した。結局、言われるままに陽平は先に休憩に出ることになる。

「あ、そうだ相良。おまえ今日、急いで帰る用ある?」

仁科に声をかけられたのは営業時間を二十分ほど過ぎたあと、最後の客を送り出しての片づけの最中だった。

危なく、持っていたモップを放り出しそうになった。寸前で堪《こら》えて、陽平は平静を装う。

「いや、特にはないっすけど」

「じゃあちょうどいい。手伝ってもらいたいことがあるんだ。居残り頼むな」

はあ、という陽平の返答を聞き届けて、仁科は先に休憩室に引き上げていった。

モップで床を拭き上げながら、腹の底がずんと重くなった。たぶん、昼休みの件を咎《とが》められるんだろうと覚悟する。

時間内に終わらせるつもりが、話し合いの最中に加奈に泣かれて収拾がつかなくなったのだ。最終的には喫茶店に置き去りにして戻ったが、その時には休憩時間を十五分ほどもオーバーしてしまっていた。

「相良ー。もう上がっていいぞ?」

「ありがとうございます。あの、武藤さん……今日は、すみませんでした。ご迷惑おかけしました」

丁寧に頭を下げると、備品のチェックを終えたらしい武藤は一瞬きょとんとした。ややあって、思い当たったように苦笑する。

「ああ、遅刻な。二度目はないから気をつけとけよ。ま、おまえもいろいろあるんだろうけどさ」

「申し訳ないっす。今後は気をつけます」

モップを抱えたままでもう一度頭を下げると、「うーん」と笑う声がした。

「おまえそういうとこ、体育会系だよな。——で? 仲直りはできたのか」

「いや、そっちじゃなくて別れ話だったんで」

「え、そうなのか。可愛い子だと思ったけど」

武藤はどうやら陽平が振られたものと思ったらしい。気の毒そうに、ぽんぽんと肩を叩いてくれた。

モップを収めたあと、先に帰っていく芽衣や武藤を見送りながら、陽平は待合のテーブルに置かれたカタログを揃え直す。

その時、控え室から仁科が出てきた。仕事着のまましゃがみ込んでいる陽平を、不思議そうに眺めて言う。

「何やってんの。早く着替えて来いよ」

「え、でもあの、オレ居残りじゃあ」

「あ、それ口実。これから飲みに行くからつきあいな。明日は定休日だし、多少飲んでも大丈夫だろ」

え、と目を見開いた陽平の頬を抓《つね》って、仁科は顔を歪めた。

「何だその顔。俺の酒にはつきあえないって？」

「いやあの、そうじゃなくって……えーと、それ以前と言いますか。実はオレ、今日はちょっとフトコロが」

ああ、と仁科は笑ったようだった。

「安心しなさい。誘ったからには奢るから」

半ば追い立てられるように控え室で着替えながら、仁科と「ふたりで」飲みに行くらしいと気づいて顔に血が上った。脳裏をよぎった前回の記憶に無理矢理フタをし上着を羽織ってロッカーの扉を閉じたところで、先日の武藤の言葉を思い出す。

頭のてっぺんから、一気に血の気が引いた。

そういえば、暢気に浮かれていられる立場ではなかったのだ。

「相良ー？　そこで寝るなよー。早く出て来いって」

外から、仁科の声がした。

いつもと同じ飄々としたその響きを、いつになく怖いと思った。

8

仁科に連れて行かれた先は、前回と同じ小料理屋だった。

こうした店は、味もいいが値段もそれなりのはずだ。前回にも奢ってもらったはずだが、本当にいいのだろうか。そろりと訊いてみた陽平に、仁科はからりと笑った。

「どうせ飲むんだったら美味い酒がいいだろ。それにここ、料理の味も好みなんだよ」

「はあ……で、あの。何でオレなんですか」

「ひとりで飲んでも美味くない。でもって、今の店で俺が飲むのを知ってるのは武藤と相良だけだからな」

「え。あの、だったら武藤さんを誘った方がいいんじゃないですか」

「冗談。俺はあそこの嫁さんにだけは恨まれたくないんだよ。旦那以外は男じゃない扱いだからなあ……特に俺はね、昔いろいろあったんで害虫扱いされてますから」

はあ、と返した陽平に肩を竦めて笑ったかと思うと、仁科は手酌で熱燗を口に運ぶ。少しは酌をした方がいいのだろうかと思ったが、手を出しかけたとたんに「いいからおまえはビール飲んで食ってな」と言われてしまった。

「……あの、店長。今日はご迷惑をおかけしてすみませんでした。もう、二度とないように気をつけます」

置かれた突き出しに箸をつけたあとで切り出すと、仁科は思い出したように言う。

「ああ。そういや今日、彼女が来てたよな。——で？　ヨリ戻すことになった？」

「また、モロに聞きますね……」

「うん。こういうケースに相良がどう反応するかに興味がある」

興味津々、といった様子で笑った仁科に呆れながら、陽平はぼそりと言う。

「何すか、それ。人を実験動物みたいに。——ちなみに今さらヨリを戻す気はないんで、断って茶店に置いてきましたけど」

「おや。それはまた、何で？」

「何で、って。店長、こないだ全部見てたじゃないすか」

「いや、可愛い子だったしわざわざ店まで来るほど相良が好きだったんだろうからさ。他の男とのちゅーの一回や二回、見逃してやってもいいんじゃないかと」

けろりと言われて、陽平は眉を寄せる。不快感に、つい手許のジョッキの中身を飲み干してしまった。

「本気っすか。店長だったら見逃します？」

「時と場合と相手によりけり。あとは前科の有無《うむ》と、こっちの気持ち次第だな。——ああ、大将。すみません、こっち生ジョッキ追加。でいいよな？」

「あ、ＯＫです。ありがとうございます」

間を置かずやってきた追加のジョッキを手に取って三分の一ほどを呷ると、またしてもぐりぐりと頭を撫でられる。

さらに追及されるかと身構えたが、仁科はあっさりと話題を切り替えた。当たり障りのない世間話をしながら、陽平はかえって居心地が悪くなる。

「……加奈の件は、諸般の事情で。ってことにしといてください」

ふと途切れた話の合間にぽつりと言うと、仁科はカウンターに肘をつくようにして陽平を見た。

「諸般て何。何かあるのか」

「そうっす。まあいろいろと」

肩を竦めて言った時、ジーンズの尻ポケットの中の携帯電話が振動で着信を伝えてきた。

ほんの二秒、震えたきりで消えるのは、着信拒否設定した相手からかかってきた証拠で、何となく心臓が冷えた。

……今朝、陽平は実家に連絡し、電話の非通知設定を解除するよう頼んだ。電話に出たのは弟で、すぐに了解してくれた。その通話を切ってから、非通知の着信を拒否に設定した。

思い出してちょっかいをかけてきただけにしては、信田からの電話は執拗だった。

たびたび非通知での着信が来ては、いた。仕事上がりに数回の履歴がある程度ならさほど気にもならないが、昨日は朝から明け方まで、ほぼ一時間おきだ。おかげで、ほとんど眠った気がしない。

そんなややこしい時に、加奈との付き合いまで復活させる気にはなれない、というのが本音だった。

仁科はそれ以上追及せず、話題は「ＲＩＡ」のスタッフの髪を染めるとしたら誰に何色が似合うかに変わった。緑だの青だの紫だのとそれこそカメレオンを連想するような色を並べ立てては、誰が何色でどんな髪型がいいかと論議する。途中でさらにスライドした話題はいつの間にか「仁科が金髪にしたら何色の服が似合うか」になっていて、さらにそこからも脱線しそうになった。

仕事絡みの話題とはいえ、店長の仁科を独占した状態で何でも訊ける機会はごく稀《まれ》だ。夢中になって聞き入る合間に、いつの間にか過ごしてしまったらしい。気がつくと陽平は絵に描いた酔っぱらいそのものに、隣の席の仁科に凭れてうだうだとくだを巻いている。これはまずいと頭のすみで思ったものの、当の仁科に笑いながらヘッドロックをかけられて、まあいいかと流されてしまっていた。

「……有吾？」

そんな声が聞こえたのは、陽平が完全に出来上がってしまった頃だ。仁科に首根っこを抱え込まれたままで目だけを上げると、やけにきれいな女性が、やたら懐かしそうにこちらを見ていた。

肩口にかかるカールした髪を押さえた指先に、マニキュアが丁寧にほどこされている。雰囲気だけで、同業者ではないと察しがついた。

「やっぱり。久しぶりねえ。今、仕事の帰りなの？」

「んー、まあ。そっちは？　今日は休み？」

「まさか。仕事よ。新しいプロジェクトに入ったばかりで、ちょっと忙しいの。それより有吾は元気だった？　仕事は相変わらずなの？」

「ん、そこそこにな。まあ、忙しいのはありがたい話だけど」

「それはそうよね」

頭上で交わされる会話が、ひどく退屈だった。それならひとりで飲もう思っても、仁科に抱えられたままではジョッキを取ることもできない。どうにか逃れようともがいていると、ふと女性が陽平を見た。微笑《ほほえ》ましいとでも言いたげな顔つきで笑う。

「職場の子？　相変わらず懐かれてるのねえ」

「まあねえ。飲み込みがよくて素直で可愛いんだよね。今、一番のお気に入り」

けろりと返した仁科は、何を思ってか、もがく陽平をさらにがっしりと抱え込んできた。

あげくに、わしわしと頭を撫でくり回されてしまう。

そうなの、と返した女性の声音に棘《とげ》を感じて、思わず眉をひそめてしまった。とたんに彼女は顔を背け、仁科の肩に手をかける。その拍子に、女性らしい柔らかい香りがした。

「ねえ。それより有吾、明日はお休みよね？　だったら、これからうちに来ない？」

「んー、せっかくだけど遠慮する。今日はこいつが先約だから」

「どうして？　いいじゃない、職場の子なんでしょ？　だったら毎日、会ってるようなものなんだし」

「会うだけならいつでもだけど、遊べるのはいつもじゃないから無理かな」

さらりと言う仁科が手にしたグラスが、ふと目についた。何となく違和感を覚えてよく見れば、中身は明らかにウーロン茶だ。確か熱燗をやっていたのではなかったかと、ぼんやり思う。

「何、それ本気？　まだ子どもじゃない。それも男の子だし。有吾ねえ、そういう悪ふざけはほどほどにしないと駄目よ。周りもだけど、その子が誤解したらどうするの」

「いやいや。見た目ほど子どもじゃないんですよ、これが。なー、よーへー？」

「あ、いやちょっ……」

平仮名に聞こえる呼び方とともに、今度はぐりぐりと頬ずりをされた。明らかな子ども扱いにさすがにむっとした時、傍にいる女性の気配が変わったことに気づく。

「……その子と、つきあってるの？」

震える声の響きが、先ほどとは違って聞こえた。思わず耳を澄ませた陽平の頭を抱き込んだまま、仁科は暢気に言う。

「いーや？　こいつは職場のアシスタントだから。前に言ったように、俺は職場内恋愛はしない主義なんで」

「……っ、だったらいいじゃない、久しぶりにつきあってくれたって！　会えたの、これが三か月ぶりなのよ？」

「んー、でも最初にもう会わないって言ったのはそっちじゃなかったか？」

「だ、……だってそれは、有吾が前の人と会ってたりするからっ……」

「ん、それは否定しない。けど、理由を聞かずに全部決めたのもそっちだ」

「理由、なんて……だってそんなの、有吾が悪いんじゃないの！」

半分悲鳴のようになった女性の声を聞きながら、これは紛れもない痴話喧嘩だと知った。同時に、たった今聞いた仁科の言葉を思い出している。

職場内恋愛は、しない主義。

——だったら、先日のアレは何だったのか。

アパートに呼んだのは陽平だが、そもそも飲みに誘ったのは仁科の方で、しかも手を出してきたのも仁科だ。酒の勢いだったのは確かだし、なかったことにしようと決めた以上は、仁科があの件を度外視したとしても文句を言えたすじあいはない。

それは、わかっている。わかっては、いるのだが。

「ねえ有吾、いいでしょ？　こんな偶然なんて滅多にないんだもの。わたし、ずっと会いたかったし声も聞きたかったのよ？　なのに、あれっきり連絡もくれないし」

「んー……今さらそんなこと言われてもなあ」

「その子と、つきあってるわけじゃないのよね？　だったらいいじゃない、タクシーで帰せばそれで」

「いやいや、そうは言ってもねえ」

「うっそ、ついてんじゃねーよ……」

ぼそりと口にした言葉が、合間の沈黙に入ってしまったらしい。仁科は怪訝そうに、女性は不快げに陽平を見る。

並べてみれば、紛れもない美男美女だ。年齢的にも見た目にも文句なしに釣り合いが取れている。誰に聞いてもお似合いのカップルだと言うだろう。

思った瞬間に、わけのわからない不快感が襲った。

「全部嘘じゃん。店長の嘘つきやろー、嘘つくのは泥棒の始まりって知らないんすかー？」

「いやそれは知ってるけどどね。よーへー、どうした。飲み過ぎたか？　気分悪くないか」

「気分なんか、悪いに決まっててんじゃないすか。何なんすか、その職場内恋愛ナシって、まるまる大嘘。てんちょー、こないだオレん家でオレのこと襲ったくせにー」

言い放った瞬間、視界のすみで女性の表情が固まった。その頬から、血の気が引いていくのがはっきりと見て取れる。

気の毒だと思った時には、間近にいる上司の襟首を摑み上げていた。

「いいっすか、てんちょー。人間、優柔不断と嘘つきは最低っす。てんちょーが助平なのはこの間、身に染みてよっくわかりましたが、女の人を騙すのだけは駄目です」

胸を張って言い切った陽平を、仁科が呆気に取られたように見ている。それへ、きっぱりと言いきった。

「ついでに、初心者相手の時は加減することもきちんと心得ておくべきです。いいっすか？ちゃんと覚えておいてくださいよ」

9

自分が何を口走ったのかをしみじみと実感したのは、仁科に半ば抱えられるようにして自宅アパートに戻ったあとだった。

「おいこら酔っ払い。大丈夫か？」

いつもと同じ顔で声をかけてきた仁科の背後には、たった今敷いてくれたばかりの布団が見えている。

どうして店長が布団の在り処《あか》を知っているのか。ぼんやり考えたことが、そのまま口から出ていたらしい。壁に凭れて座り込んだ陽平の前にしゃがみこんでいた人が、呆れたように笑ったのが見えた。

「どうしてもこうしても、こないだ泊まった時に片づけ手伝ったろ。……おい？　寝ぼけてんのか？」

ぴたぴたと、頬を叩かれる。目を閉じてぺたりとその手に頬を預けてみると、火照った肌にひんやりとざらついた感触があって、それがひどく心地よかった。

「そう懐くかな。どうしてこう――」

ぱちんと音を立てて記憶が繋《つな》がったのは、笑いまじりの声を聞いたその時だ。

幸か不幸か、陽平は限度を超えて酔っ払っても記憶は鮮明に残るたちだ。傍目にはぐでんぐでんの正体不明に見えていても、自分が言ったことやしたことや聞いたことは、すべて覚えている。

ほんの数十分前に自分がぶちまかしたとんでもない宣言も、――その時に「彼女」が見せた、色を失くした真っ白い顔までも。

自分でもぎょっとする勢いで、顔を上げていた。

「――……っ！　う、わ！　すみませんごめんなさい、オレ、とんでもねーことっ……！」

「あー。確かにとんでもなかったなあ。おかげさんで、俺しばらくあの店には行けないわ」

悲鳴じみた謝罪への返答は飄々としていたが、内容そのものはずんと重く、顔を上げることもできなくなった。

「反省しろ。まあ、そうは言ってもおまえも一蓮托生だけどね」

「え、……」

「あそこまで大々的に俺と寝ましたって宣言しといて、おまえあそこに顔出せる？　まあ、どうしても行くって言うんだったら止めないけどね」

「そ、ん……あの、でもそれは、オレ、じゃなくて店長の方、が……あの店、店長の個人的な行きつけなんですよね？……」

顔馴染みで、好みの料理も酒も熟知されていて、にもかかわらず仕事の飲みでは一度も使ったことがない。つまり、あの店は仁科にとって特別な、隠れ家のような場所だったはずだ。

申し訳なさに俯いたままでいると、上から笑い声が降ってきた。ぽんぽんと、宥《なだ》めるように頭を撫でられる。

「冗談に決まってんだろ。安心しろ、酔っ払いの戯言《ざれごと》ってことで片づいたから」

「え。あの、それって……」

「酒量の限界を超えたんだろうって、大将が笑い飛ばしてくれたよ。よっぽど俺に懐いてるんだろうってさ」

瞬いた陽平の頰を軽く抓って、仁科は肩を竦める。

「で、及ばずながら俺もフォローしときました。確かに告白はされたけど、こいつが惚れてんのは俺本体じゃなくて腕の方で、今日も腕だけくれって言われたってね」

「でも、あの。大将、はいいですけど、……彼女、さんの方は……？」

おそるおそる訊いてみると、案の定、仁科は困ったように笑った。

「あー……まあ、あっちはねえ。無理だろうね」

「すみません、本当に申し訳ないです！　あの、彼女にはちゃんと謝って説明しますから」

「何を？」

え、と瞬いた陽平を真正面から見たまま、仁科は不思議そうに続ける。

「いや、何をどう説明すんのかと思ってさ。おまえ、嘘は言ってないだろ？　俺がいきなり相良を襲ったのも、相良が男は初めてだってことを承知で一晩中離さなかったスケベ野郎なのも事実なわけで」

露骨なまでにさらりと言われて、陽平は返答に詰まる。

「いやあの、店長……本当、すみませんって。頼みますから……それ、なかったことにしようって約束したじゃないすか……」

泣きたい気分で俯いた視界の中、ふいに仁科が覗き込んでくる。

「……そんなに、悪かったと思ってる？」

「決まってる、じゃないっすか。オレが、余計なこと言ったせい、で」

「うーん、つくづく真面目だなあ……そうやって大っぴらに自分から全責任被ってると、ろくでもないのに付け込まれるぞ？」

軽い口調で言われた内容に、些《いささ》かではあるがむっとした。思わず陽平は言い返してしまう。

「ろくでもないのって、店長みたいな人って意味ですか」

「うん、そう」

意趣返しのつもりの台詞をあっさり肯定して、仁科はにんまりと笑う。

親指の腹でそろりと頬を辿られて、陽平は思わず後じさった。直後、背中が何かに突き当たって、ようやく自分が壁際にいたことを思い出す。

「ってことで、悪いと思うんだったら責任取ってくれる？……」

声は、囁きというより吐息のようだった。同時に長い指先で慰撫するように唇の合間を撫でられて、返答が奇妙に掠れてしまう。

「あ、の、……責任、っていうのは、どういう――」

「ん？　そりゃまあ、こういう意味に決まってるでしょう」

間近で笑った唇が、さらに近くなった。頬に触れる吐息に思わず竦めた首を、大きな手のひらに摑まれる。

「……っ」

吐息とともに、目許に唇を押し当てられる。湿った体温に目尻を舐《な》められて、思いがけず背すじが大きく震えた。息を飲んだ唇が発するはずだった制止は一拍遅く、鼻の横を啄んで落ちたキスに塞がれてしまう。

「本当に素直だな。……ま、酔っぱらってるからかもしれないけど」

そう言って笑う仁科の顔を呆然と眺めながら、陽平はぽつりと言う。

「……てんちょ、……飲みに、行ったんじゃなかった、でしたっけ」

「ん？」

「最初の堋しか、酒飲んでないすよね？……あの、何で――」

「うーん。相良にしては気づくのが遅いな」

至近距離で笑って、仁科は陽平の頬をつつく。

「下心は満載だったんですが、酒の勢いと一緒にされたくはなかったってことで。理解してもらえると嬉しいかな」

「……、え、……？」

ぼうっとしたまま瞬いた、それと同時に角度を変えたキスが重なってくる。ふと顎を摑まれたかと思うと、自分のものとは違う体温にやんわりと歯列をつつかれた。考える前に緩んだ唇の奥を深くなぞられて、今さらのように数時間前に飲んだ日本酒の味を意識する。

「……、ン、——」

耳の奥で、水っぽい音がした。断続的に響くその音と連動するように、舌先を搦め捕られる。かすかなその痛みが一瞬のあとに別の感覚に転化して、痺れるような余韻《よいん》を肌の表面に伝えていく。

気がついた時には、陽平は仁科のセーターの肩口をきつく握りしめていた。

キスから解放された唇が、かすかにヒリつくような感覚を訴える。浅くなった呼吸がひどく露骨に聞こえて、勝手に頬が熱くなった。痛いように感じる視線に俯くと、今度は目尻に舐めるようなキスをされる。

「——どうする？」

こめかみを辿っていくキスの合間、間近で囁く問いに視線を上げると、まともに仁科と目が合った。

「どう、って……」

「今ならまだ逃げられる。リミットまであと二分ってとこかな。そのあとは、よーへーが何を言っても逃がしてやらない。——逃げるなら今しかないよ？」

笑顔とともに、目の前に腕時計をかざされた。二十二時十三分、と時刻だけ読んだものの、その先をどうすればいいかわからずに、陽平は指の中にある仁科のセーターを握りしめる。ふだんにも増してうまく回らない頭で必死に考えていると、腰を抱き込んでいた腕にふいに力がこもった。

「はい、時間切れ。よって、よーへーはもう逃げられない」

「え、あの、ちょっ……」

半端になった言葉は、寄ってきたキスに飲み込まれた。腰ごときつく抱き寄せられて、密着した体温にどくりと心臓が音を立てる。気がついた時には陽平は布団の上に転がされていて、真上から仁科に見下ろされる格好になっていた。

長い指にこめかみを撫でられて、肌の表面がざわりと波立った。

「えーと、あの、店長……本気、っすか」

「失礼な。俺はいつも本気ですが？」

即答とともに喉許を齧られて、勝手に肩が大きく跳ねた。それでも、陽平はどうにか言葉を繋げる。

「え、……でも確か前回、なかったことにしようって言ったんじゃ……それに、こういうので失敗するから禁酒してたって、前に」

「あのねえ……俺だって、誰彼構わずってわけじゃないよ？　相手くらい選ぶに決まってるだろう」

どういう理屈だと思いながら、なぜか逃げる気になれなかった。

間近にあった吐息が、顎の下を啄んでは齧っていく。むずがゆさとくすぐったさに身を捩《よじ》ると、腰に回った腕にきつく抱き込まれた。

密着した腰を軽く揺すりあげるようにされて、ぞっとするような予感が背すじに走った。布越しに伝わってくる体温がひどく生々しいものに感じられて、陽平は知らず息を飲んでしまう。

「あの、……店長、——っ」

「あ。今はそれはナシね。俺のことは有吾と呼びなさい」

「有吾……さん、ですか」

「『サン』はいらない。呼び捨てでいい」

「え、でもあの、オレって店長よりだいぶ年下で、でもって下っ端の見習いで」

「うん。だから、今だけの話。明後日《あさって》、店に出た時にはいつも通りってことで。一回、呼んでみな。有吾、だ」

額をぶつけたままで促した声にもう一度上唇を齧られて、思考回路のどこかが音を立てて壊れた。喘《あえ》ぐような吐息の合間、どうにかその名を口にすると、間近にあった顔がやけに嬉しそうに笑う。

「うん。素直でよろしい」

囁きを、直接耳の中に吹き込まれたようだった。耳朶を齧り耳孔を掠めていったキスが、今度は目許を狙って落ちてくる。

目尻から眉の下、こめかみを執拗に辿られる感触に、皮膚の下の部分が待ちかまえたようにざわめくのがわかった。尖らせた舌先が肌をなぞっていく感触はどこか異様で、なのにびくびくと肩が揺れる。

「あ、の。……何で、そんなとこ――」

「ん？　あ、何となく。趣味みたいなもん。よーへー、ここ敏感だよな。いじると反応可愛い」

「な、んすか、それ。ていうか、何かそれだとどっかの犬みたいじゃ……っ」

「犬ぅ？　何だそりゃ」

「え、……いや、実家、の近所に、やたら人の顔舐めるのが好きな犬が、いて――……っ」

語尾が詰まったのは、いきなり耳朶に食いつかれたせいだ。外側のラインをなぞった舌先をさらに奥に押し込まれて、喉から音のような声がこぼれる。妙に甘ったるいその響きにぎょっとして、陽平はきつく歯を食いしばった。とたんに、今度は長い指に顎を捉えられる。間近で、顔を覗き込まれた。

「よーへー、犬が相手でも我慢する？」

「……は、あ……っ？」

「我慢しないよなー。くすぐったかったら、ちゃんと笑いな。ついでに、別の声も我慢しない。いい？」

「や、……あ、の――っ」

言うだけ言った仁科は、そのくせこちらの言い分を聞く気はないらしい。陽平の鼻先を齧ったかと思うと、顎から喉へとキスを落としていく。

何がどうしてこうなったんだろうという疑問符は、首から抜かれたセーターと一緒に脳裏からこぼれ落ちてしまった。鎖骨の上を啄んだ口づけがゆっくりと動いて下りていく。やんわりと、そこだけ色を変えた箇所を指先で撫でられて、勝手に背すじが大きく跳ねた。息を詰めた喉を撫でた指先が脇腹を掠めたかと思うと、陽平のジーンズの上をゆっくりとなぞり始める。そうされて初めて陽平は、自身の下肢がいつのまにか熱を孕《はら》んでいたことを知った。

「ちょ、待っ……てん、ちょ……」

「店長呼びは禁止。今度言ったらお仕置きするよ？　ついでに人を犬扱いしたペナルティもアリな」

「いやあのお仕置きって、オレ幼稚園児じゃな……っ、待っ──」

言いかけた声は、齧りついてきたキスで塞がれた。もう覚えた体温に唇の奥を探られて、喉の奥からかすかな声がこぼれる。背すじを走った甘い悪寒《おかん》にびくりと跳ねた腰を抱かれたかと思うと、慣れた手つきでベルトを外される。ジーンズの前を引っ張られ、剝《む》き出しになった箇所をもう覚えた体温で握り込まれて、全身が引きつった。

「……っ！」

淡く掠れた音が、自分の声だとすぐには気づかなかった。直接神経に触れてくるような──身体の底に沈んだ感覚まで攫っていくような悦楽に、全身の肌が粟立つのがわかる。

指先になぞられて脈打った熱が、逃げ場を探して全身に広がる。息苦しさに背けた顎を摑まれ引き戻されて、またしても呼吸を塞がれる。見開いた視界が輪郭を失って、額をぶつける距離にいる人を見つめるしかできなくなっていく。

「ン、や、──っ……」

必死の意思表示が通じたのか、ようやくキスが離れていく。ピントが合わない視線の先で、仁科が笑ったのがわかった。耳許での低い囁きの、意味までは聞き取れなかったものの宥めるような声の響きはぞっとするほど心地よく、どうしようもなく腰がうねった。

顎から喉を伝ったキスが、胸許から脇腹を啄んで落ちていく。それを感覚だけで追いかけながら、陽平は茫然《ぼうぜん》と天井を見つめた。

前回の数倍かと思うほど、強烈で鮮明な感覚だった。どういうわけか、あの時とは触れる体温から伝わってくるものが違う。未知の感覚に茫然と天井を見上げているうち、ふいに膝を摑まれたことに気づく。

ぎょっとして頭を上げた直後、身構える暇もなく襲った悦楽に喉の奥で声が詰まった。

「……っ、や、……な、にやっ……嘘っ……！」

やや長めにカットした仁科の髪には、天然のくせがある。カラーリングで明るめにした色も跳ね具合も、間近で見てきてよく知っている。

その髪が、掲げられた自分の膝の合間で動いている。その事実が、信じられなかった。

髪を摑んで押しのけようとした、その瞬間に先端に歯を立てられて全身が大きく撥ねた。

断続的に響く水っぽい音がひどく露骨に耳に届いて、それだけで頭の中が飽和状態になる。

制止を訴える自分の声が、途切れ掠れて譫言《うわごと》のように響いている。

「んー？　何が嘘？」

笑いを含んだ声と同じタイミングで、過敏になった箇所を吐息が掠めた。それだけで揺れる腰に火が点《つ》くほどの羞恥を覚えて、陽平は必死に首を振る。返事をすればあからさまな声が溢《あふ》れそうで、痛むほど唇を嚙みしめた。

「慣れてないなあ。あんまり彼女にやってもらってないな？」

「――そ、んなの、ある、わけ……っ」

「おや。本当に？」

上ずった声で絞った答えに、ふいに仁科が動いた。するりと解放されたその箇所を、今度は手のひらで包まれる。握り込んだ指先でやんわりとなぞりながら、同時に顎を摑まれた。

「もう一回確認。ああいうことをされたのは初めて？」

額がぶつかる距離で訊かれて、目許に血が上るのがわかる。鼻先が触れるほど近く、目に入る仁科の唇が濡れているのがやけに目について、その唇に何をされていたのかを思い知った。

「わ、ざわざ訊きますか、そういうの……っ」

「うん、訊きたい。ついでにこれが初回だったら非常に嬉しい」

けろりとした返答に、それこそ頭のてっぺんから湯気が上がるかと思った。反射的に暴れた腰をきつく抱かれて、陽平は眦《まなじり》を吊り上げる。

「てんちょ、……言ってることが最低なんすけどっ！」

「そう？　正直な気持ちなんだけどなあ」

笑いを含んだ返答とともに鼻先を擦り寄せられ、下唇を齧られる。舌を捕られ嚙みつかれたのと同時に過敏になった下肢を複数の指先で交互に煽《あお》られて、頭の芯が焼けつくような感覚が襲った。身動きが取れないまま、それでも必死にずり上がろうとしているうちに、またしても両の膝を掴まれ押し開かれる。軽いくせをつけた髪が、陽平の肌の上をすべっていく。

反射的に、伸ばした指先で仁科の髪を掴んでいた。

「よーへー、邪魔するとこれもペナルティだよ？」

「や、……っ」

逃れようと動いた腰を掴まれ、強引に引き戻される。下肢に吐息が触れた直後、またしてもその箇所を含み取られて引きつったような悲鳴が漏れた。必死に押しのけようとした指を掴まれ、互いの指を絡め合う形で握り込まれて、布団の上に押しつけられる。

制止が、うまく言葉にならなかった。堪えきれずこぼれる自分の声に、自分自身が煽られる。剝き出しになった神経が、勝手に悦楽を拾い始める。暴走を始めた熱はとうに制御できないほど膨れあがって、肌の底で大きく爆《は》ぜた。灯った熱は神経を伝うようにじわりと広がり、じき全身を覆っていく。逃れる余地もなく、陽平はそのまま限界の先へと追い込まれた。

「……っ、あ、――」

自分の呼吸音が、ひどく耳障りだった。いつのまにか泣いていたらしく、目尻からこめかみに尾を引くようにヒリついた痛みがある。瞬いて見上げた先、覗き込んできた人にその目許を啄まれた。

「結構、泣き上戸《じょうご》だな。それとも、泣くほどよかった？」

笑いとともに言われて、その場から走って逃げたい心境になった。身動いだ肩をそのまま

抱き込まれ、頬から顎へ、瞼へとあやすようなキスをされる。ろくに抵抗できずにいる間に、どうにか落ち着きかけた呼吸を塞がれてしまった。

「力抜いてろよ。どうしても辛《つら》かったら教えてな？」

長く深いキスが離れていったあと、耳許で囁く声がした。確かに聞き取ったはずのその言葉の意味が思い出せずにただ見上げていると、苦笑した人に額をぶつけるようにされる。もう一度、啄むようなキスをされた。

耳の奥で響く水っぽい音が、やけに生々しく聞こえた。かすかな布擦れや互いの吐息や、肌が触れ合う音すらはっきり聞き取れるのに、どうしてか相手の声だけが理解できない。それがひどく不思議で、陽平は睫が触れる距離にいる人をただ見上げている。

いつも近くで見ていたその髪に触れる機会は、そういえば滅多にないのだ。思った時には、陽平は少し長めのその人の髪に手を伸ばしていた。

間近にいた人が、笑う気配がした。宥めるような声のあと、体温の高い手が過敏になった肌を辿って、じきに膝を摑むのがわかる。

陽平、と耳許で低く名を呼ばれる。その響きだけが、くっきりと耳に残った。

10

翌日は、腹が立つような上天気だった。

待ち合わせ場所の喫茶店の窓際で、陽平はぼんやりとよく晴れた窓の外を見ていた。

昨夜、仁科は陽平のアパートに泊まった。午後から用があるとかで小一時間ほど前に帰っていったが、陽平はそれを自宅アパートの窓から、ごくふつうに見送った。

――もっとも、昨夜のあの出来事が「ふつう」なのかどうかは非常に判断に迷うところなのだが。

(よーへー、朝メシできたぞ。起きてみな)

陽平が目覚めるなりあっさり言ってのけた仁科は、前回とは打って変わって平然としていた。当たり前のように起き抜けの陽平にキスをし、着替えを手伝った。別れ際には何の迷いもなく、陽平を抱き寄せてキスをした。

その間中、陽平は事態が飲み込めず茫然としていた。

昨夜仁科が泊まったことも、そこで二度めがあったことも、――その時にも自分がはっきり拒まなかったことも、しっかり覚えている。もちろん、全部を仁科のせいにしようとは思ってもいない。

いないがしかし、……あれはアリなのか。

「……わっかんねー……」

初回は、あくまでニアミスだ。しかし、二度めとなるともはや「間違いでした」ではすまされない。

仁科はどうだか知らないが、少なくとも陽平はそう思う。思うがしかし、仁科と自分とではそもそもの認識だとかモラルというものが、思いっきりかけ離れている。なので、こちらの理屈がまともに通じないような気がする——。

「あ、陽平ごめん！　ずいぶん待った？」

横合いからかかった声に我に返って、陽平は破顔した。

「おはようございます、瑞原さん」

「うん、おはよー。陽平、もう頼んだ？」

「まだです。瑞原さんを待ってました。どれにします？」

言って、手許にあったランチメニューを瑞原想に差し出した。揃って注文を決め、やってきた店員に伝える。

前回は陽平が声をかけたのだが、今回は瑞原の方から誘ってくれたのだ。

「あれから、何もないっすか？　信田店長の方」

「あー、うん、全然。電話も前に比べれば減った感じかな」

「そんならよかったです。ちなみに彼氏さんには話しました？」

「話した。もっのすごい厭な顔で、何かあったらすぐ言えって言われたよ。――ところで陽平は？　あれから、信田さんと何もなかった？」

「電話はありましたが、向こうが言ってることは同じですね。ただ、こっちも着信拒否したんで最近の言い分は不明ですけど」

拒否設定していても、着信履歴は残るのだ。時間帯によって頻度はまばらだが、昨日も仕事中のはずの真っ昼間から真夜中に明け方まで、ほぼ一時間おきの着信が残っていた。

「うわ、……あのさ陽平、その件だけど。センセーが、あんまりしつこいようならソレナリの手段を取った方がいいんじゃないかって」

「平気っす。どうせただの腹いせでしょうし、そのうち飽きますよ」

ストーカーじみた電話を黙殺するくらい、携帯電話を買い換える金額を思えば大したことではない。加えて矛先《ほこさき》を陽平に向けている間は、信田も瑞原に何か仕掛けることはないはずだった。

「けど、さ……信田さん、かなりしつこい人じゃん？　何かそれだと、本来ならおれにくるはずのゴタゴタまで陽平に押しつけてる気がするんだけど」

「大袈裟っすねー。たかだか電話じゃないっすか」

「でもさ」

「前に言ったじゃないですか。この件に関しては、おれと瑞原さんは一蓮托生なんです。でもって、この際はっきり言わせていただきますが、この場合に信田店長の相手すんのはオレの方が適任です」

「うー」

納得できないという顔つきで、それでも瑞原は黙ってしまう。反論を予期していただけに意外さを隠せずにいると、瑞原はどこか拗ねたように言った。

「……昨夜、センセーにそれとそっくりおんなじことを言われた」

「へ、そうなんすか？　え、でもオレ、瑞原さんのセンセーさんとは会ったことないっすよね？」

「センセー、信田さんのことは知ってるから。あと、陽平のことはおれがいろいろ話した。そんで、……おれなんかより陽平の方がよっぽどしっかりしてて現実が見えてるみたいだから、余計なことはせずに陽平の言う通りにしてろって」

ふう、と大きく息を吐く。

「一応、おれの方が陽平より年上のはずなんだけどなあ……つっくづく、イゲンってもんが足りないよなあ」

「瑞原さん。適材適所っすよ」

え、と瞬いた瑞原を覗き込んで、陽平はさらりと言った。

「人間、誰しも向き不向きってもんがあります。瑞原さんのセンセーさんは、それがわかってて言ってるんじゃないっすか？」

「ムキフムキ、かあ。けどさあ、それって結局、おれにはゲンジツショリノウリョクが足りてないとか、そういう」

「違いますって。それとこれとは話が別です。瑞原さんは、瑞原さんで。そのまんまでいいじゃないですか」

苦笑まじりに言うと、瑞原は困ったように笑った。皿の上のハンバーグを箸でつつきながら言う。

「陽平さあ、言うことが結構センセーとかぶるよね」

「そうっすか？　どのへんが、ですか」

「そのまんまでいい、っていうの。落ち込んでるとさ、よくセンセーが言ってくれるんだよね。まあさ、実際のとこおれはおれで、陽平でもセンセーでもないから仕方ないんだけど」

「……そりゃどうも、ご馳走様です」

思わず苦笑すると、ハンバーグを齧っていた瑞原が怪訝そうにした。それへ、陽平は肩を竦めて指摘する。

「自覚ないみたいっすけど、それ惚気《のろけ》ですよ」

「え、嘘！　って、え？　あのっくらいで？」

「あのくらいもこのくらいもなく、立派な惚気です。――ところで瑞原さん、変なこと訊いてもいいっすか？」

「あ、うん。いいよ、何？」

不思議そうに首を傾げる瑞原に、陽平は思い切って言った。

「かなり前に、瑞原さん、言ってましたよね。酔った勢いで女の子と寝てどうとかって」

「うわ、陽平、何でそんな古いこと覚えてんの!?　いやごめん、それ忘れようよ！　頼むから！」

「忘れるも何も、タダの例え話じゃないすか。そんで、ですね。その場合、瑞原さんだったらどうします？」

え、と瑞原が目を瞠った。まじまじと向けられた視線に思わず俯くと、困ったような瑞原の声がする。

「えー、と。でも確か陽平は、自分だったらつきあってみるって言ってなかったっけ」

「あー。――そっか、そうでしたっけ。忘れてました」

無意味に愛想笑いをした陽平を、瑞原は怪訝そうに見つめたままだ。観念して、陽平はぼつりと言う。

「はあ、なんつーか、その……オレ、そのまんま、やっちゃったんで」

「……やっちゃった？」

「ですから、酔った勢いで。全然、そういう対象じゃなかった人と」

かきん、と音がしたように、瑞原はその場で固まった。呪縛が解けたのは約十秒後で、やたら瞼をぱちぱちとさせて陽平を見ている。

「え、え、え、？　あの？　やっちゃったって、もしかしてそれ、陽平の話？」

「はあ。まあ、そういうことになります」

「嘘だろ、いやあのごめん、そういうのって陽平がまさか、えーとちょっと待って！　いろいろ整理するから！」

言うなり、瑞原は両手で頭を抱えてしまった。

ぐるぐると悩んでいるらしい瑞原を見ながら、申し訳ない気分になった。

瑞原との話題は仕事絡みに終始することが多く、この手の話を振ったのはこれが初めてなのだ。

「うー……相手は女のヒトだよね？　ゴメン、おれ、女のヒトのことはよくわかんないから」

「あー……いや。うちの店長なんですけど」

「え？」

今度こそ、瑞原は絶句した。穴があくかと思うほど長く陽平を見つめたかと思うと、いきなりテーブルに身を乗り出してくる。

「ちょっと待ってよ。陽平んとこの店長って確か仁科さんじゃなかった⁉　全国大会で入賞したことがあって同業のファンも多くて、でもとんでもなくセッソウなしで有名な、あの仁科さん」

「はあ。その人です」

ずいぶんな言い草だが、事実なだけに訂正はしなかった。いったん口にしてしまえば腹が据わるものらしく、陽平は淡々と頷いておく。

「……あの、さ。ちょっと訊きたいんだけど、いいかな」

数秒、黙って陽平を見たあとで、瑞原は意を決したように言う。

「仁科さんが、男でも女でも平気なヒトだっていうのは聞いてる。目についたら手当たり次第食っちゃうとか、気に入らなかったら一晩で捨てるとか、そういう……どうかって話ばっかりなのも、まあ今は置いとく。――けどさ、何で陽平がそんなことになっちゃってんの？」

「はあ。何でと訊かれても、オレも困るんですけど」

「だって陽平、ちゃんと女の子とつきあってたじゃん！　サナエちゃんとか、ちょっと幼い感じだったけどお人形さんみたいでさ。陽平と並ぶと雛《ひな》人形みたいだって、おれずっと感心してたのに」

「早苗《さなえ》にはとっくの昔に振られました。初キス記念日を忘れるような薄情者は嫌いだ、とかで」

「は？　はつきすきねんび？……」

「他にも初めてオレに会った日から始まって、告白記念とか初デート記念とか初めて手を繋いだ記念とか。あと、つきあい始めて何日目とか何週目とか諸々。で、そのたび会うか電話するかしないと拗ねて手がつけられなくなってたんで」

「……え……うわ、それ……まじ？」

「まじっす。といいますか、振られた理由のひとつが、オレが毎日電話を寄越さない、だったんすけどね。会ったら会ったで時間が長引くし家の前まで送らないと泣き出すし、まあ電話くらいならと思ってたんですけど、いくら何でも月の携帯料金が毎回三万越えだと食うに困るじゃないすか。なんで、振られて結果オーライだった感じで」

「けいたいりょうきんさんまんごえ……」

　さすがに予想外だったらしく、瑞原は茫然とつぶやく。そのあとで、我に返ったように陽平を見た。

「じゃあサナエちゃんのことはいいや。けどさ、何でまた仁科さん？　あの人男だし離婚歴もあるし、あんまりいい話聞かないのは知ってるよね？」

「……離婚？　してるんですか、店長」

「う、え、あれ？　もしかしてそれも知らなかった？」

まずいことを言った、という顔で口を塞いだ瑞原に、意図的に肩を竦めてみせた。

「初耳っすね。といいますか、たぶん店長のプライベートはほとんど何も知らないです」

言ったあとで、気がついた。

仁科と同期の武藤が新婚の奥さんと一緒にガーデニングに嵌っているとか、先輩の柳井に新しい彼氏ができたとか、芽衣が実は双子で同じ顔の妹が市内の女子大に通っているとか。店の他のスタッフのことなら、断片的なプライベートは知っている。

なのに、仁科のことはほとんど何も知らないのだ。これまで陽平が「知っていた」ことと言えば、「相手構わずの節操なし」に「下戸でビールコップ半分も飲めない」という、ただの噂や意図的な嘘の部分ばかりだった。

「で、それホントですか。あの人、実は結婚してたんですか？」

真正面から訊いてみると、瑞原は困ったように黙った。無言で見つめる陽平に根負けしたのか、ぼそぼそと言う。

「うちの店長からの又聞きだけど。何年か前に同業者と結婚して独立店舗建てて、ちゃんと軌道に乗せたらしいよ。で、さあこれからって時にいきなり別れたって。その時の店は今は別れた奥さんが取り仕切ってて、若い女の子に人気があるって聞いた。えーと、確か店の名前が『遥《はるか》』っていって」

瑞原が口にした店名には思い切り聞き覚えがあって、陽平は脱力する。

「……そこ、半月前に行きました。店長と一緒に」

「へ？　え、何で？」

「講習会に、参加させてもらったんです。もちろん、おれだけじゃなくてスタッフ全員で。——そこの店長さん、確かに女の人で仁科店長とは親しげでした、けど」

車で二十分ほど走った隣の市にある美容室「遥」は、女性らしく洗練された雰囲気の店だった。店長は前下がりのショートボブが似合うきびきびとした女性で、仁科や武藤と親しい間柄だとはすぐにわかった。

「そ、か。店長、離婚してたんだ」

「ん、——あのさあ、噂だけで判断するのは間違いのモトだとは思う、けど。でも陽平、ちゃんと考えなきゃ駄目だよ？」

「考える、ですか？」

「余計なことだとは思うけど、陽平だから言う。噂の半分が本当なんだったら、仁科さんはやめた方がいい。ていうか、正直おれは離婚歴のあるヒトと付き合うのはオススメしない」

瑞原が、こんなふうに強く物を言うのは初めてだ。意外さに瞬いて、陽平は口を開く。

「どういう理由か、訊いていいっすか」

「ん、……まあ、陽平もそうなんだけどさ。仁科さんて相手が女のヒトでも、全然大丈夫だってことじゃん？」

言葉を探すふうに、訥々《とつとつ》と続けた。

「ふつうに、お互いが合わなくて別れる分にはどうしようもないと思うよ。セケンテイとかシガラミとかいう理由だったら、結婚するのも、仕方がないとも思う。けど、好きな女の子ができたから結婚しますって言われたら、かなりきついよ？　だって、どうしたって敵《かな》わないじゃん」

（実は彼女にフラレたばっかりなんで）

いつかの、仁科の言葉を思い出す。同時に、昨夜小料理屋で会った女性の顔が脳裏に浮かんだ。

「おれみたいに開き直っちゃえば別だけど、ナナメに歩くのは楽じゃないから。そんで、それでもこっちに来るんだとしても、相手は選んだ方がいい。一時の遊びですませられるんだったらいいけど、陽平って真面目だしそこまで器用じゃないじゃん？」

訥々とした瑞原の言葉を聞きながら、陽平は昨夜の経緯を反芻《はんすう》する。

「彼女」を「仁科の恋人」というニュアンスで口にした陽平に、仁科は一言の否定もしなかった。もう無理だろうとあっさり笑い、――そのあとで、陽平に手を伸ばしてきたのだ。

「……――瑞原さん、ちょっとマジになりすぎっすよ」

ゆっくりと言いながら、陽平はようやく今朝から胸の中にあった重さの正体に気づく。

仁科から、告白の言葉をもらったわけでもない。つきあおうだのよろしくだのといった、始まりの言葉も交わしていない。

仕事の延長で飲みに行って、なし崩しに関係を持った。もっと言うなら初回は本当に酔った勢いで、昨夜は明らかに彼女の「代理」だ。「つきあう」だの何だのと言うよりもっとずっと手前の——さもなければまるで次元の違う、関係なのかもしれなかった。

最初の時に揶揄されたようにガキの頃にやった触りっこの延長か、……それこそ、セックスフレンドとか。

「陽平？」

怪訝そうな声に我に返って、陽平はどうにか笑ってみせる。

「そこまで深かったり、真面目だったりするような話じゃないっす。結局は酒の勢いですから」

「陽平、でもさ」

「大丈夫っす。ちゃんと、考えます」

敢えて、きっぱりと言い切った。

「ありがとうございます。とても参考になりました。……裏情報まで教えてもらったし？」

わざと笑って言うと、瑞原は困ったような笑顔を返してくる。

しばらく世間話をしてから、陽平は瑞原と連れ立って店を出た。

別れ際、瑞原はやけに真面目な顔で陽平を見上げた。

「陽平さ。何かあったら電話しなよ。ひとりで悩んで煮えたら駄目だよ？」

11

なし崩しの関係というものが、陽平《ようへい》は非常に苦手だ。

何となく始まる恋愛もあると友人は言うが、その「何となく」というのが理解できない。いつまでが友達でいつからが恋人なのか、どの時点でどういった距離の取り方をするのがいいのか。その境界線が曖昧《あいまい》なのは、かなり辛《つら》い。

友人に言わせると、「だからおまえは四角四面なんだ」ということになるらしいが。

「相良《さがら》。少し休憩しないか」

ふと背後からかかった声に、陽平は手を止めた。

周囲の静けさに気づいたのは、差し出された缶コーヒーを受け取ったあとだ。怪訝《けげん》に視線を巡らせ、この場に自分と仁科《にしな》しかいないことを知ってぽかんとする。

「あれ。芽衣《めい》と柳井《やない》さんは……？」

「もう帰った。もしかして覚えてない？　おまえ、ちゃんと挨拶《あいさつ》してたけど」

「……はあ。そのようですね」

定休日の前日に居残り練習をするのは、「ＲＩＡ」に就職して以来の陽平の習慣だ。むろん他の日に残ることもあるが、翌日が休みであれば時間を気にせずにとことん没頭できる。

「えーと、すみません。もしかして店長、オレにつきあって残ってたりします？　だったらもういいっすよ、オレも適当に切り上げますから」

陽平の隣で缶コーヒーを手にしている仁科は、本来ならこんな時間まで残る必要はない。生来の面倒見のよさで、居残り練習につきあってくれているのだ。

横顔で笑った仁科が、ぽんと陽平の頭を撫《な》でる。ついと伸ばした手で、陽平がカット練習中のウィッグの、耳の下辺《あた》りをさした。

「気にするな。都合があったらとっとと帰る。――それよりこのあたり、もう少し削《そ》いでみないか？」

「そこ、ですか。削ぐんですか？」

「ん。ああ、でもその前に横からもよく見てな。今のままでも悪くはないが、このカラーでこのボリュームだと印象が重くなる」

言われた通り横からウィッグの形を覗《のぞ》いてみて、陽平は言葉の意味を理解する。

「そろそろ上がるか。腹減っただろ」

アドバイスを聞きながら鋏《はさみ》を使い、ようやく満足して息を吐く。そのタイミングで、横から仁科に言われた。頷《うなず》いて見上げた壁の時計はすでに日付が変わった時刻をさしていて、さすがに陽平もぎょっとする。

「う、わ……！　すみません、こんな時間っ……」

「ん。でも納得はいったろ？　よかったな」

さらりと言って、仁科は片づけに手を貸してくれた。

店の明かりを消して外に出た後、仁科が店の出入り口に施錠をする。振り返るのを待って、陽平は頭を下げた。

「じゃあ、お疲れさまです。ありがとうございました」

「おいこら待て。せっかく待ちかまえた俺を捨てて帰る気か？」

自転車を取りに行こうと踵《きびす》を返した、そのとたんに襟首を摑《つか》まれた。喉《のど》を詰まらせ咳《せ》き込んでいるうちに、今度は腰ごと抱き込まれる。

「……っ、え、あの店長……っ」

「はい、今からそれ禁止。ってことで、よーへー、一緒にメシ食いに行くぞ」

「――っ、あの、時間こんなですけど！　開いてる店なんか、そうそうないんじゃ」

「見つけてある。まあ、この時間だと確かに贅沢は言えないけどな」

最近になって思い知ったことだが、仁科の声はかなりの凶器だ。抱き込まれたまま耳許《みみもと》で低く囁《ささや》かれて、その場にへたり込みそうになった。どうにか逃れようともがいてみても、巻きつい腕は離れる気配を見せない。

店が入ったビルは、大通りに面している。入り口そのものはやや奥まった場所にあるが、往来といっても間違いない。そんな場所でこれはないだろうと、ひどい焦りが走った。

「いやあの、それは了解です。了解、しました、んで放してくださいっ。人目が」

「人目なんかどうでもいい。よーへーが逃げないんだったら放す。逃げる気ならこのまま拉致する。どっちがいい？」

どっちにしても拉致するんじゃないかとは思ったが、今は目先の解放が先だ。「逃げません」と即答するなり緩んだ腕から、飛びのく勢いで離れていた。

「うわー……その逃げ方は傷つくなあ」

「傷つくもなにも、場所柄くらい考えてくださいよ。誰が見てるかわからないでしょうが！」

「別に俺は、見られてもどうってことないんだけどな」

「あいにくですか、オレの方はどうってことあるんです。だいたいですね」

「はいはい。続きは車でね」

軽くいなされて、結局陽平は仁科の車の助手席に乗り込むことになった。

連れて行かれた先は、陽平も知っているチェーン展開の居酒屋だった。駐車場で車を降りながら、陽平は思わず仁科を見上げてしまう。

「いいんすか、車で。飲めませんけど」

「いいんです。ここ、料理が結構いいらしいぞ」

はあ、と首を傾《かし》げながら、陽平は仁科について店に入った。案内された窓際の席で脱いだジャンパーを脇に置きながら、改めて上司を見上げる。

「ん？　どうした？」

やってきた店員にオーダーしたあと、視線に気づいたらしく仁科が頬杖《ほおづえ》をつく。それへ、陽平はぼそぼそと言う。

「あのですね……店長、何でいちいちオレのこと構うんすか？」

「ん？　んー、何か癒されるから、かな」

「いやされますか……オレのどこがでしょう」

「うん、だから全部。よーへーを見てると楽しいし安心する。可愛いし、抱き心地がいいので俺は大好きですね」

「——……そ、ですか……」

満面の笑顔で言われてしまえば、出てくるのは間の抜けた返答ばかりだ。

「ちなみにあと一度しか言わないけど、店長呼びは今は禁止だから」

「いやあの、禁止って言われても」

「禁止と言ったら禁止。破ったらどうなるか、わかってるよな？」

意味ありげな笑いとともに伸びてきた指に顎先《あごさき》をくすぐられて、陽平は返答に詰まった。

……「二度目」のあのあとにも、仁科は陽平のアパートにやってきた。その時はどちらも素面《しらふ》で、なのに気がついたら「そういうこと」になっていて――結局、休日だった翌日の午後までずっと一緒にいた。

まるで、そうすることが当たり前みたいに。

たぶん、陽平は仁科のことがかなり好きだ。以前から美容師として尊敬していたし、信用に足る人だとも思う。それは自覚しているし、隠すつもりもない。

けれど、それは本当に恋愛感情なのかと問われると、返答に詰まるのも事実なのだ。加えて仁科の本音が見えないから、余計に困る。

嫌われていないことは、わかる。どころか、傍目《はため》にもわかりやすい「お気に入り」状態だということも自覚している。

していいるが、しかしこれはどう考えても仕事上での「お気に入り」扱いではなく――「そういう」意味合いで特別扱いされた日には、正直言って非常に反応に困る。

「さーて、んじゃあ帰りますか」

言うなり腰を上げた仁科のシャツの肩口を、思わず摑んで引っ張った。

「あの店長、今日はオレに払わせてもらえませんか」

「ん？　何で」

「毎回、ご馳走になってばっかりじゃないすか。いくら何でも、そこまで甘えるのはどうかと」

「甘えられてないと思うけどなあ。俺も、毎回よーへーん家に泊まってるし。それでフィフティじゃないか？」

「いやあの、でも」

言いかけた鼻先に、車のキーを差し出された。思わず受け取った陽平の頭を撫でて、仁科はからりと笑う。

「いいから先に車行ってな。悪いと思うんだったら、よーへーん家でサービスしてくれ」

「……何すか、それ。何か、言い方が」

「そりゃもちろん、ある種の期待をしてますから」

意味ありげな笑顔とともに、伸びてきた手のひらに腰から下を撫でられた。

「……っ、だから所構わずセクハラすんなと、あれだけ言っ……」

「無理だなあ。よーへーが可愛いのが悪い。で、どうする？　ここで続きやる？」

「……遠慮しますっ」

精一杯低い声で言い返して、先に出入り口に向かった。

払いを終えてこちらに歩いてきた仁科が、ふと足を止める。携帯電話を耳に当てるのを目にして、先に外に出ることにした。曇っているらしく、月も星もない夜空を見上げていると、背後から声が聞こえてくる。

「……から、——あ、そう。了解。これから？……んー、まあ……あんまりよくはないけど、仕方ないだろうねえ……はいはい。ん、じゃああとでな」

電子音を聞いてから振り返ると、ちょうど仁科が携帯電話をポケットに突っ込むところだった。待っていた陽平が鍵を差し出すと、「先に乗ってればいいのに」と笑う。

「ところでよーへー、おまえ明日、自転車いる？」

仁科が訊《き》いてきたのは、車がいくつめかの交差点で赤信号に引っかかった時だった。

「あー、はい。ないと困りますね」

「明日、店まで取りに行く根性は？」

「ないっすよ。歩きだと結構かかるし、バスだと乗り換えないといけないし」

「だったらタクシー使うか？」

きょとんと見上げた陽平の頭をぐりぐりと撫でて、仁科の横顔が困ったように笑う。

「悪いが、今日は送りも泊まりも無理になったんだよなあ……だからってこの時間にひとりで帰すのも気になるし」

とたんに、頬に朱の色が上るのがわかった。

夕食を一緒にした時の仁科は、決まったように陽平のアパートに泊まっていく。それだから、今夜もそうなるのだろうと何となく思い込んでいた。それを、真正面から指摘された気がしたのだ。

慌てて陽平は両手を振った。早口に言う。

「大丈夫ですよ。この時間だと車も少ないし、チャリで十分もかからないです。――あ、どうもご馳走様でした。それと、ご指導ありがとうございました」

店の前に車が停まったのを機に、礼を言って頭を下げた。シートベルトを外して車を降りようとした時、ふいに肩を摑まれる。

「え、あの、てんちょ……」

「はい反則。ってことで罰則ね」

言い返す暇もなく、語尾を流し込むようなキスをされた。車中とはいえ店の真ん前だと泡を食って逃げようとすると、力尽くでシートに押しつけられる。

「ん、……から、場所……っ」

必死の抵抗は、舌先を絡めるキスに飲み込まれた。

押し退けようにも手首や肩を摑む指は強く、かといって仁科の手を引っかくわけにもいかない。喉の奥で唸《うな》って抗議するのがやっとだった。

長いキスから解放されたあと、しかめっ面で睨《にら》みつけた陽平の肩をシートに押しつけたまま、仁科は感心したように笑う。

「よーへー、つくづく真面目《まじめ》だねえ……こんな時間にこんな暗かったら、よっぽど野次馬し

「ない限りは見えないって」

「そ、の野次馬がいたらどうすんですかっ!」

「うん? 大丈夫、いないの確認したから」

けろりと言い返され、ついでのように下唇に嚙みつかれた。そのまま、喉許に額を押しつけるようにくっつかれる。

「あの、……仁科、さん……？」

　さすがに名前呼びはできず名字を口にすると、仁科が大きく息を吐く気配がする。

「うーん、惜しい……このまんま、よーへーを持って帰りたい……」

「はあ……あの、オレはモノじゃないんで。勝手に持ち帰られても困るんですが」

「うん、知ってる。だから今日はちゃんと返すよ。その分、来週埋め合わせよろしく」

「え？　あのー、それってオレが埋め合わせするんすか？」

　思わず問い返した陽平を抱き枕よろしく抱えこんだまま、仁科はけろりと言う。

「そりゃそうでしょう。お持ち帰り拒否したのはよーへーなんだからさ」

「いやあの、それは何か理屈が違ってないっすか？　えーと」

「違ってる、ことにしてもいいけど。じゃあこのまんまお持ち帰りコース行こうか」

　言葉とともに思わせぶりに腰を撫でられて、慌てて声を上げていた。

「いやすみません遠慮しますっ！　っていうか、用があるから今日は駄目って言ったの店長じゃないっすか」

「あ、よーへー、また反則したな。じゃあもう一回、今度はもうちょっと濃厚な罰則を」

「いえ、もうオレはこれで！　じゃあご馳走さまでしたっ」

ドアを押し開けて、転がるように車を降りた。閉じた助手席の窓が開く音に振り返ると、運転席のハンドルに突っ伏すようにして仁科が笑っているのがわかる。何となくむっとして見ていると、顔を上げてひらひらと手を振ってきた。

「やー、よーへー、本当に可愛いなあ。——あ、そうだ。見てるから、ついでに自転車取っておいで」

「……はあ？」

「部屋まで送れないから、せめて車の中からお見送り。気をつけて帰れよ」

釈然としないながらも、陽平は自転車を取りにビルの裏手に向かう。施錠を外して戻ると言葉通り仁科の車はまだ路肩に停まっていて、運転席から手を振ってくるのが見えた。会釈《えしゃく》をして、陽平は自転車に乗った。数メートル走った先、角を曲がり際にちらりと目をやると、仁科の車はまだそこに停まったままだ。

あれも、仁科の態度の変化のひとつなのだ。

居残り練習をしたスタッフの帰りを気にかけること自体は、以前から同じだ。けれど、以前はあんなふうに家まで送ろうとはしなかったし、わざわざ見送ったりもなかった。

「何か、過保護なんだよなあ……」

どうやら仁科は、「これ」と決めた相手のことを構って構って構い倒すタイプらしい。

そして、──あそこまで構われれば、誰しも勘違いはするだろうと思うのだ。

毎度のことながら、たぶん仁科の希望とは外れた反応をしているのだろう自分を振り返って、陽平は肩を竦《すく》める。

朝の牛乳を買おうと立ち寄った深夜営業のスーパーで、自宅の鍵を忘れていることに気がついた。慌ただしく買い物をすませて、陽平はまたしても職場へと引き返す。いつもの角を曲がった時、思わずブレーキを引いていた。

先ほど陽平を見送った場所に、仁科の車があったのだ。

深夜とはいえ、駐車禁止の場所だ。大丈夫なのかと思った時、その助手席に駆け寄る人影が目に入る。

仁科と同世代の、白いコートを着た女性だった。長いスカートから覗くハイヒールを優雅に履きこなし、慣れた様子で車に乗り込んでいく。近くの街灯の光のせいか、リアウインドウ越しにも、運転席の仁科が手を貸しているのがはっきりと見て取れた。

ハザードを消した車が、ゆっくりと動き出す。その車中で、助手席から運転席へと細い腕が伸びていくのがわかる。じきに車は車道の流れに合流し、見えなくなった。

後ろから走ってきた自転車に呼び鈴を鳴らされて、歩道に突っ立ったままで見入っていた自分に気がついた。ぎくしゃくと足を動かして、陽平は店の前に自転車を停める。鍵を開け、自宅の鍵を取ってきてから、再度店の施錠をして自転車に乗った。

ハンドルを握る指先が、手袋越しにもかじかんでいくのがわかった。それと同じだけ、頭の芯が痺《しび》れたような心地になる。機械的に自転車を漕いで、陽平はようやく自宅アパートに辿《たど》りついた。

携帯電話で確かめた時刻は、いわゆる丑《うし》三つ時だった。とっとと寝てしまおうと足音を殺して階段を上がり、自室のドアに鍵を差し込んで、

「え、……?」

そこで陽平は異変に気づく。

陽平が住むアパートは1Kの造りで、住人のほとんどが学生か単身者だ。建物は古いが手入れが行き届いていて、敷地や建物の中にゴミの類が散乱していることはまずない。

そのアパートの廊下、陽平の部屋のドアの真ん前に、煙草の吸い殻が落ちていた。

その場で落として踏みにじったように潰《つぶ》れた複数の吸い殻の中、まだ赤い火口《ほくち》が見えているものを目にして、ぞっと背すじが粟立《あわだ》った。すぐさま靴先で踏み消しながら、それなら直前まで誰かがここにいたのだと思う。

「冗談、だろ……」

火事にならなかったのは、僥倖《ぎょうこう》だ。陽平の帰りがもっと遅ければ、本当にどうなってい

たかわからない。

持ち出した空《あ》き缶に吸い殻を放り込み、部屋に戻って缶の中に水を入れた。念のため、明日にでも不動産屋に言っておこうかと考えて、――今さらのように吸い殻が「自分の部屋の前」にあったことを思い出す。

ぞっとするような感覚が、背すじに走った。

陽平の友人にも、煙草を吸う者はいる。けれど、用がある時は必ず事前に連絡してくる。家族にしても同じことで、だからこんなふうに自宅の前で待ちかまえるような人物の心当たりはない。

待ち構えたとしても、こんなふうに吸い殻を残したり、火がついたまま放置したりするはずがなかった。

ひどく、厭《いや》な予感がした。

玄関先に置いた空き缶から、陽平はしばらく目が離せなかった。

12

街を歩く人の髪型やファッションに関心を持って眺めるのも勉強のうちだと、陽平に教えてくれたのは瑞原《みずはら》だった。

カウンセリングで聞いた内容だけで対応するのではなく、本人の服装やメイクや表情と合わせた上で、客に「一番似合う」髪型を提供するのが美容師の仕事だ。そのためには、どんな人にどんな服装や髪型が似合うかというサンプルデータを、自分の内に積み上げておくに越したことはない。

就職したての陽平が具体的にどうすればいいのかと訊いた時、瑞原は軽く首を傾げて言ったのだ。

(まずはシミュレーションかなあ。街を歩く人をよく見て、服装や髪型がちゃんとその人に似合ってるかどうかをチェックする。似合わないと思ったら、どこがどうだから似合わないのかを見極めて、具体的に何をどうすればその人に似合うのかを考えてみたらいいよ)

確かに、そうやって「人」を見るようになってからは、いろいろな意味で視点がかなり変わった。同時に、今の自分に足りない部分がいくらか見えてきたようにも思う。

「相良、また人間ウォッチングやってんの?」

「あ、うんごめん。ありがとう」

横合いからかかった声に振り返って、陽平は佐野《さの》が差し出した紙カップを受け取る。

佐野は美容専門学校にいた頃の同級生で、現在は隣の市の美容室でアシスタントをしている。陽平と同じく毎週火曜日が休日となるが、会うのはこれが約一か月ぶりだ。久しぶりに遊び倒そうという誘いに乗って昼前に合流してランチを取り、最寄りの商店街を冷やかして歩いて、目についたオープンカフェに入った。

注文を友人に頼んだあとで、ぼうっとしていたらしい。向かいの椅子に腰を下ろした友人は、さっそくストローに口をつけた陽平を眺めて怪訝な顔になった。

「何。おまえ何か悩んでんの？」

「え、何で？」

「会ってからずっと上の空じゃん。このところずっとつきあい悪かったしさ。さすがの相良も今度の彼女にはベタ惚《ぼ》れになったらしいって噂《うわさ》になってんの、知らねえ？」

「初耳だけど。ていうか、ベタ惚れも何も、先月別れたし」

「え、そうなん？　加奈《かな》ちゃんだよ？　あの、花の女子大生の。すげー仲良さそうだったのに、何で？」

「……まあ。いろいろあったんで」

事の真相を説明する気になれず、返す言葉の歯切れが微妙に悪くなった。

そういえば、ここしばらく友人たちと連絡も取っていなかったのだ。休日前夜には仁科が泊まりに来ていたし、翌日は大抵午後まで一緒にいる。その状況で、他の誰かとどうこうできる暇はない。

その様子を、友人は別の意味に解釈したらしい。しみじみと陽平を見て言う。

「相良さあ。いっぺん訊こうと思ってたんだけど、自分から誰かを好きで、必死になって追いかけたことってある？」

「何だ急に、それ」

「余計な世話だと思うけど、言う。相良はもう少し、一生懸命なとこを見せた方がいい」

「一生懸命な、とこ？」

怪訝に眉《まゆ》を寄せた陽平に、紙カップを手にしたままで佐野は言う。

「そう。落ち着いてんのは相良のいいところだけど、何考えてんだかわかんねーっていうか。どこからどこまで本気か見えないって、前に清水《しみず》たちが言ってんの聞いたぞ」

「はあ……どこまで本気も何も、オレはふつうにしてるだけなんだけど」

「そのふつうがまずいんだよ。恋愛沙汰なんか、どっかおかしくなるもんだろ。相良はちょっと理性的すぎ。つーか、本当に加奈ちゃんのこと好きだったんかよ」

「……好きでもないのに付き合うかよ」

さすがに声を低くすると、佐野は大袈裟《おおげさ》に目を見開く。

「あ。怒った？　うわ珍しい……つーか、そういや俺、相良が本気で怒ったの見たことないなあ。っていうか、おまえでも腹が立つ時ってあるの？」

「当たり前だろ。怒る時はちゃんと怒るよ」

苦笑まじりに背後に凭《もた》れかかった時、その後ろ頭に何かがぶつかった。え、と振り返って、陽平は真後ろに人がいたことに気づく。

「うわ、すみません！　どっかぶつかりました？」

「いえ、大丈夫。ありがとう」

きれいな笑顔で言った女性には見覚えがあるような気がしたが、下手《へた》に声をかけるとナンパになってしまう。逡巡しながらも視線を外せずにいた陽平に、彼女は人懐こい笑顔を向けた。

「相良くん、だったわよね？　仁科のところの」

「あ、……はい、そうです。あの、この間はありがとうございました。勉強になりました」

頭を下げたあとで、思い出した。

先々月に参加させてもらった講習会で、会場となっていた美容室「遥《はるか》」の店長──つまり、瑞原に聞いた情報では仁科の元妻だった人だ。前回はストレートだった前下がりのボブを緩く巻いて、ロングスカートに長めの上着を合わせている。

講習会には、店内が溢《あふ》れかえるほどの参加者がいたし、仁科から特別に紹介されたわけでもない。まさか名前を覚えられているとは思わず、それがひどく意外だった。

落ち着かない気分で、彼女が背中合わせの席につくのを見届けた。ようやく向き直ってみれば、ストローをくわえたままの佐野が不思議そうにこちらを見ていた。

「何。知り合い？」

「あ、うん。前に参加した講習会の、会場だった美容室の店長さんで」

「悪い、待ったよな？　つーかおまえねえ、もう少し加減てものを考えなさいよ。いくら俺が荷物持ちでも、ものには限度があってねえ」

言いかけた言葉が半端に途切れたのは、いきなり背後で聞き覚えた声がしたせいだ。そろりと振り返ってみて、陽平はずんと腹の底が重くなるのを自覚する。

「って、あれ？　……相良？」

驚いたのは、お互い様だったらしい。真後ろのテーブルの横、女性の隣の椅子に荷物を置いていた仁科が、陽平を認めて目を瞠《みは》ったのがわかった。

「奇遇だな。友達と一緒か」

「はあ、……はい。そうっすけど。店長、は」

「ん、ちょっと所用。つきあいみたいなもんだな」

肩を竦めた仁科に、横合いから件《くだん》の女性店長が声をかける。

「有吾《ゆうご》、何にする？　頼んでくるけど」

「ああ、いいや。俺が行く。カフェオレのホットでいいんだろ」

「胃の調子悪いから、カフェオレはやめたいのよ。ここ、メニューってないのかしら」

「セルフの店だからねえ。んじゃ一緒に見にいくか」

「そうね」

軽く笑って腰を上げた女性と仁科が、肩を並べて売場カウンターへと向かっていく。それを見送っていると、横合いから佐野が訊いてきた。

「なあ、今度は誰」

「あ、……うん、うちの店長、だけど」

「え、まじ？　あの有名な……」

言いかけた佐野が、慌てたように自分の口に手で蓋をする。その態度が気になったものの、訊くだけの余裕もなかった。

出ようかと切り出した佐野に救われた気分で、陽平は紙カップの中身を飲み干した。友人について腰を上げ、売場カウンターの前にいたふたりに挨拶をして店を出る。

「うわびっくりした。つーか、おまえんとこの店長って、男にしか興味ないんじゃなかったっけ？」

十分に距離を取った頃、おもむろにカフェの方角を振り返った佐野が言う。つられて目をやると、トレイを手にした仁科たちがテーブルに戻るのが遠目にも見て取れた。

「……さあ。とりあえず、セクハラは男にしかしない主義らしいけど」

「え、じゃあ陽平ってセクハラされてんの？　お触りとか」

素っ頓狂な声を上げた友人にかすかな違和感を覚えながら、陽平は訂正する。

「お触りはナシ。たんに、口でそれっぽいこと言うだけ。——あ、そっか。そういや前に、仕事関係の相手にだけは手を出さないことに決めてるって言ってたな」

「あ、そうなんだ？　つーか、あれ完全にカップルじゃん。だったらあの噂、ただのデマかぁ」

むしろ残念そうに言われて、陽平は怪訝に眉を寄せた。

「噂って、何だよそれ」

「いや、だから。『ＲＩＡ』の店長は男女どっちもいけるけどむしろ男の方が趣味で、あの見た目にあの腕なんで入れ食い状態だっていう」

「何だよそれ。ふつうに失礼なんだけど。っていうか、どこで聞いたんだよそんなの」

今の職場に変わった時もそれ以降も、佐野とは何度も仕事の話はした。けれど、内容はそれぞれの職場での仕事のやり方や教わった技術のことばかりだ。仁科をよく知る面々相手であればともかく、直接会ったこともないはずの友人に、職場の上司の暴露話をした覚えは陽平にはなかった。

「先輩から聞いた。相当、有名な人なんだろ？　寄ってくる相手には事欠かないから気に入ったのを手当たり次第食ってるけど、興味ないのまで来るのがうざいから、そういうの除外すんのに男好きを詐称してるって話。あ、そっか。だったら陽平とかにセクハラすんのも虫《むし》除《よ》け対策ってことだな」

「ふーん……そりゃ初耳だ」

ぽつりと言って、陽平はもう一度カフェを振り返る。

席についた仁科たちが、楽しげに談笑しているのが見える。伸ばした手で仁科の顎に触れた女性が、悪戯《いたずら》っぽく笑ったのがわかった。どこから見ても恋人同士そのものの光景に、心臓の奥を握られたような心地になる。

振り切るように、背を向けた。

「で、これからどこ行く？　佐野、何か買い物あるって言ってなかったっけ」

「あ、そうそう。それがさあ、扱ってる店が決まってるみたいでなあ」

変えた話題にあっさりと乗ってきた友人と連れだって歩きながら、陽平は気づかれないよう小さく息を吐く。

（送りも泊まりも無理になったんだよなあ）

昨夜《ゆうべ》、そう言った時の仁科の顔が脳裏に浮かぶ。同時に、昨夜引き返した店の前で、仁科の車に乗り込んでいった女性の面影を思い出した。

食事のあとで仁科にかかってきた電話があの女性からのものだろうとは、あの時点で予想はついていた。

昨夜泊まりに来なかったことに、文句をつけるのは間違いだ。そもそも最初から、陽平は仁科と何の約束もしていない。その場の流れでそうなっただけだから、優先順位が低くても仕方ない。むしろ、今さらそんなことを気にかける方がよほど鈍い。

――最初の「イキオイ」よりも前から、そういうつきあいが派手な人だと知っていたはずなのだ。

(陽平とかにセクハラすんのも完全に虫除け対策ってことだな)

たった今聞いたばかりの、佐野の声音が耳の奥で響く。

「――……」

ひどく、胸が重かった。無意識にシャツの襟許を握りしめて、陽平は心臓の奥でざわめく感情を持て余してしまう。

大抵のことは、受け流してしまえるはずだ。それが無理なら、加奈の時にそうしたように終わりにしてしまえばいい。

よく言えば割り切りがよく、悪く言えば薄情者。それが陽平という人間だ。自分で思うだけでなく、周囲からもよくそう言われる。

それなのに、――どうしてこんなに落ち着かないのか。

時間にしてほんの数分、目にしただけの光景は、くっきりと陽平の脳裏に焼きついてしまったらしい。早めの夕食を終え、佐野と別れて帰宅してからも、気がつくと昼間の仁科たちの様子を思い出してしまう。

離婚したから、険悪な仲だとは限らない。世間には別れた相手と友人づきあいしてる人もいるし、同じ相手と結婚離婚を繰り返す人もいる。それに、そもそも陽平が初めて見た時、仁科と彼女は気安そうに笑いあってもいた。

――今ごろ、仁科はどうしているだろう。あのきれいな女性と、どこかのレストランでテーブルを囲んでいるのだろうか。それとも、どちらかの自宅のリビングで……？

その時、ふいに携帯電話の呼び出し音が鳴った。

畳の上を四つん這《ば》いで動いて、ローテーブルの上の携帯電話を手に取る。

開いた液晶画面に表示されていたのは、仁科の名前だった。

咄嗟《とっさ》に、どうしたらいいかがわからなくなった。仁科の名前を見つめて固まっているうちに、呼び出し音は途切れてしまう。こちらからかけた方がいいのか、それともかけ直してくれるだろうか。ちらりと考えて、そのあとでいきなり気づいた。

何の用事で、仁科は電話をかけてきたのか。

明日も仕事で、陽平も仁科も出勤だ。シフトの変更が入る余地はないし、何よりこれまで休日に仁科から電話がかかってきたことは一度もない。

「……――」

携帯電話を握りしめたまま、動けなくなった。そのまましばらく待ってみても、電話がかかってくる気配はない。

ため息を吐《つ》いて、手近の窓を開けてみた。肌を刺す冷気を感じながら、この部屋に来るたびに仁科が座っていた窓際に腰を下ろす。夜の風景と吐く息の白さを眺めながら――自分でも処理しきれない感情が、胸の底の、すくい上げようがないほど深い箇所に淀《よど》んで沈んでいるのを知った。

13

翌朝は、奇妙な予感とともに目が覚めた。ぼうっとしたまま視線を巡らせた先、時計の長針はいつもならとっくに朝食をすませているはずの位置にあって、慌てふためいて飛び起きる羽目になった。

前夜ろくに眠れなかったせいか、鳴った目覚ましを叩《たた》き落として二度寝に入ってしまったのだ。

急いで身支度をして、部屋を飛び出した。駐輪場で愛用の自転車を引き出しながらふっと違和感を覚えたものの、それどころではない。アパートの門を出て、店に向かって必死にペダルを漕いだ。

店に辿りつくまでには、いくつかの信号を横切らなければならない。ちょうど通りかかった交差点の歩行者信号は点滅していたが、ギリギリで渡れるとペダルを踏み込んだ。

横合いから小さな子どもが飛び出してきたのは、その時だ。

とっさにブレーキを引いていた。手応えのなさにまずいと思ったその瞬間に、陽平は自転車のハンドルを大きく左に切る。目の前に迫るブロック塀に、衝突を覚悟した。

最初に感じたのは、衝撃だけだった。

ついで、子どもが泣き叫ぶ声がした。

一拍遅れてきた激痛に顔を歪《ゆが》めながら、陽平はどうにか目を開く。

数メートル離れた歩道の上、先ほどの子どもが座り込み、手放しで泣いているのが見えた。怪我でもさせたかと、全身から血の気《け》が引いた。

駆け寄ろうにも、上に乗った自転車に脚が絡まってどうにも動けない。それでも必死で格闘していると、通行人らしい女性が手を貸してくれた。見れば子どもの傍《そば》にも駆け寄っている人がいて、そのことにほんの少しだけ安堵《あんど》した。

「すみません、……あの子、怪我は」

「大丈夫よ、ぶつかってないから。びっくりして泣いちゃっただけ。それよりきみは平気？動けないようなら救急車、呼ぶけど」

「いや、大丈夫です。動けます」

親切な言葉に礼を言って、左手をアスファルトについた。どうにか立ち上がり脚を引きずりながら、陽平はぶかぶかのダッフルコートを着た子どもに近寄る。泣きながら女性にしがみつく様子に本当に怪我はないのだと察して、一気に肩から力が抜けた。

子どもを抱き上げた女性は、母親だったらしい。精一杯お詫《わ》びを口にし頭を下げると、かえって陽平の怪我を心配してくれた。

「うちの子は大丈夫。こっちこそ、いきなり飛び出してごめんなさいね。——それより、ずいぶんひどい転び方だったから、病院に行った方がいいかもしれないわよ？」

そう言いながら、手持ちの絆創膏で陽平の傷の応急手当をする。その気遣いに礼を言い、最後にもう一度謝罪をしてから、陽平は転がったままの自転車に近づく。どうやら右半身から塀に突っ込んだ形になったらしく、ハンドルに手をかけるだけで、身体《からだ》の右側に激痛が走った。

自転車が壊れたかと思ったが、幸いにしてフレームに傷がついただけですんだようだ。ブロック塀の方も破損はしておらず、そのことに安心した。

起こした自転車のブレーキに手をかけて、ゆっくりと前に押す。そうしてみて、陽平はやっと当初の違和感の正体を知った。

——左右のブレーキが、まったく利《き》かなくなっていた。

14

陽平が店に辿りついたのは、十一時半を回った頃だった。

「え、え……相良くん!? どうしたのそれ、大丈夫っ!?」

受付にいた芽衣の陽平を見るなりの第一声がそれで、ひどく居たたまれない気分になった。

自転車屋から徒歩でここに来るまでの間、ウィンドウ越しに何度か目にした自分の格好を思い出す。

額の真ん中に大きな絆創膏を貼り、愛用のジャンパーの右肩から肘《ひじ》は擦り切れて、大きな破れ目を作っている。ジーンズの右脚部分にはアスファルトでひっかいた痕《あと》がくっきり残った上に、膝《ひざ》の部分が大きく破れて血がついてしまっていた。

相当目立つだろうとは思っていたが、通常営業中の店内では場違い過ぎる風体に、中に入ることにすら躊躇《ちゅうちょ》した。

芽衣の声に気づいたのか、顔を出した武藤が陽平を見るなり大きく目を見開く。

「どうしたんだ、それ」

アクシデントがあったため遅刻するとは連絡したが、詳しいことは伝えていなかったのだ。

「はあ……えーと、自転車のブレーキが壊れてたみたいで、危なく子ども轢《ひ》きそうになりまして。子どもは無事だったんですけど、ちょっと塀にがつんと」

「ぶつかったのか」

「はい。遅れてすみません、すぐ着替えて入ります」

「いや待て、おまえそのままだと」

「よーへー。おまえすぐ病院行け」

口を挟んだのは、やや離れたフロアの鏡の前で、女性客の対応をしていた仁科だった。

「いや、でもあのただの打撲だし。そんな大袈裟にするようなことじゃ」

陽平の言葉にあからさまに顔をしかめた仁科が、客に何事か告げて入り口に駆け寄ってくる。難しい顔で、陽平を眺めた。

「そんな格好で店に出られても邪魔だ。手当と、あと右肩を診てもらって来い」

言い切られて、陽平は返答を失う。竦んだようにその場に突っ立っていると、武藤が取りなすように仁科に言った。

「この状態でひとりで行かせるのも危ないから、休憩の時に病院まで送ってくるよ。――相良、それまで休憩室で待ってて」

頷く以外に、どうしようもなかった。仕事の邪魔にならないよう休憩室で座り込みながら、今さらに身体のそこかしこの痛みを実感する。

どうしてこうなったのかと、思わずにはいられなかった。

武藤が休憩に入るのを待って、陽平は最寄りの病院に連れて行かれた。

診察の結果は、右の肩と肘、脚の打撲と数か所の擦過傷、そして額の裂傷だった。額に当てたガーゼをテープで固定し、右の肘と右脚のガーゼはテープとネットで処置してもらう。額は二針縫うことになったものの、幸いにして他に大きな怪我はなかった。

正午をわずかに回った病院の待合室は、診察や会計を待つ人でざわついている。そんな中、検査の結果を待ちながら、陽平は膝の上に置いた自分の両手を見ていた。

麻酔がまだ効いているのか、額のあたりに違和感がある。右側の肩や肘、それに膝のあたりがヒリつくように痛んだ。

(頭だけは、放っておくとまずいからさ。あと、通勤中の怪我だろ？　そうなると、一応は労災の対象にもなる。念のため、診断書も貰《もら》ってくるように。って、これは店長からの伝言だから)

別れ際の武藤の言葉が、耳の奥に蘇《よみがえ》る。

正直に言って、陽平自身にも何が起きたのかがよくわからないのだ。

(ブレーキワイヤが左右とも切れてるねえ。磨耗にしては切断面がきれい過ぎるんだけど……誰かに自転車を触らせたかな？)

店に来る途中で、陽平は自転車屋に立ち寄った。経緯を説明し修理を頼んだそのすぐあとで、簡単に状態を見ていた自転車屋にそう聞かされた。

あの自転車には、昨日も乗った。特におかしいとも、危ないとも感じなかった……。

受付に呼ばれて会計をすませ、診断書を受け取った。駆けるように正面玄関を出て、停まっていたタクシーに乗り込む。贅沢だとは思ったが、そんなことは言っていられなかった。

今日は、柳井が休みなのだ。芽衣ひとりでアシスタントをこなすのは、いかにいっても厳しすぎた。

店の前にタクシーが着いた時には、すでに時刻は午後二時を回っていた。

「……すみません、遅くなりました」

「相良くんっ？　大丈夫だった？」

気後れしながら店に戻るなり、受付にいた芽衣が声をかけてくる。武藤と仁科はそれぞれフロアで客のカットをしていたが、ほぼ同時にこちらに目を向けたのがわかった。

「大丈夫です。骨に異状なし、打撲と裂傷と擦過傷ってことで」

「そうなんだ、よかったー。血みどろだからどうしたのかと思った」

「すみません、すぐ支度して入ります」

「あ、うん。でも急がなくていいよー。今んとこ落ち着いてるから」

芽衣に礼を言って、陽平は急いで休憩室に駆け込む。着替えをすませ、鏡で自分の格好を確認してから店に出た。とたん、待ちかまえていたように武藤から声がかかる。

「相良、おまえ今日は受付な。芽衣、こっち手伝い頼む」

「はーい、了解です」

「すみません、ご迷惑をおかけします」

わざわざ声をかけてくれた武藤に頭を下げ、芽衣にもう一度断りを告げて、陽平は受付に入った。

麻酔が切れてきたのか、時間が経《た》つごとに額の傷が強く疼《うず》いてきた。立っているだけでも身体の右側が悲鳴をあげるようで、何度か歯を食いしばる羽目になる。最後の客を見送る頃には、全身が磨耗したようだった。

後片づけを終えたあとで、陽平はもう一度、スタッフ全員に謝罪して回った。難しい顔をしていた仁科には、診断書を封筒ごと差し出した。その場で中身を開いた上司が顔をしかめるのを目《ま》の当たりにして、改めて深く頭を下げる。

「本当にすみません。あの、完全にオレの不注意での事故だったんで、労災はいらないです。本当にすみませんでした。以後、こういうことのないように気をつけます」

不慮の事故と言っても、この場合の陽平は加害者だ。自分の不注意が招いたことで、スタッフに迷惑をかけたことになる。

「ん、了解」

未《いま》だ渋い顔の仁科に再度謝って、陽平は休憩室へ向かった。

「相良くん、今日どうやって帰る？　自転車ないんだったら、あたし送ろうか？」

「大丈夫です。自転車も、修理が終わってるはずなんで。取りに行かないと明日困るし」

「そっか。じゃあ気をつけてね？　お大事に」

芽衣が帰っていくのを見届けて、陽平は着替えにかかった。

さすがに今日ばかりは、居残りをする気になれなかった。改めて着込んだ衣類のぼろぼろさ加減に、一歩間違えたら本当に大惨事だったのだと知って寒気がする。

「よーへー、ちょっと待て。送っていくから」

休憩室を出てすぐに、フロアにいた仁科からそう声をかけられた。

反射的に、笑顔を作っていた。

「……ありがとうございます。でもオレ、自転車も取りに行かないとまずいんで。今日はこれで失礼します」

「おい、待てって」

仁科の言葉を、最後まで聞かずに店を出た。そのまま、できるだけ早足で通りを歩き出す。

仁科の顔を、まともに見られなかったのだ。遅刻して迷惑をかけたせいだけでなく、今日だけはひとりでいたかった。

息が切れるまで立ち止まらず歩いてから、陽平は振り返る。追ってくる様子がないことを知って、安堵すると同時に胸の奥がすかすかした。

立ち寄った自転車屋では、愛車が修理を終えて待っていた。

もう大丈夫だと言われたものの、どうにも乗って帰る気になれなかった。修理代を払ってしばらく預かってほしいと頼むと、自転車屋はあっさりと承知してくれた。

今度は最寄りのバス停へと向かいながら、陽平は小さく息を吐く。

……昨夜、陽平は携帯電話を睨んだままで布団に入った。信田《しのだ》からの執拗《しつよう》な着信をやりすごしながら、小さな液晶画面に仁科の名が表示されるのを待って、気がついたら明け方近くになっていた。少しでも寝ないとまずいと携帯電話を置き、布団を被《かぶ》って目を閉じた。そうやって思い出すのは、仁科を名前で呼び捨てていた元妻の笑顔や、仁科の車に乗り込んだ女性の横顔ばかりだった。

カーテン越しにも白んでいく天井を睨むように見上げながら、やっと気がついた。

以前、瑞原に指摘されたように、そもそも陽平は性的なことに関してリベラルな方ではない。だからこそ加奈のやったことが許せなかったし、言い訳もろくに聞かずに別れを決めた。

なのに、どうして今、こうまでぐだぐだと考えているのか。そもそも、どうしてずるずると仁科とのつきあいを続けているのか？

つまり、二度目に流されてしまった時点で、陽平は完全に捕まってしまっていたということだ。自分も男で仁科もそうで、その場で流されただけの関係だと思い込んでいて――それなのにいつの間にか、仁科に対して特別な感情を抱《いだ》いてしまっていた。

それなら――だったら、これから自分はどうしたらいいだろう。

辿りついたバス停のベンチに腰を下ろして、陽平は左手で頬杖をつく。擦り切れたジャンパーに血の痕が残る格好が目につくのだろう、通行人の視線を感じたが、意図的に知らん顔を通した。

一番わかりやすいのは、抱えた疑問をすべて仁科にぶつけて真相を問いただすことだ。けれど、……仁科が陽平を、「都合のいいセフレ」としか認識していなかったとしたら？

「……それはちょっと……イヤかなあ」

ぽつりと落ちた、自分のそのつぶやきに驚いた。

今さらの疑問を適当にはぐらかされるのも鬱陶《うっとう》しがられて切られるのもイヤだが、「その通り」だと真っ向から肯定されるのも真っ平なのだ。下手なことを口にしてすべてを駄目にするよりは、現状維持の曖昧なままでいい。

考えながら、いやそれはないだろうと自分でも思う。駄目な時には駄目なのだし、それならそれで潔く諦《あきら》める。それが陽平のスタンスだったはずだ。

（相良さあ。自分から誰かを好きで、必死になって追いかけたことってある？）

ふと思い出したのは、昨日の佐野の問いだ。

返事をするなら「一度もない」だ。不遜《ふそん》な言い分を承知で白状すれば、これまでの彼女は全員、向こうから告白してきた。二、三度一緒に遊んでみて、陽平が「いい」と思えばＯＫ

してつきあう。それが、陽平にとっての定型のようになっていた。

　——それなのに。

考えれば考えるだけ、思考回路が二分されていく感覚に、本音を言えばうんざりした。

他の女性を車に乗せるのを、目の当たりにした。元妻と二人で会っているところに、出くわした。

本来の陽平なら、前者はその場で仁科を追及したはずだ。後者に関しても、やんわりと事情くらいは問いつめただろう。

なのに、仁科が相手になると、それができない。どころか、かかってきた電話を取ることすらできなくなってしまっている……。

これはおかしい。こんなはずがない。——こんなのは、本来の自分じゃない。

(恋愛沙汰なんか、どっかおかしくなるのがふつうだろ。相良はちょっと理性的すぎ。つーか、本当に加奈ちゃんのこと好きだったんかよ)

またしても、思い出したのは佐野の台詞《せりふ》だ。脳裏で反芻《はんすう》したそれに、陽平は思わずつぶやいてしまう。

「いや、だってそう言われても……その理屈だと、まるでオレの初恋が店長だってことになるんじゃ」

口にした、その瞬間に何か重いものがずどんと背中に落ちてきた気がした。

この年齢で、しかも男相手に。

改めて認識した「現実」に目眩《めまい》を覚えながら、陽平はやってきたバスに乗り込む。空いていた最後部の座席に腰を下ろした。

明日以降、仁科はきっとまた陽平に声をかけてくる。その時に、果たして冷静になれるのか。今まで通り、「淡泊で薄情な相良」でいられるだろうか。

現状維持で仁科の傍にいるのか、疑問をすべてぶちまけて答えを聞くのか？

考えているうちに、バス停に着いた。右足を庇《かば》いながらゆっくりとバスを降りて、陽平はアパートへと向かう。

考え過ぎたせいか、頭の奥が痛かった。帰ったら何か腹に入れて、とっとと寝てしまおう。そう思いながら角を曲がり自宅アパートを眺めて、

「……！」

徒歩で帰ってきたことに、心底感謝した。

――アパートの二階にある陽平の部屋の前に、信田が立っていた。ドアに凭れ、くわえ煙草で周囲を見回している。ふと煙草を指に挟んだかと思うと、床に落とし靴先でにじり消した。

ざわりと全身が粟立った。気づかれないよう細心の注意を払って、陽平は来た道を引き返す。ちょうど停まっていたバスの、行き先も確かめずに乗り込んだ。最後尾の座席に腰を下

ろして初めて、自分が震えていたことを知った。

……「シノダ」にいた頃から住んでいるアパートだ。当然ながら、信田はアパートの名前も場所も知っている。

陽平が自転車を使っていることも、——その自転車がどんな型で何色なのかも。

「——……」

ひどい、吐き気がした。口許を押さえ足を止めて、陽平はジーンズのポケットから携帯電話を取り出す。

病院で落としたきりになっていた電源を入れ、着信履歴を確認する。友人や家族からの着信に混じって延々と残る「非通知」の履歴は、相変わらず——というより日を追うごとに数を増やし、昼夜を問わず一時間に何度もかかってきていた。

浅い息を吐いた時、ふいに携帯電話が震えた。待ち受け画面に出た「非通知」の表示に耐えきれず、陽平は電源を落とす。そのまま、ポケットに押し込んだ。

アパートには、帰れない。少なくとも、信田がいる間には近づかない方がいい。

けれど、……だったらどこに行けばいいだろう。

背中に刃物を突きつけられたような、錯覚が襲った。

終点のアナウンスが響くバスの座席から、陽平はどうしても立ち上がることができなかった。

15

「陽平」と呼ぶ声が耳に入ったのは、駅舎の大きな丸い柱に寄りかかってから十分が過ぎた頃だった。

ゆっくりと顔を上げた先、駆け寄ってくる瑞原想を認めて、思わず息を吐いていた。対照的に、足を止めた瑞原が表情を強《こわ》ばらせる。陽平の肘を摑んで言った。

「陽平、その顔っ……！　病院はっ⁉　病院、行った⁉」

「あ、はい。そのまんま出勤したら店長に怒られて、すぐ行ってこいって言われたんで。見た目は派手ですけど実は打撲と擦り傷だけで、大した傷じゃないんですよ」

「どこが大したことないんだよ、ひどい怪我じゃんか！　何でそんなことになって——って、まあいいや、話はあとにしよ。陽平、こっち来て」

言うなり瑞原は陽平の左腕を引っ張った。逆らう気力もなくついて歩いた陽平は、しかし向かった先のロータリーで停まっていた白い車に乗るよう促されて、躊躇する。

瑞原の肩越しに目に入った運転席の見知らぬ男が、無表情にこちらを見ていたのだ。

——瑞原に助けを求めたのでは、本末転倒だ。

頭から水を浴びせられたように気が付いて、陽平はわざとへらへら笑ってみせる。

「あの、瑞原さん。やっぱいいっす」

「え？」

「わざわざ来てもらったのに申し訳ないんすけど、このっくらいの怪我でいちいち人に頼ってんのも情けないし。一度帰って寝て、落ち着いてからまた、ってことで」

「何それ。いいじゃんか。っていうか、おれは陽平に頼ってもらえて嬉しいよ？」

不思議そうに言う瑞原に、陽平はどうにか言葉を探す。

「いやえーと、まだオレもいろいろ整理がついてないんで。でも今、瑞原さんの顔を見たらだいぶ落ち着きました。だから、もう大丈夫です」

怪訝な顔になった瑞原が、ひょいと覗き込んでくる。ややあって、何かを決めたように息を吐いた。

「了解、わかった。けどさ、夕飯だけでも食べに来なよ。せっかく陽平のも作ったのに、捨てるの勿体《もったい》ないしさ」

「いやあの、でも」

「何。おれの手料理は食えない？　そういうことは食ってから言えって」

ね、と笑った瑞原に背中を押されて、陽平は助手席の窓越しに運転席の男と引き合わされた。

「センセー、こっち陽平。信田さんとこにいた時の後輩。……陽平、このヒトが梶山《かじやま》センセー。去年おれが骨折した時、居候させてくれてた」

「え。あの、怪我人に家事させてた人ですか」

「いやそれ違うって言ったじゃん。センセーはしなくていいって言ってくれてたんだけど、おれが勝手にやってたんだよ。でないとおれ、タダのゴクツブシじゃんか」

「……話は帰ってからにしないか。時間が遅くなる」

ムキになったように言う瑞原をたしなめるように、運転席の男――梶山が低く言う。とたんに瑞原は我に返ったように陽平を見た。

「あ、うん、ゴメンナサイ。じゃ陽平、乗ってよ」

「あ、いや。でもあの、オレ」

「ひとまず乗りなさい。話は帰ってからでいい」

固辞しようと言いかけた言葉は、低い声に遮られた。双方から促されてなお断るほどの気力はなく、陽平は気後れしながら頭を下げる。

「えーと、じゃあすみません。お邪魔します」

梶山の返答は、軽い頷きだった。陽平と瑞原が後部座席に乗り込むなり、車はすぐに走り出す。同時に、間近から瑞原に詰め寄られた。

「で、陽平の怪我どこ？　見えるとこ以外、どうなってんの？」

「いやあの、本っ当に大したことないんすよ。ただの打撲と擦り傷くらいで」

「一か所二か所ならともかく、そこまでやっててただのとは言わないよ。病院で検査はしてもらった？」

「あ、しました。見た目通りの怪我だけで、全治十日だそうです」

「十日かあ……ちょっと辛いよねー。あと、肩は？　右やってるみたいだけど、どのくらい使える？　後遺症とかの心配はない？」

「雑用なら何とかこなせるくらいです。額の傷は少し残るかもしれないけど、後遺症はないって言われました」

「そっか、そんならよかった。っていうかさあ、陽平、気をつけなきゃ駄目だよ？　右腕だけは死守しとかないと、商売道具なんだからさ」

真面目な顔で注意されて、ほんの少しほっとした。陽平の表情の変化に気づいたのか、瑞原は安心したように笑う。

「とりあえずさ、残りの話はメシのあとね。――あ、そうだ。ごめんセンセー、そこの角のパン屋さんに寄ってもらっていい？　買い忘れがあって」

身を乗り出しての言葉に、運転席の人が応じるのが聞こえた。

梶山が瑞原の「恋人」なのは明白だが、組み合わせがなんとなく意外な気がした。悪趣味かと思いながらも、陽平はついふたりの会話に耳を澄ましてしまう。

連れて行かれた先は、やたら豪勢なマンションだった。車を降りた陽平は瑞原に背中を押されてエントランスを抜け、エレベーターに乗った。最終地点となった七階のドアの前、表札には「梶山」という名が書かれている。

初対面の人なのにとあわあわしている間に、陽平はリビングのソファに座らされた。

「んじゃおれ、夕飯の支度するから。陽平、そこで待ってて」

「いやあの、でも」

「想。私は部屋にいるから、あとで呼びなさい」

「りょーかいー。あ、センセー、先に風呂すませてもらっていい？　あとで陽平にも入ってもらうから」

「……ああ」

戸惑う陽平をよそに梶山は頷き、リビングから出ていってしまった。

「瑞原さん、あの、いいんすか？　いきなりオレが押し掛けてきてて」

そろりと訊くと、キッチンカウンターの中で何事か準備していた瑞原はあっさりと頷いた。

「大丈夫。っていうか、ここに陽平連れて来ようって言ったのセンセーの方だから」

「え、……」

意外さに、思わず瞬《しばた》いていた。

外観で予想した通り、リビングは広い。おそらく部屋数もそれなりのはずだ。キッチンカウンターには瑞原のものらしいヘアカタログの冊子が置かれ、その傍の壁には梶山のものとおぼしき勤務予定表が貼られている。

「瑞原さんとセンセーさんて、一緒に住んでんですか？」

「えーと、半々かなあ。おれ、まだアパート借りたままだし」

「え、何でですか？」

陽平の問いに、瑞原は笑ったようだった。

「ん、まあ。イロイロあるから」

「いろいろ、って何すか？　センセーさんの都合とか？」

「それ逆だよ。センセーはとっとと引っ越してこいってずっと言ってくれてる。煮えきらないのはおれの方で、時々怒られてる」

茶化すように言ったかと思うと、瑞原はトレイに載せた食事を運んできた。

「とりあえず食べなよ。話はそのあとでね」

「はあ……すみません、ありがとうございます」

瑞原の料理は、文句なしに美味《おい》しかった。他愛のない話をしながら食事を終えたあと、淹《い》れてもらったコーヒーに口をつけながら、ようやく人心地ついた気分になった。改めて瑞原を見返して、陽平は頭を下げる。

「えー、と。ご馳走様でした。ありがとうございました、すごい楽になりました。――あの、お礼はまた今度でもいいっすか？」

「いいよ、そんなの気にしなくて。あ、陽平さ、明日も仕事休めないんだよね？　だったらもう風呂入って寝る？」

すらすらと瑞原が口にした言葉に、陽平は慌てて両手を振った。

「……いや、そんなわけにはいかないですって！　だってここ、センセーさんの家で」

「でも陽平、あんまりアパートに居たくないか、帰りたくないんだよね？　だったらせめて、今晩くらいここにいなよ」

さらりと言われた内容は図星そのもので、そんなにもわかりやすかったのかと数時間前の自分に呆《あき》れた。反論に迷う様子に何を思ったのか、瑞原が言う。

「それとも、今日中に話をすませとく？　だったらセンセー呼んで来るけど？」

「え、……？」

「信田さんの件で、何かあったんだよね？　その怪我もだけど、あの電話もいつもの陽平じゃなかったし」

「あー……すみません、その」

「謝んなくていいよ。困った時はお互い様じゃん」

からりと笑って、瑞原は梶山を呼びに行ってしまった。

じきにやってきた梶山は、先に風呂をすませたらしくラフな部屋着姿だった。瑞原の隣に腰を下ろし、フレームレスの眼鏡越しにまっすぐ陽平を見る。

「具体的に何があったのかを訊きたい。疲れているだろうが、構わないか？」

ここまで迷惑をかけておいて否やと言えるわけもなく、陽平は訥々《とつとつ》と事情を説明する。信田からの電話の着信の頻度や時刻が尋常ではなくなっていること、先日アパートのドアの前に吸い殻が落ちていたこと。今日には自宅の前で信田本人が待ち伏せていたこと——話す間に、瑞原の表情があからさまに変わっていくのがわかった。

「……それで、その怪我は？　今回の件と、無関係だとは思えないんだが？」

話し終えて息を吐いた陽平に、梶山は淡々と訊いてくる。

「これは今朝、チャリで転んだんです。ブレーキが利かなくなってて」

「ブレーキが？」

「修理に出して直してはもらったんですけど……今はまだ、自転車屋に預けてます。自転車屋からは、誰かにやられたんじゃないかって言われました。切り口が、鋭利すぎるとかで」

瑞原も梶山も、何も言わなかった。

重く落ちてきた沈黙の中、陽平はわざと軽い口調を作る。

「オレのチャリってあんまりない色なんで、目につきやすかったんじゃないっすかね。アパートの駐輪場って、誰でも出入りできるし。そんで、たまたま……」

「何にしても故意だな。立派な殺人未遂だ。ところで、携帯の信田からの履歴やメールは残してあるか」

「メールは来てないっすね。履歴は触ってないんで、残ってるはずです」

「だったら、まずはそれを書き出しておきなさい。必要になれば全履歴は引き出せるだろうが、整理をつけるためにも記録しておいた方がいい」

「記録、ですか」

問い返した陽平に、梶山は淡々と頷く。

「これまで信田にされたことを、思い出せる限り詳細に、時系列で書き出しておく。今後何かあった場合は、日付だけでじゃなく時刻も記録。物的証拠があれば写真に撮っておくこと。デジカメでは証拠能力が弱いから、インスタントカメラを使う」

突然具体的になった話についていけず瞬いていると、梶山は噛んで含めるように続ける。

「怪我の診断書は取ってあるんだな？」

「あ、はあ……店長に提出しました、けど」

「労災扱いにならないなら、店には不要だ。明日にでも返してもらいなさい。それと、自転車屋でブレーキの件をもう一度確認しておく。ブレーキワイヤの現物が残っているようなら、それも保管だ。自転車屋にも、事情説明しておいた方がいい」

「事情説明、っすか……？」

「ここ最近、身辺で妙なことが起きている。事と次第によっては警察沙汰になる可能性があるから、その時にはブレーキワイヤの件で説明を頼むかもしれない。というところだな」

「は、あ……」

「アパートにはしばらく帰らない方がいい。郵便物は局で留め置きを頼みなさい。週に何度かは部屋の様子を見に行った方がいいだろうが、これは私が代行しよう」

梶山が言うなり、瑞原が張り切ったように手を挙げた。

「それ、おれが行くよ。センセー忙しいし、おれの方が身軽だからさ」

「駄目だ」

「えー。なんで？」

即座に却下されて不満げに頬を膨らませた瑞原に、梶山はわずかに眉をひそめた。言い聞かせるように言う。

「信田の目的は、相良くんときみの両方だ。その前に、わざわざきみが顔を出してどうする？」

「う。そ、れはそうなん、だけど！　あのさ、前に陽平にも言ったんだけど、それってもしかして、おれが信田さんとちゃんと話したらそれですむんじゃ」

「それも駄目だ。許可するつもりはない」

梶山の即答には、驚くような鋭い響きが含まれていた。瑞原を見る梶山の表情に有無《うむ》を言わさない気配を感じて、陽平の方が驚いてしまう。

一方、瑞原は不満げに声を上げた。

「許可、ってセンセー、何それ。言ったじゃん、おれは今の店が好きだし、辞める気もないよ？　だから、それをもう一回信田さんに話して、そんで陽平には関係ないって言えば」

「それで理解する相手かどうかは、きみと相良くんの方がよく知っているはずだ」

「無理っすね。瑞原さん、それはやめておいた方がいいっす」

梶山について陽平が言う、そのとたんに瑞原が表情を変えた。ローテーブルを殴りつけるようにして、腰を上げる。

「……っ、だってそれだと陽平ばっかり危ないじゃんか！」

想、とかかった梶山の声をよそに、瑞原は爆発したように続ける。

「おれだって関係あるのに、何で陽平ばっかり電話とか待ち伏せとか、――自転車に細工までされてそんな怪我までしなきゃなんないんだよ！　そんなのおかしいじゃん‼」

「想。いいから座りなさい。感情的になったのでは話が進まない。それに、今一番困っているのは相良くんだ」

とたんに瑞原はぐっと唇を噛む。渋々といった様子で、梶山の隣に腰を下ろした。

「きみの気持ちも、言いたいこともわかる。だが、信田は理屈の通じる相手じゃない。感情論で動いたところで、かえって事が複雑になるだけだ。……わかるだろう？」

淡々と続ける梶山を眺めながら、ふと気づく。

表情のない人だと思っていたが、瑞原が絡んだ時限定であればはっきりと感情を見せる人なのだ。それがそのままふたりの繋《つな》がりを示しているようで、他人事《ひとごと》ながらほっとした。

まだ納得しきれない様子の瑞原に、陽平はわざと笑ってみせる。

「そうっすよ。それに、チャリの件は信田店長がやったわけじゃないんじゃないかな。オレ単独ならともかく、他の人や車まで巻き込むような悪戯ができるような度胸、あの人には絶対ないっすよ」

「でも陽平」

まだ何か言いたげな瑞原に、陽平はわざと笑ってみせる。

「すみません。何かオレ、変に神経質になってたんだと思います。いきなり連絡して押し掛けて、センセーさんにも瑞原さんにも、迷惑をかけました」

座ったままで、頭を下げた。しばらく待って顔を上げると、瑞原はひどく困った顔でこちらを見ていた。

重い沈黙を破ったのは、梶山だった。

「――いずれにしても、今日はアパートには帰らない方がいい。今後のことはまた考えるにしろ、今日は泊まっていきなさい」

「え、あの、でも！」

「電話や待ち伏せだけで、十分常軌を逸しているんだ。せめて怪我が癒えるまでは、信田と顔を合わせない方がいい」

言い切って、梶山は腰を上げた。傍の瑞原を見下ろして言う。

「相良くんには、和室を使ってもらいなさい。着替えは私のものを出してあげるといい。……きみの服では入らないだろう」

「うん。りょーかいです」

頷いた瑞原の頭を撫でる梶山の様子に、小動物が石像に懐いている構図を連想した。仲がいいなとつくづく思っている間に、梶山はリビングを出ていってしまう。

「ごめん」と、傍で声がした。

「え、何がですか?」

「うん、……何か、結局おれ、何もできないみたいでさ。陽平とかセンセーに面倒かけるばっかりで」

悄然《しょうぜん》と言った瑞原に、陽平はつい笑ってしまった。

「何言ってんですかー。違いますよ。っていうか、今日は本当に瑞原さんのおかげで助かったんすよ?」

「おれ、何もしてないじゃん。車出したのセンセーだしここセンセーん家だし相談相手したのもセンセーで」

「瑞原さんのメシ、すごい美味かったです」

瑞原の言葉を、わざと遮った。

「腹減ってるとロクなこと考えないって、本当っすよねー。おかげで落ち着きました。っていうか、その前にオレ、駅で瑞原さんの顔を見ただけで安心しました」

駅で待っている間、たぶん陽平はパニックに近い状態になっていたのだ。柱に凭れたまま、行き過ぎる人の表情を見ることすら怖いと感じていた。瑞原の声を聞いた時には、その場で泣き出すかと思ったほど安堵した——。

陽平の言葉を、そのまま受け止めてくれたのだろう。瑞原が表情を和らげる。思いついたように言った。

「あのさ、——陽平、仁科さんには今回の件、どこまで話した?」

「あー……全然何も知らせてないっすね」

「それでいいんだ? 陽平、仁科さんとつきあってるんじゃなかったっけ?」

不思議そうな問いに、心臓の奥の弱い場所を突かれたような気がした。それでも表面上は平然と、陽平は笑って見せる。

「それとこれとは話が別です。…職場に迷惑だけはかけたくないんで。すみませんが、瑞原さんも、オレの件に関しては他言無用でお願いします。『LEN』の店長とうちの店長、知り合いみたいなので」

陽平を見上げたまま、しばらく瑞原は何も言わなかった。小さく息を吐いてゆっくりと言

う。

「りょーかい。陽平さ、とりあえず風呂入ってきなよ。着替えは出しておくからさ」

16

翌日、陽平は通常より一時間以上早く出勤した。

梶山の出勤に、便乗させてもらうことにしたのだ。バスを乗り継いで行くつもりでいたのを、瑞原と梶山に揃《そろ》って説得された形だった。

ついでにアパートに寄るから当座必要なものと貴重品を持ち出すようにと、梶山は言った。

「その怪我で、荷物を抱えて動くのも辛いだろう。貴重品はともかく、着替えや日用品は車に載せておけばいい」

「はあ、……でもあのオレ、今日はもうアパートに帰ってもいいかと」

「気持ちはわかるが、勧めないな」

あっさりと、梶山は言う。

「自転車の件は確かに信田の仕業《しわざ》とは言い切れないが、逆に言えば信田ではないという証拠もない。せめて怪我が完治するまでは、安全を確保しておいた方がいい」

「それは、そうなんですけど。でも、これ以上迷惑はかけられないっす」

「安心しなさい。私はそこまで善人じゃない。——目の届く範囲にきみがいなければ、想が何をやらかすかわからないから頼んでいるだけだ」

「あー……」

陽平よりも瑞原の方が、よほどナーバスになっているのは事実なのだ。言われてしまえば納得するしかなく、陽平は運転席の梶山に頭を下げる。

「えーと、じゃあすみません。しばらくお世話になります。たぶん、一週間もかからないと思うんで」

「そうしてもらえると助かる」

言った梶山は、車を降りた先の陽平の部屋の前で、落ちていた夥《おびただ》しい数の吸い殻を目にして心底厭そうに顔をしかめた。片づけを手伝ってくれたあとで、荷物ごと陽平を車に乗せ、「RIA」に面した通りまで送ってくれる。

「ありがとうございます。助かりました」

「帰りは忘れずに電話を入れなさい。仕事中は身体の状態に十分注意することと、くれぐれも不用意に動かないように」

淡々と注意事項を口にした梶山にもう一度礼を言って、陽平は車を降りる。

店までは、ほんの二十メートルの距離だ。にもかかわらず、一歩進むたびにそこかしこが軋《きし》むように痛んだ。

梶山によると、打撲はその直後よりも時間を置くことでより痛みが強くなる傾向があるらしい。確かに昨日よりも痛みが酷《ひど》くなっているような気がして、ひどく気が重くなった。

これ以上、アシスタント仲間やスタイリストに迷惑をかけるわけにはいかないのだ。どの程度なら動けるかを確かめ、できる範囲の工夫をしておかなければならなかった。

「……え？」

異変に気づいたのは、ビルのやや奥まった場所にある店の扉が目に入った直後だ。足を止めると同時に、思わず陽平は手のひらで口と鼻を覆っていた。

扉の前に、野菜クズや茶がら、それに果物の皮や種といった、台所で出るような生ゴミが散らかっていた。数日放置したあとのように色を変えたゴミとその下のタイルにできた水たまりは、吐き気を催すほどの悪臭を放っている。

どうして、と思ったのは一瞬だった。それよりも、急いで洗い流さなければ臭《にお》いが残ってしまう。慌てて陽平は店に入り、外掃除用の箒《ほうき》とちりとりを持ち出した。集めたゴミを袋に詰めたあとで、バケツの水と箒とでこびりついた汚物を洗い流す。そうこうしているうち、ビルに入った他のテナントのスタッフが出勤してきた。

いつも通り挨拶を交わしながら、早めに出てきてよかったと心底思った。

臭いがすっかり流れたのを確かめて、陽平は店に戻った。改めて、今度は開店準備にかかる。

タオル類を所定の棚に置き、シャンプーや薬液の残量を確認した。補充をすませ、休憩室の棚から取ってきた予備のタオルを棚に収めていると、店の扉が開く音がした。

「よーへー……？」

振り返るより先に聞こえてきた声に振り返って、陽平はどきりとする。

入り口のところに、仁科が立っていた。いつになく疲れきった様子で、驚いたようにこちらを見ている。

「あ。おはようございます。店長、今日は早いっすね」

壁の時計は、開店三十分前をさしている。一番乗りで出勤する陽平は通常このくらいの時刻に出てくるが、スタイリストの仁科や武藤が出てくるのは大抵十五分前だ。それを思えば、破格に早い。

思いのほか暢気《のんき》に響いた声に、仁科がきつく眉をひそめるのがわかった。

「……どこにいた？」

「え、あの」

「返事しろ。おまえ、昨夜はどこにいた？　アパートにも帰らず電話にも出ずで、どこで何をやってたんだ」

矢継ぎ早の詰問口調に、陽平はようやく気づく。

信田からの着信を見るのが厭で、瑞原に連絡したあとはずっと電源を落としたきりになっていたのだ。

「おはよーございま……あれ、店長？　今日は早いですねえ」

返答する前に、横合いから不思議そうな声がした。見れば、たった今来たばかりの芽衣がきょとんとしたふうに陽平と仁科を見比べている。

「――あとで話を聞く。おまえ、今日は残れ」

さすがに、芽衣の前で追及する気はなかったらしい。低い声で言うなり、仁科は早足に休憩室に行ってしまった。

タオルの束を抱えたままで、大柄な後ろ姿を見送った。小さく吐いた息が聞こえたのか、まだそこにいた芽衣が首を傾げる。

「何かあったの？」

「あー……えーと、叱られてました。交通法規はきちんと守れって」

「そりゃそうよー。でも相良くん、思いっきり安全運転しそうなのに、ずいぶん派手にやっちゃったわよね。で、今日は具合どう？」

「昨日よりは落ちつきました。でもすみません、まだ迷惑をかけるかもしれないです」

「いいよー。全快したら埋め合わせしてもらっちゃうから。楽しみにしてる」

さらりと芽衣が笑ってくれたのが、救いだった。

スタッフが揃い、開店時刻を過ぎてからも、仁科はどこか不機嫌そうだった。仕事中に表情や素振りに出す人ではないし、もちろん客には気取らせもしないが、陽平を見る視線が明らかにいつもとは違っている。

目が合うたびに、心臓が縮む思いがした。ようやく昼休みに入る頃には、身体よりも気分の方がぐったりと疲れていた。

さすがに外出する根性はなく、昼食は休憩室で瑞原が持たせてくれたカツサンドを齧《かじ》った。そのあと、陽平は携帯電話の電源を入れてみる。

矢継ぎ早に届いたメールのほぼ全部が、仁科からのものだ。どこにいるのか、身体は大丈夫なのか、連絡をするように——そんな内容が繰り返し送られてきている。

心配を、かけてしまったのだ。申し訳なさにうなだれた時、ふいに携帯が震えた。

待ち受け画面に一瞬現れた文字は「非通知」だった。

あまりのしつこさに、頭に血が上った。その場で着信拒否を解除し、アドレス帳を表示したところで、今度は着信音が鳴る。

「非通知」の文字を睨んで、陽平は通話ボタンを押した。

「——何の用ですか。いいかげん、やめてほしいんですけど」

『何だ。出られるんじゃねえかよ。姑息《こそく》な真似、してんじゃねーよ』

「何度も言ったようにオレは『シノダ』に戻る気はないし、瑞原さんにその話をする気もありません。……仕事中なんで、これで切ります」

『へえ。出勤できたのか。自転車はスクラップか？』

「――――」

通話を切る寸前に聞こえた声に、とっさに返答を失った。

『悪運だけは強いんだな。それでもまだ戻る気にならないか』

「アンタ、……何、考え……っ」

『自業自得だ。てめえが素直でないから悪い』

「ふっざけんな！　アンタなあ、チャリで事故ってオレだけのことじゃないんだよっ。下手したら他人巻き込んで――」

『だからとっとと聞き分ければいいんだ』

当然だと言わんばかりの、声音だった。

『想を説得しろ。この際、てめえはどうでもいい。どのみち役立たずだからなあ？　想さえ戻ってくればてめえは許してやるよ』

「何で今さら――だいたい、オレが何か言ったからって瑞原さんが言う通りにするわけが」

『てめえ、「ＲＩＡ」にいるんだってなあ？』

陽平の言葉を遮る信田の声音が、ふいに低くなる。眉をひそめた陽平を見ていたように、笑いを含んだ声で続けた。

「いい身分じゃねえか。あの店、確かでかい商業ビルに入ってたよなあ？　他のテナントにもさぞかし気を遣うだろうよ』

「……ん、だよ。そんなもん、アンタには関係な……」

『確かに関係ねえな。関係ねえ店がどうなろうが、こっちの知ったこっちゃねえよなあ？』

厭な笑い声とともに、通話はふつりと切れた。

待ち受け画面に戻った携帯電話を握りしめたまま、陽平は凍りついたように動けなくなる。

今朝、店の入り口前に散乱していたゴミを思い出した。

信田の仕業とは、限らない。けれど陽平の知る限り、これまで「ＲＩＡ」はビルのテナント内や客相手のトラブルとは無縁だったはずだ。

もしもあれが信田の仕業だったとしたら——今後も何かを仕掛けてくるとしたら……？

考えただけで、心臓の奥が冷えた。

仁科に、相談した方がいいのだろうか。

ちらりと思って、即座に陽平はその考えを打ち消した。

信田の目的は、陽平と瑞原だ。相談したところで、仁科に迷惑をかけるだけなのは目に見えている。

だからといって、信田の言いなりになるなど論外だ。瑞原に関しては、それこそ陽平にどうこうできることでもない。

だったら――それなら、どうしたらいいのか。

携帯電話を操作し、非通知を着信拒否にしようとして、陽平は手を止める。拒否したら、完全に信田の動向が見えなくなる。それよりはまだ、話し相手をしておいた方がわかりやすいのではないだろうか……？

「相良？　具合悪いんじゃないのか。真っ青だぞ」

ふいにかかった声に我に返ると、いつの間に来たのか、武藤が気遣わしげに陽平を見下ろしていた。

「あ、……すみません大丈夫です。ちょっと、昨夜寝酒飲んだせいか二日酔いで」

口許だけでどうにか笑ってみせると、武藤は呆れたような顔になった。

「おまえねえ……怪我してる時に飲むなよな。余計痛むぞ」

「え、そうなんすか？」

「そうなんだよ。とりあえず、怪我がよくなるまでは禁酒しとけ。経験者からの忠告だ」

「ありがとうございます、さっそく禁酒します。あ、じゃあオレ、そろそろフロアに戻りますんで」

軽い口調で返して、閉じた携帯電話を個人ロッカーに放り込んだ。そのままフロアに向かった背中を、武藤の声が追いかけてくる。

「無理すんなよ。今日なら人手も足りてるし、痛みがひどいようなら早退もアリだぞ」

「ありがとうございます。大丈夫っす」

「あと、仁科が昨夜、おまえのこと探しまくってたぞ。怪我してるのにアパートにいない、電話にも出ないメールも返らない、ってさ」

え、と振り返った陽平に、嚙んで含めるように続けた。

「心配のあまりにキレてるみたいだからな。責任を持って、相良がフォローしておくように。頼むよ？」

17

仁科から声がかかったのは、営業時間が終わった直後だった。

「片づけが終わったら、着替えて外で待ってろ。終わったら部屋まで送っていく」

要点だけをまとめた言い方には、有無を言わさない気配がある。逆らえる立場でもなく、陽平は素直に頷いた。

右半身の痛みは相変わらずだが、ずっと動いていたせいか朝よりは身体が楽だ。モップを使っての掃除を終え、今日は居残りで練習するという芽衣と柳井に挨拶をして、陽平は一足先に店を出た。店が入ったビルの壁に寄りかかって、今朝教わったばかりの梶山のアドレスに帰りが遅れることをメールする。

待つほどもなく姿を見せた仁科は、言葉少なに陽平に車に乗るよう促した。

運転席でハンドルを握る仁科の機嫌は、やはりかなり悪いようだった。いつもの軽口が、今日はまったくない。静まり返った助手席でぼんやりとフロントガラスを見つめながら、そういえば車中では音楽はもちろんラジオの音もかけない人だったと、今になって気がついた。

「あの、……どこ、行くんすか？」

陽平の方から口を切ったのは、フロントガラスの向こうによく見知った町並みが見えたからだ。ちらりとこちらに視線を向けたあとで、仁科はぶっきらぼうに言う。

「おまえの部屋。ちょっと借りるぞ」

え、と思わず運転席に顔を向けていた。信号待ちの合間、こちらを見た仁科ともろに目が合って、陽平は狼狽《うろた》えてしまう。

「邪魔のないところで話がしたい。……食事は適当に買って行けばいい」

「すみません、それ駄目っす」

反射的に、そう言い返していた。

「うち、今すごい散らかってるんで。人様を呼べる状況じゃなくて」

「いい。俺は気にしない」

「店長はよくてもオレが厭です。うちに、人を入れたくありません。話なら、ここですませてください」

意図せず切り口上になってしまった陽平をまじまじと眺めて、仁科は声を低くする。

「何だ、それ。どういう意味だ」

「言った通りです。腹もそう減ってないので、夕飯もいりません。それに、話すだけならどこでもできますよね？」

アパートの前で、信田が待ち伏せている可能性があるのだ。もし、信田に陽平と仁科が連れだっているのを見られたとしたら――仁科が「ＲＩＡ」の店長だと気づかれたら、どうなるのか。

考えるだけで、おぞましいような寒気が襲った。

これ以上、仁科に迷惑はかけられないのだ。

あからさまに眉をひそめた仁科が、ふいにハンドルを切った。これまでになく乱暴な運転で交差点を曲がり、アパートとは別方向へと向かう。数分後、大きなショッピングモールの駐車場に乗り入れた。白線に沿って車を停め、助手席の陽平を見る。ひどく静かな声音で言った。

「どういうことか、説明しろ」

「昨日、話した通りです。チャリのブレーキが壊れてて、通りすがりの子どもを避けたら塀にぶつかりました。自転車は修理を頼んで、歩いて出勤しました。あとは、店長も知ってる通りで」

「よーへー。おまえね」

「怪我の内容も、診断書に書いてもらってますよね？　実際に見ないと納得できませんか。でも労災にならないんだったら、別に関係ないっすよね？　あと、昨日のはもちろん、欠勤扱いだと思ってますんで」

「——……」

腕をハンドルにかけたまま、仁科は黙ってこちらを見ている。夜の中、街灯や車のライトといった部分的な明かりはかえってそれが及ばない場所の闇を深くするようで、陽平からは仁科の細かい表情まではわからなかった。

「だったら、それはそれでいい。……で？　おまえ、昨夜はどこにいた？」

「知り合いのところです。遅くなったんでそのまま泊めてもらって、アパートには帰ってないっす。携帯は、病院で電源落としてそのまま忘れてて、今日の昼休みに気がつきました。——ご心配をおかけして、申し訳なかったです」

自分だけが、特別に扱われていると考えるのは思い上がりだ。

改めて、陽平は自身を戒める。

昨日のあの状況では、「店長」が「スタッフ」を気にかけるのは当たり前だ。陽平だから、特別に心配してくれているわけではない。

昨夜、初めて会った瑞原の恋人——梶山を見ていて、わかったことがある。

物言いも態度も素っ気《そ け》ないようでいて、梶山は本当に瑞原のことを大切に思っている。「瑞原がどう感じて何を望んでいるか」を基準にしているからこそ、初対面の陽平を自宅に泊めた上に、送り迎えから今後のことまで便宜をはかってくれている。

微笑《ほほえ》ましいなと、ふたりを見ていて思った。瑞原が見つけた相手が梶山でよかったと、他人事ながらに安心した。

それと同時に、陽平自身と仁科の関係が瑞原たちとはまるで違うことを思い知ったのだ。

仁科の気持ちが、わからないことに変わりはない。けれど、仁科の中での陽平の優先順位が低いことは、誰に言われるまでもなくわかっている。

誘いは突然で、事前の打診も約束もない。気が向いた時に呼ばれる代わり、他からの連絡があればあっさりと反故《ほご》にされる。要するに、その程度の存在だということだ。

「大丈夫っす。診断書にもあったじゃないすか。打撲擦過傷裂傷の、全治十日ですよ？　店長、ちょっと過保護ですよ」

「自転車のブレーキが壊れて、危なく大事故になるところだったんだろう。それを心配するのが、過保護か？」

「そうです。っていうか、ブレーキの件は単純にオレの不注意なんで、まあ自業自得で」

今、言ってみようかと、ちらりと陽平は思う。

昨日考えたことをすべてぶちまけて、どういうことかと問いつめたら、この人はどう答えるだろう。

思いながら、唇を引き結んで笑顔を作った。

……今は、信田の件が優先だ。個人的な感情よりも、「ＲＩＡ」にこれ以上の迷惑をかけないために行動すべきだった。

「大丈夫です。ちゃんと自転車も修理してもらったし、今度からは乗る前に点検確認します」

渋面のまま、仁科が陽平を見つめる。ややあって言った。

「よーへー。いい加減、本当のことを言う気にならないか。そこまで俺は信用できない？」

「オレは店長を尊敬してますし、信頼もしてますよ。前から言ってるじゃないですか」

即答に、仁科があからさまに長い息を吐く。それに混じって、低い声がした。

「店長を、ね……」

それきり、仁科は黙り込んでしまった。

運転席の横顔からフロントガラスの向こうへと視線を移して、陽平は星を探してみる。周囲が明るすぎるからか、目に入るのは細くなった月ばかりだ。

買い物帰りらしいカップルが、隣の車に乗り込み走り去っていく。助手席にいた女性が、嬉《うれ》しそうに運転席の男を見上げているのが目に残った。

「……すみません。話、もう終わりですか」

「ん？」

「オレ、ちょっとこのあと用があるんです。帰らせてもらっていいっすか？」

「――――」

できるだけさらりと言ったつもりだったのに、横顔に突き刺さってくる視線が一気に鋭くなったのがわかった。

「……わかった。アパートまで送ろう」

「いや、いいです。オレ、ここで降ります」

あっさりと言って、陽平はシートベルトを外した。きちんと挨拶をして、車を降りる。最後まで怪訝そうな顔をしていた仁科に目礼して、ショッピングモールに向かった。

外気は、切りつけるように冷たかった。小走りに駆け込んだ店内で、陽平は改めて梶山の携帯に連絡を入れる。

梶山は病院勤務で、仕事の状況によって帰りはまちまちになるのだそうだ。連絡がつかなければタクシーを使うよう言われていたが、拍子抜けするほどあっさりと、通話はつながった。居場所を伝えると、すぐに行くから駐車場入り口で待つように言われる。

「いやあの、オレ、バスでも行けますけど。えーと、待ち時間もそうないし」

『却下だな。十分もあれば着く』

素っ気ない答えとともに通話が切れた携帯電話を握りしめて、陽平は腰を上げる。その頃には、ひとつの決心が固まっていた。

18

陽平が梶山の車に乗り込んだのは、指定された時間ちょうどのことだった。

「今、想から連絡が入った。駅前で待っているそうだ」

「あ、そうなんですか。わざわざこっちまで回ってもらってすみません」

後部座席で、無意味に頭を下げていた。それに気づいたのかどうか、混《こ》み合う駐車場出口で左右確認をしながら、梶山はさらりと言う。

「痛みの具合は？」

「あ、大丈夫っす。動けば動くだけ楽になる感じでした。——あの、すみません。瑞原さん抜きで話しておきたいことがあるんですけど、今いいっすか」

陽平の言葉に、梶山は一拍黙った。鮮やかにハンドルを切り、車道に合流してから平淡に言う。

「聞こうか」

「チャリのブレーキの件ですけど。やっぱり犯人は信田店長でした」

梶山から、特にコメントはない。それでも、ハンドルを握る背中の気配が尖《とが》ったことだけは伝わってきた。

「どうしてそれがわかった？」

「今日、昼休みにまた電話があったんで、出てみたんです。そしたら、チャリはスクラップでオレが無事なんだったら悪運だけは強いだの何だのいろいろ言われました」

「……なるほど。それで、やめてほしければ店に帰れ、とでも？」

「ちょい違ってきましたね。オレみたいな役立たずはどうでもいいから、とにかく瑞原さんを説得しろって話になってました。さもないと、今オレがいる方の店がどうなるかわからない、そうで」

「何？」

「今朝、店の前に生ゴミがぶちまけられてました。はっきり聞いたわけじゃないですけど、たぶんあれも」

「――――」

ルームミラー越し、眼鏡をかけた人と目が合って、陽平はぼそりと言う。

「オレ、今の店、辞めようと思います」

「信田の件で、か。想を説得しようとは思わないのか？」

「……あのですねえ。一応お断りしておきますが、レンアイ的な意味ではなく、オレは瑞原さんのことが好きなんですよ」

きっぱりと、陽平は言い切った。

「一緒に働いたのは半年足らずでしたけど、いろいろ教えてもらったし、助けてもらいました。その瑞原さんを、オレ本人が戻りたくないと思ってる場所に放り込んでどうすんですか」

すっぱりと言いながら、陽平はルームミラーの中の梶山を見た。

「瑞原さんを説得したくないのは、オレの都合です。瑞原さんの意志も、センセーさんの考えも関係ない。けど、だからって今の店に迷惑かけてもいいって理屈は通らないっしょ？　そしたら、他にどうしようもないかなーと」

「警察に届ける気はないのか？」

「届けたところで、店や店長に迷惑かかることに変わりはないじゃないっすか。だったら、辞めてから届けた方がまだマシですね」

即答した陽平をミラー越しに見て、梶山が言う。

「その店長は、頼りにならないのか？　同業ならある程度は話が通じそうなものだが」

「頼りには、なりますよ。たぶん、相談したらすぐにでも助けようとしてくれると思います。……けど、今回の件はねえ。そもそも関係ないじゃないっすか」

「関係ない？」

「前の職場のゴタゴタです。そんなもん、今の店に持ち込むわけにはいかないっす」

「――なるほど。類は友を呼ぶ、だな」

数秒置いての返答に首を傾げているうちに、車が信号で停まった。肩越しにちらりと陽平を振り返って、梶山が言う。

「こちらからも、想に内密で頼みたいことがある。……できる範囲でいいから、アレの様子に注意しておいてもらえないか」

「瑞原さんの、ですか？」

「きみはわかっているようだが、アレは大概、他人に甘い。相手の都合が先に立って、自分はなおざりだ。おまけに感情で動くタチだから、いつ何をやらかすかわからない」

「あー、わかります。でも、そこがいいんすよね？」

冷やかし半分の台詞に、ルームミラーの中で運転席の人が笑ったのがわかった。

「まあ、そういうことになるが。――信田の件にしても、本人はそこまで向こうに嫌悪感を持っていないようでね。その上、家族に対しては同情的だ」

「家族、って」

「信田の妻子だな。妻の方は、もともと想の友人だったらしい。信田との結婚を機に、没交渉になったと聞いている」

「うわ、何ですかそれ。つーかありえねえ……信田、最低最悪なんすけど」

「同感だな。私にも理解できない」

切り捨てるように言って、ふと梶山はミラー越しに陽平を見た。

「面倒だろうが、しばらくはできるだけ単独で動かないことだ。おそらく、信田はかなり切羽詰まってきている。自分よりも弱いと見切った分だけ、きみに対しては露骨に仕掛けてくるはずだ」

「弱い、ですか。でもオレ、毎回言い返してますが。言いなりになった覚えもないし」

「被雇用者を軽んじて、見下す経営者は少なくない。そういう手合いは得てして見下せない相手や権力に弱い。――実際、想に対してはせいぜい職場に電話をかけてくる程度で、それ以上の手段には出ていない」

「あ。そういや、そうでしたよね。あれ?」

「僭越ながら、私が出たからだろうな」

「え、……センセーさん、信田に会ったんすか?」

身を乗り出した陽平をちらりと横目に眺めて、梶山は言う。

「電話で話しただけで、直接には会っていない。これ以上接触する気なら法的措置を執ると言ったら、直接的には何も言ってこなくなった」

「うっわ、わかりやすすぎー……つーか、やっぱり小物だな、あの店長」

うんざりと息を吐いた時、車が駅前のロータリーに入った。タクシー乗り場からやや外れたコンビニエンスストアの前、待っている人影を見つけて陽平は最後に念を押す。

「じゃあセンセーさん、すみませんけど。チャリの話は、まだ瑞原さんにはオフレコで」

「わかった。……ところで、その『センセーさん』はやめないか？　返事に困るんだが」

「え、あ。すみません。えーと、じゃあ何て呼べばいいっすか。梶山さん、でしたよね」

「それでいい」

梶山の、苦笑まじりの答えとほぼ同時に車が停まる。駆け寄ってきた瑞原のために、陽平は中からドアを押しあけた。

19

翌日も、陽平は梶山の車で出勤した。

「きのーはアパートに寄るって言ってたからわかるけどさ。何で今日も？　早すぎるんじゃないの？」

「そうなんすけどねー。オレ、一番下っ端なんで。怪我のせいもあって、準備もいつもより時間かかるし」

不思議そうに訊いてきた瑞原にはそう説明したが、実際には誰よりも早く出勤したかったのだ。

梶山にもまだ話していないが、夜明け前に携帯電話に着信が入った。飛び起きて通話ボタンを押した耳に入ったのは信田の声で、一言を残してふつりと切れた。

(早くしろよ。俺はそう長くは待たないぞ)

信田の矛先《ほこさき》が、「ＲＩＡ」に向けられているような気がして落ち着かないのだ。梶山の注意に頷くのもそこそこに、陽平は店に近い交差点で礼を言って車を降りた。

時刻は、午前九時前をさしている。この時間、同じビルのテナントはまだどこも出勤していないはずだ。何事もないことを祈りながら店の入り口へ近づいた陽平は、しかしその前にうずくまる大柄な人影を認めて心底ぎょっとする。直後、その足許に散乱したガラス片が目に入った。

「え、……う、わ……！」

ペパーミントグリーンの、木製の扉に嵌《はま》った擦りガラスが、粉々に割れていた。

「おはよう。……また、ずいぶん早いな」

人影は仁科だった。何時に出勤したのか、コートのままでしゃがみ込んで箒を手にガラス片を集めている。立ち竦む陽平を見上げて、険しかった表情をほんのわずか和らげた。

「お、はよう、ございます……あの、店長……これ」

「用があったのと、早く目が覚めたんで気が向いて早く出てきた。そうしたら、いきなりコレだ」

静かに言って、仁科は疲れたような息を吐く。

「悪戯か、嫌がらせだな。車が突っ込んだわけじゃなし、自転車がぶつかった形跡もない。単純に、扉を壊したかったとしか思えない」

平淡な口調に、陽平は何を言えばいいのかがわからなくなる。

本当に仕事が好きで、店を大事にしている人だ。だからこそ、陽平も他のスタッフもついていくことを躊躇《ためら》わない。

その店にこんな真似をされて、ダメージがないはずがない……。

あの、と陽平はどうにか声を絞る。

「中は、大丈夫なんですか。鏡とか、椅子とか」

「店内は無事だ。結果的には、コレが頑丈だったたってことだな。見ての通り、壊すも割るも中途半端だ」

「そう、なんですか。——あの、代わります。ここはオレが」

「ん、頼む。写真撮って警察にも連絡済みだから、誰か来たら教えてくれ。俺はガラス屋の方、当たってくる。……ああ、手許に気をつけろ。それ以上、怪我するなよ」

手渡された箒には、仁科の体温が移っていた。柄を握りしめてもう一度ペパーミントグリーンの扉に目をやれば、半端に残ったガラスに紛れて、扉の木枠の一部が折れ曲がっている。ささくれだったその部分だけが、真新しい木の色を見せていた。

扉の前にしゃがみ込み、鋭利な音を立てる破片をちりとりに集めながら、陽平はきつく歯を食いしばる。

もう、無理だ。そんな思いが、胸をさした。

信田がやったという証拠があるわけでなし、決めつけるのは早計だとは思う。けれど今、このタイミングで「ＲＩＡ」にこれが起きる理由が他に見つからない。

そして、……ここまでやらかしたのだとしたら、信田はおそらく完全に分別を失っている。話をつける以前に、こちらの言い分をまともに聞くかどうかも怪しい。

早急に信田と話をつけなければならない。さもなければ、今度は何を仕掛けてくるかわからない――。

「え、うわ！　こりゃ酷いな、何でまた……」

声に顔を上げると、しかめっ面《つら》の武藤が壊れた扉を見上げていた。しゃがみ込んだままの陽平に気づいたように、挨拶を投げてくる。

「おはようございます。店長なら中です。あと、入る時は足許、気をつけてください。まだ破片が残ってますんで」

「了解。あ、相良、手は気をつけろよ？　怪我しないように」

気遣いの言葉を残して、武藤が店内に駆け込んでいく。電話を終えた仁科と、何やら話し始めた。

じきに、芽衣と柳井が出勤してくる。粉々になった扉を目にして、ちょっとした騒ぎになった。午後早々に扉のガラスは入ったものの、バタついたしわ寄せで全員ろくに休憩も取れず、営業時間を過ぎても客が待っている状態になる。その日の予定を終えた時には、営業時間を一時間以上オーバーしていた。

閉店したあとも、店の空気は重かった。今日は居残りしないようにとの仁科の言葉もあって、芽衣と柳井は早々に帰っていく。

休憩室でそれを見送って、陽平はおもむろに腰を上げた。

フロアに出てすぐに、木枠の一部が折れたままの、ペパーミントグリーンの扉が目に入った。

急場しのぎでガラスを入れたあの扉は、手配出来次第に新しいものに交換することになったらしい。補修は可能だが木枠に傷痕が残るのが明らかで、何より店の看板に当たることが大きかったようだ。

スタッフの耳をはばかってか、仁科と武藤はフロアの片隅で声を落として話し込んでいた。芽衣や柳井もそうだが、「ＲＩＡ」のスタッフは今回の件を突発的な事件として捉えているようだ。悪戯か嫌がらせだと仁科は言ったが、心当たりがまったくない以上は無理もないことだった。

……昨日のドアの前の生ゴミの件を、陽平は敢えて仁科に報告しなかった。それが裏目に出たのかもしれないと思えばなおさら、身の置きどころがなくなった。

「相良？　まだいたのか。どうした？」

陽平に、最初に気づいたのは武藤だった。頭を下げ、ひとつ息を吐いて、陽平は仁科に近寄った。

「あの。店長、ちょっと時間いいですか」

うん、と頷く仁科は難しい顔をしたままだ。ふだんとは違う様子に背を押されるように、陽平は口を開く。

「すみません、勝手なんですけど。——今日で、辞めさせてください」

「——」

無言のまま、仁科がじろりと陽平を見る。対照的に、武藤が慌てたような声を上げた。

「え、いやちょっと待てよ！　相良さ、何で急に」

「急っていうわけじゃないんです。こないだから、いろいろ考えてまして。もう、オレには無理みたいなので」

「無理って何が。どういうことだよ？　相良さ、シャンプーもカラーも腕上げてきてるだろ？　まだまだこれからって時に、どうして」

焦ったような武藤の言葉が、ひどくありがたかった。それでも今ばかりは退くわけにはいかず、陽平はぐっと喉を締める。

「勝手は承知の上です。ですから、今月の給料はなしで結構です」

「おい、待てよ。そんな、勝手に決められても――……って、おい仁科、おまえ何とか」

「辞めさせる、つもりはない」

低くひんやりとした声が、武藤の言葉を遮った。

びくりと顔を上げて、陽平は仁科を見る。

初めて目にする無表情さで、仁科がこちらを見ていた。常になく淡々とした声で続ける。

「何を考えたんだか知らないが、おまえはまだ無理じゃない。余計なことでガタガタする暇があったら練習でもしてろ」

有無を言わさない気配に、正直肝が冷えた。それでもこの場を逃げるわけにはいかず、陽平はぐっと腹に力を込める。

「つもりはない、とか言われても困ります。オレにはオレの理由も事情もあるんで。……とにかく、もう辞めます。明日から、来ませんから」

言い捨てて背を向けた時、いきなり手首を摑まれた。とっさに反応できない陽平をよそに、仁科は武藤へと向き直る。

「悪いが、しばらく席を外す。連絡があったら携帯に頼む」

「あ、いやそりゃいいけど、でも仁科――」

「用がすんだらすぐ戻る」

まだ物言いたげにしている武藤に言い捨てて、仁科は陽平を引きずるように店を出た。

時刻は二十一時を回っているとはいえ、飲み屋街へも続く通りには人影が多い。そんな中、腕を摑まれ無理やり歩かされる姿が目立たないはずもなく、衆目にひどく居たたまれなくなった。

「あの、てんちょ……」

「乗れ」

辿りついた駐車場で、一言とともに仁科の車の助手席に押し込まれた。

すぐさま走り出した車中で、仁科は何も言わなかった。それでも伝わってくる気配がひどく尖っていることは知れて、陽平は困惑する。

フロントガラス越しに目に入る通りは、陽平のアパートとは別方向だ。小さく息を飲んで、陽平は前を見つめていた。

20

連れて行かれた先は、見知らぬマンションの一室だった。

地下駐車場で車を降ろされ、エレベーターに乗せられて、五階の一室に押し込まれる。その玄関先で目に入った表札から、陽平はそこが仁科の自宅だということを知った。

「……それで？　どういうことか、訊こうか」

リビングらしいフローリングの部屋で、半ば押さえつけるようにソファに座らされる。真正面にしゃがみ込む形で、仁科は陽平を見下ろした。

向けられる視線に気圧《けお》されて、陽平は息を飲む。どうにか返事を口にした。

「さっき、店で言った通りですけど」

「それがわからないから、訊いている。いろいろ何を考えたのか、何が無理なのか。納得できるように話してみろ」

「——」

即答できず黙った陽平を、仁科はまっすぐに見据えたままだ。その目許にふだんにはない疲れの色を感じて、申し訳ない気持ちになった。

辞めようと決めた昨日に退職を願い出ていれば――すぐに信田にそれと告げておけば、きっと「ＲＩＡ」に矛先が向くことはなかったのだ。

わかっていたのに動かなかったのは、未練があったからだ。「ＲＩＡ」での仕事も仁科との関係も手放したくなくて、何の根拠もなくまだ大丈夫だと決め込んでいた……。

「――俺と顔を合わせるのが嫌になったのか？」

ぽつりと耳に入った声音に思わず顔を上げて、陽平は言葉を失った。

仁科が、ひどく心許ない顔つきで、窺《うかが》うように陽平を見つめていた。

「ここ最近、おまえ俺を避けてるだろう。……一昨日《おととい》も、電話に出なかったしな」

「別に、避けてなんか……違いますよ、言ったじゃないですか。ただの、個人的な事情で」

「だから、その事情ってのはどういうことだ」

追及に答えられず、陽平は曖昧に口を閉じる。ややあって、どうにか声を絞った。

「――店長には、関係のないことです」

「関係があるかないかは、聞いてから決める。いいから全部話せ」

一気に表情を険しくした仁科が、陽平の肩を摑んでくる。黙ったままの陽平を見据えて言った。

「……昨日、迎えにきた男か」

唐突な言葉に、すぐには返事ができなかった。啞然《あぜん》とした陽平をまっすぐに見たまま、低い声で続ける。

「あんな場所であんなふうにいなくなられて、そのまま帰れるわけがないだろう。……おまえ、昨日も一昨日もアパートにも帰ってないな？」

「そ、……あの、どうして」

「白状しておく。――昨日、おまえを追いかけて、あの車の男とマンションに入っていくまでを見届けた。そのあと、帰り際にアパートに寄ったんだ。日付が変わるまで待ってみたが、おまえは帰ってこなかった」

思いがけない言葉に、今度こそ陽平は目を剝《む》いた。

この人が、陽平ごときを相手にそんな真似をするとは思ってもみなかったのだ。

「駐輪場に、自転車がなかった。部屋が留守なのはいいとして、玄関前にゴミが散らかってたな。そんなもの、おまえの性分で放っておくわけもなし」

いったん言葉を切って、仁科は珍しく躊躇いがちに口を開く。

「それで？　昨夜も、その前もあの男のところに泊まったんだな？」

「…………」

声音のニュアンスで、梶山との仲を妙な具合に誤解されているのがわかる。それが意外でもあり心外でもあって、――何より、仁科がそんなことを口にすることが信じられなかった。

「それも、関係ありません。本当に個人的なことなんで」

「だったら、あの男は何なんだ。おまえとどういう関係で、どういう経緯で泊まりに行った。俺の電話に出なかった理由は何だ。それと、俺を避ける理由も訊きたい」

鋭い声音で矢継ぎ早に追及されて、陽平はどうにか軽く笑ってみせる。

「店長。それ全部、話が違いませんか。オレ、退職の件でここに連れて来られたんじゃなかったでしたっけ」

「それなら先にその話をしてもいい。とにかく、きちんとわかるように説明しろ。——納得できるまで、おまえを帰す気はない」

「な、んすか、それ。何、洒落《しゃれ》になんないこと言っ……」

「洒落も何も、知ったことか。決めたと言ったら決めたんだ」

切り口上で言われて、陽平は啞然とする。

店や仕事に関しては厳しいが、それ以外ではおおらかな人だったはずだ。何より、個人のプライバシーをこうもしつこく追及する人ではなかった。

返答に迷って唇を嚙んだ時、いきなり電子音がした。

陽平の、携帯電話だ。着替えた時にマナーモードを解除して、ジーンズのポケットに突っ込んだままになっていた。

「……すみません、ちょっと」

いつまでも止《や》まない音に、一言断って陽平はポケットから携帯電話を取り出す。

液晶画面に表示されたのは、瑞原の名前だった。ソファから腰を上げて壁際に寄り、仁科に軽く背を向ける形で、陽平は通話ボタンを押す。

『……もしもし？　あの、サガラさん、ですか？』

聞こえてきたのは、知らない女性の声だ。予想外のことに眉をひそめた陽平に気づいたように、焦った声で続ける。

『すみません。ごめんなさい切らないで！　あの、瑞原せんぱいが、せんぱいが今――』

「何、……瑞原さん？　瑞原さんに、何かあったんですか⁉」

『お店、……「シノダ」にすぐ来てください、お願い、でないと瑞原せんぱいが』

「シノダ？　シノダって、あの」

『お願い、はや――』

誰かに邪魔をされたように、声の途中でふっつりと通話が切れる。

冷水を、頭上から浴びせられたような心地になった。

即座に携帯電話を操作して折り返したが、応答したのは圏外か電源が切られているとのアナウンスで、最後まで聞かずに通話を切った。訝《いぶか》しげな顔で見ている仁科に、急いで会釈をする。

「すみません、急用ができたんで、これで失礼しますっ」

「待て。いったいどういうことだ。何があった？」

すぐさま飛び出そうとした、その腕を摑まれた。焦って離そうにも仁科の力は強く、気がつくと陽平は両手を取られ、向かい合う形に囚《とら》われている。

唇を引き結んで、顔を上げた。半ば仁科を睨むようにして言う。

「……ですから、店長には関係ありません。すみませんが、急ぐんで離してください」

「離せるか。離したらおまえ、逃げたっきり店にも出てこないつもりだろう」

返答に窮した陽平を、仁科は鋭く見据えたままだ。低く、囁くように言う。

「どうしても行くなら、それこそ理由を言え。——信田がどうした？　何があったんだ」

言われて初めて、陽平は先ほどの電話で信田や瑞原の名を口にしてしまったことに気づく。

同時に、仁科に連れ出されてから先ほどまで他に着信がなかったことに思い至った。

……仕事上がりに休憩室で確認した時には、ほぼ三十分置きに信田からの着信があったはずだ。その信田が、いきなり電話をしなくなっている。

イヤな予感が、確信になって胸に落ちた。

「だ、……から、もう無理だってさっきから言ってるじゃないっすか」

自分の声が、ひどく重く聞こえた。

——それでも、仁科にだけは言えないし、言いたくないのだ。

この人に、言いたいことや訊きたいことは、ある。けれど、それよりも自分で自分の始末をつけるのが先だ。その程度のこともできずに、なし崩しに頼ることだけはしたくなかった。

きつく奥歯を噛んで、陽平はどうにか声を絞る。

「何でそんなに構うんすか。オレが都合のいいオモチャだからですか？　それはそれで店長の勝手ですけど、でもオレにも都合ってもんがあるんですよ」

「おい、よーへー……何言っ……」

勢いだけで言い募った自分の台詞を理解したのは、仁科の呆気《あっけ》に取られたような表情を目にした時だ。構わず強引に腕を引いて、陽平は仁科を睨みつける。

「離してください。今すぐ離さないと、オレは死ぬまで店長を恨みます」

手を掴む仁科の力が弱くなる。そこを逃さず、陽平は仁科を押し退けた。挨拶もせずにリビングを飛び出し、玄関で靴の踵《かかと》を押し込む。ドアを押して、外に出た。

陽平、と。背後から呼ぶ声が、やけにくっきり耳に残った。

21

仁科の自宅が、大通りから近かったのが幸いだった。

マンションのエントランスを駆け抜けて数分後、捕まえたタクシーに乗り込んで、陽平は美容室「シノダ」の住所を告げる。車が走り出すのを待たず、携帯電話を操作した。

今日は通常勤務だと言っていた梶山は、長く呼び出し音を鳴らしても出る気配がない。それならと梶山の自宅にかけてみたが、こちらもコール五回で留守電に繫がってしまった。

ひどい焦燥に煽《あお》られながら、陽平は梶山宛のメールにことの次第と、これから自分が「シノダ」に出向く旨を記した。送信し、顔を上げたところで車が見知った通りに入ったことを知る。

——この通りを数百メートル行けば、「シノダ」に着く。

(アレの様子に、注意しておいてもらえないか)

昨日の、梶山の言葉を思い出して、そこまで気が回らなかった自分に腹が立ってきた。

(おれだって関係あるのに、何で陽平ばっかり)

いつかの、瑞原の表情が脳裏によみがえる。

ずっと、陽平のことを気にかけてくれていた。梶山とふたりして何度も違うと説明して、やっと納得した様子ではあったけれど、それでもきっと、信田の行動の原因は自分にあると思っている……。

「シノダ」の外看板は、白地に鮮やかな青で店名を記したシンプルなものだ。確か、デザインや色は瑞原が決めたと聞いている。

勤めていた頃に目印だったその看板が目に入った時点で、陽平は財布を取り出した。車が止まりドアが開くや否や、陽平はタクシードライバーに紙幣を押しつけ車を降りた。

「お客さん、お釣り——」

「すみません急ぐんで！　結構です！」

言い放って、そのままビルに駆け寄った。

営業時には外から見える店内も、今はシェードが下ろされている。煌々《こうこう》と灯った明かりが、かろうじてそのシェードに店内の機器や人影のシルエットを映していた。

ノックをすることも、声をかけることも思いつかなかった。掴んだドアノブを思い切り押して、陽平はいきなり「シノダ」へと足を踏み入れた。

「……っ、だから、何度も言ってんじゃん！　おれはもう『シノダ』には戻らないって！」

最初に耳に入ったのは、悲鳴のような瑞原の声だった。

「こっちの話も聞かずに仮病扱いして、その場でクビだって決めたのは信田さんだろ!?　今ごろ、勝手なことばっかり言うなよ……っ！」

「だから、それも全部お互い様だろ？　おまえだって、こっちに何の相談もなしに他の店に移ったんだからな」

「移った、んじゃなくて探して就職したんだよ！　骨折して二か月は無職で、仕事なんかできる状態じゃなかった。疑うんだったら、その時の診断書見せようか!?」

店のほぼ真ん中に突っ立った瑞原が、激しい口調で言い募っている。その二メートルほど先、壁際に凭れた信田が入り口扉を押さえたまま肩を弾ませる陽平をじろりと見た。

睨み返す前に、信田の変わりように息が止まった。

前回会った時にも増して、信田の顔つきは険しいものになっていた。げっそりと頬がこけ、顎が尖った上に病的なほど目つきが鋭い。その変化が、荒《すさ》んだ印象にさらに拍車をかけていた。

陽平に向けていた視線をわざとらしく逸《そ》らして、信田は鼻で笑った。

「過ぎたことを蒸し返してどうするよ？　お互い水に流せばすむことだろうが」

「どこがお互い？　信田さん、自分が言ってることとオカシイのわかってる？　もう一回言うけど、おれは『ＬＥＮ』を辞めたりしないからね」

激しい口調で言い切った瑞原に、信田は仕方がないとでも言いたげな顔つきを見せる。その横顔を見ていて、気がついた。

どちらかといえば精悍《せいかん》な顔立ちだったのが、だらしなく伸びた上に根元だけ黒くなった髪のせいで、ひどくきつく見えるのだ。

以前、信田の髪のカットとカラーは瑞原が担当していた。襟足に届く程度の短い形だったが、毛先に流れを作ることで容貌の鋭さが和らぐよう工夫されていたのだと今になってわかる。同時に、信田自身と呼応したような店内の荒れように、ぞっとするような心地になった。

見下ろした床のそこかしこに、小さな埃《ほこり》がわだかまっている。待合い席のテーブルには擦り切れてぼろぼろになった雑誌が、揃えられもせず散乱している。ややや遠目にあるシャンプー台の白い陶器には髪の毛がすじになって張り付き、カラン部分は妙に曇ってうす汚れている。備品を入れる棚から未使用のはずのタオルが乱れてはみ出し、無造作に投げ出された洗濯袋の縁からは、汚れた布が垂れ下がっていた。

――この状態では、スタイリストの腕以前に、客が寄りつかなくなって当然だ。

「いい加減、意地を張るのはやめたらどうなんだ？　そもそも、ここは俺とおまえの店だろう。おまえナシでどうしろって言うんだ」

「ミユキが、いるじゃん」

即答して、瑞原はまっすぐに信田を見る。

「ミユキは仕事熱心だし頭もいいし、お客さん受けも悪くない。これから頑張って勉強して、スタイリストを目指せばいい。それをバックアップするのが、旦那の――信田さんの役目じゃんか！」

「ミユキはまだ半人前以下だ。アシスタントとしても使いものにならない。そのくらい、おまえならわかってるだろうが」

面倒そうな声音に、瑞原は真っ向から反論する。

「そんなん当たり前だろ！　最初の五年は誰だって半人前のアシスタントだし、信田さんだってそうやってスタイリストになったんじゃん。ミユキはまだ学校出てから三年にもなってないし、子どもができて仕事休んだんだから、その分一人前になるまで時間がかかる。だけど、そんなの最初からわかってたことじゃんか！　なのに、何でミユキがあんなに痩《や》せてげっそりしてんの⁉　何であんな笑い方、させてんだよ……っ」

苦しげに言い募る瑞原の向こう側、壁に凭れかかるようにひとりの女性が蹲《うずくま》っていることに、その時初めて陽平は気がついた。俯《うつむ》き加減の顔にセミロングのウェーブした髪がかかっていて、顔や表情までは見て取れない。

「知るかよ。だいたい、騙《だま》されたのはこっちの方だ」

「な、んだよそれ……ミユキが、どうやって信田さんを騙したって」

「俺はまだ結婚する気なんかなかったんだ。勝手に孕《はら》んで泣きついてきたのと、親の援助で独立店舗ができるとか言うから、それならいいと思って結婚を決めた。それが、あとになって親の会社でトラブルがあったから独立店舗は無理だの援助はできないだの言い出しやがって、しまいには流産だ。何もかもが大嘘じゃねえか」

吐き捨てるような言い方に、ひどく気分が悪くなった。視界のすみで、瑞原が顔色を失《な》くすのがわかる。

「そ、れのどこが嘘なんだよ！　だいたい独立店舗って、そんなもん自分の力でやるもんだって、だから一緒に頑張ろうってあの時、約束したじゃんか！」

「おまえ、考えが甘いんだよ。いくら客が入ってもここの賃貸料がかかる上に、アパートの家賃や生活費もいる。……独立店舗をタダでくれようって話なら、じゅうぶんありがたいだろうが。それが全部パアだ」

じろりと、信田はすみに座る女性を見る。妻に向けたとは思えない冷ややかな視線に、背すじが寒くなった。

「ま、どこまで本当だかわかったもんじゃないけどな。親の援助にしろ独立店舗の件にしろ、──子どもが流れたってのもどうだか」

信田の言葉を遮るように、鋭い破裂音がした。

瑞原が、信田の頬を殴りつけたのだ。

「……あんた、最低っ……」

右手を振り下ろした格好のままで唸るように言ったかと思うと、瑞原はふいにドアロに突っ立ったままの陽平を振り返った。

「陽平、ミユキを奥で休ませてやってくれる？」

「え……あの、でも」

「休憩室のソファで横にして、何かあったかいもの飲ませてやって。刺激物は避けた方がいいから、ミルクかココアで」

有無を言わさない、口調だった。その瑞原の背後で、信田はうすら笑いを浮かべている。

気にはなったが逆らえる雰囲気ではなく、陽平はそろりとすみでうなだれていた女性に近づく。

瑞原が「ミユキ」と呼んだ女性は陽平と同世代で、女の子と呼んでもいいような幼い気配があった。細い肩にそっと触れ、「奥へ行きましょう」と告げると、小さく頷くのが見て取れる。

それならたった今の信田の言葉をすべて聞いていたのかと、痛ましい気分になった。立ち上がることすらおぼつかない様子に手を貸して、陽平は店の奥の休憩室へと向かう。

休憩室の中は、店のフロア以上に荒れていた。かつて瑞原が気に入って大事にしていたはずの窓際のソファの上にはものが散乱し、完全に物置と化している。窓のブラインドも壊れたのか、半端な位置で斜めになったままだ。

ミユキを手近の椅子に座らせて、ソファの上のものを取り払った。汚れて外れかかっていたカバーをかけ直し、ストック棚から取り出した大判のタオルを敷く。そのあとで、改めてミユキにソファに移るよう伝えた。

頷いた彼女がソファに落ちつくのを待って、陽平はドア横にある簡易キッチンに立った。温かいココアを作って手渡すと、ミユキはたった今気がついたように顔を上げた。幼い表情で、不思議そうに陽平を見る。

「あ、の……？」

「相良です。——さっき、電話くれましたよね」

「あ、……」

とたんにミユキの表情が移った。驚くほどの勢いで、陽平の手首を摑む。弾みで、マグカップの縁からココアがこぼれかけた。

「瑞原、せんぱいは？　信田は、どこに――」

「店の中で、話してます。あの、すみませんが、オレ」

「すぐ、行ってください。瑞原せんぱいを、信田とふたりにしないで」

細いけれど、悲鳴のような必死な響きで、ミユキは言う。咄嗟に意味を摑みかねた陽平を見上げる表情にあるのは、懇願と恐怖だ。

「あの人、おかしいんです。お店がうまくいかなくなって、それが全部サガラさんや瑞原せんぱいのせいだって――わたしが妊娠した時期が悪いって、怒鳴ったりものを投げたり……絶対にせんぱいを連れ戻すって、何があっても許さないって、そう言っ……」

苦しげに息を切らして、ミユキは陽平の袖《そで》をきつく握りしめた。

「お願いします、せんぱいを助けてください。わたし――わたしには、もう何にも、できな……」

「わかりました」

必死な声を、端的に遮った。ミユキの肩を押さえるようにして、ゆっくりとソファに横たえる。わざと、言い聞かせるような声音を作った。

「とりあえず、あなたはここで休んでてください。オレか瑞原さんが呼ぶまで、絶対に出てこないで」

頷くミユキに二度ほど念を押して、陽平は店に引き返した。

「——っ、いい加減にしてよ！　あんたが守ってやらなくて、誰がミユキのこと考えるんだよ⁉」

休憩室のドアを後ろ手に閉じるなり、激高したような瑞原の声がした。

「知るか。どのみち俺はもう、ミユキとは別れるんだ」

信田の返答は平然としている。瑞原とは対照的に、落ち着き払った態度で続けた。

「半人前以下のお荷物を抱える義理は、俺にはない。いちいちお守りしてやれるほど暇でもない」

嘯《うそぶ》く声の主を、瑞原はしばらく無言で見つめていた。間を置いて、ひどく低い声で言う。

「——……あんた。自分が今、何を言ったか、わかってんの？」

「決まってるだろう」

即答に、瑞原が大きく息を吸い込んだのが聞こえた。きっぱりとした声で言う。

「わかった。じゃあ、ミユキのことはおれが引き受ける。連れて帰って、今後のことはこっちで決める。だから、……あんたは二度とミユキに会うな。電話もするな。近寄ることも、許さない」

「それで？　おまえ、明日にはこっちに戻って来るんだろうな？」

奇妙に嬉しそうな信田の様子に、陽平は顎が落ちる心地になった。啞然と見ているその前で、瑞原は無表情に信田を切り捨てる。

「いつまで寝言言ってんの？　何回言えばわかるんだよ。おれは『LEN』を辞める気はない。もしクビになったとしても、絶対にここには戻らない」

「何だと？」

とたんに信田は不快げな顔つきになった。

「ミユキとは別れるし、あいつの荷物は早々に放り出す。今住んでるアパートは前の部屋よりも広いし、設備もいいぞ？　ああ、それともミユキが住んでいた場所はイヤなのか？　仕方ねえな、だったら引っ越してやるよ。ただし、おまえのワガママなんだから引っ越し費用や準備金はおまえが出せよ？　それから……」

「おれ、他に好きな人がいるから」

信田の繰り言を、瑞原はすっぱりと遮った。

「誰よりも好きで、ずっと大事にしたい人がいるから。仕事上でもプライベートでも、今後いっさい信田さんとつきあうつもりはないよ」

「想、……？」

ぽかんと目を見開いていた信田の顔つきが、ゆっくりと歪んでいく。その様子を、陽平は間近で見ていた。

「何だよそれ。てめえ、いつのまにそんな相手——どこのどいつなんだ、おい」

「そんなの、信田さんには関係ない。話す理由もない」

「想、てめえ」

「それから、話が逸れたけど。陽平の件」

つけつけと言い出した瑞原には、もはや信田ときちんと話そうという気配は欠片《かけら》もない。

「陽平にしつこく電話したりアパートの前で待ち伏せたり、自転車のブレーキに細工したり——やってることが犯罪行為だってことはわかってるよね。こっちは出るとこに出ることにしたから、いい加減やめておいた方がいいと思うよ」

「何だとお？」

「陽平にやったことくらい、何てことないと思ってるのかもしれないけど。去年の件も、全部掘り起こすことにしたから」

とたんに顔をしかめた信田が、気を取り直したように瑞原を見下ろす。鼻で笑うようにして言った。

「何が全部だ。俺にはやましいことは何もねえよ」

「だったらそれでいいよ。あんたがコジンテキにどう思おうが、あんたの勝手だ」

「どういう意味だよ。俺が何やったって」

「おれの怪我を仮病扱いした上での不当解雇と、最後の給料の未払いと、あと仕事関係の相手への風評被害。それと、この店の開店の時におれが融通した資金やそのあとのここの賃貸料の件。——去年の時点で知り合いに勧められて、記録と証拠だけは押さえといたんだよね。それを見せて相談したら、訴えても十分に勝算ありだって弁護士さんから言われたよ」

　信田の様子に構いもせず、瑞原は事務報告のように続ける。

「去年のあの時は、曖昧にしてたおれにも非があると思ったから諦めた。けど、ミユキが信田さんと別れるんだったら、こっちが遠慮しなきゃならない理由はないじゃん。後腐れがないようにはっきりさせた方が、お互いのためだ。そうだよね？」

「てめ、想……」

「おれが言いたいのはそれだけ。近いうち弁護士さんから連絡が行くと思うから、詳しいことはその時に確認してクダサイ」

　言い切ったかと思うと、瑞原は陽平を見た。

「ごめん、陽平。ミユキは？」

「あ。今、奥で休んでます。もしかして、眠ってるかも……」

「待てよ！　何なんだよ想、てめえ勝手なことばっかり言いやがって……っ！」

詰め寄ろうとした信田を真《ま》っ直《す》ぐに見返して、陽平は敢えて口を挟む。

「勝手も何も、いい加減やめておいた方がいいんじゃないっすか？」

「……んだとお……!?」

「弁護士を頼むのは瑞原さんの自由で、あんたにどうこう言えた義理はないでしょう。それと、追加で言っておきますけど。オレはもう『ＲＩＡ』を辞めましたから。嫌がらせをしても無意味だと思いますよ」

言った瞬間に、瑞原と信田が表情を変えたのがわかった。

「……っ！　陽平っ？　辞めたって、何――」

瑞原の声をわざと無視して、陽平は信田を見上げる。

「昨日、店の前に生ゴミぶちまけたのも、今朝に店の扉を壊したのもあんたですよね？　これ以上やったところで、余罪がつくだけでしょう。いい加減、やめた方がいいんじゃないっすか」

とたんに、信田が相好を崩した。引きつっていた顔にイヤな笑みを作ったかと思うと、ねっとりとした声で陽平に言う。

「何だ、そりゃ。しょうがねえなあ。そこまで言うなら雇ってやるよ。ただし、給料は前より下がるからそのつもりでいろよ」

「はあ……？」

「てめえの我儘《わがまま》でこっちは迷惑被《こうむ》ったんだ、そのくらい当たり前だろうが」

咄嗟に、意味を摑めなかった。二度ほど瞬いたあとで、陽平は心底イヤな気分になる。

「あいにく、オレはそこまで博愛精神旺盛にはできてません。好きで『ＲＩＡ』を辞めたわけじゃなし、正直言ってとても腹が立っていますから。何があっても、ここに戻るのだけは願い下げです」

耳に入った声は自分のものとは思えないほど低く、吐き捨てるような響きを含んでいる。

とたんに、信田が顔つきを変えたのがわかった。てめえら、と喚《わめ》く声と同時に動いた指先が、傍にあったワゴンの上の銀色を掴む。金属質な音が、ひどく耳についた。

「……っ、ふっざけんな！　てめえら、これっだけ面倒かけておいて今さら寝言抜かしてんじゃねえよっ‼」

「瑞原さん！」

気がついた時には、身体が動いていた。信田と瑞原がぶつかる寸前に、陽平はふたりの間に割って入る。信田を突き飛ばすと同時に、左腕と胸許に鋭い痛みが走った。

「……っ、陽平、危な……！」

陽平に押しのけられた形になった瑞原が、座り込んだ床の上で声を上げる。それを視界の端に収めながら、壁際で体勢を立て直した信田と対峙《たいじ》する。

喚く信田が逆手に握りしめているのは、仕事用の鋏だ。手のひらに握れるほど小さいが、切れ味はかなり鋭い。脳裏のすみを「まずい」という思考が掠《かす》めた。

「退《ど》けよてめえ！　邪魔すんじゃねえ、想、おまえは逃げるなっ」

声とともに、信田が突っ込んでくる。その右腕を辛うじて掴み上げて、陽平は声を上げた。

「瑞原さん、外に逃げてください！　早く！」

「でも陽平」

「いいから！　逃げて、誰か人を呼んで──」

言いかけたその時、いきなり店のドアが開く音がした。反射的に目をやったと同時に、摑んでいた信田の腕を無理やりに振り払われる。床に転がった、その目前に信田が振りかざす鋏の残映が映った。

覚悟し息を詰めた、その数秒後に声がした。

「──瑞原くん？　とりあえず、急いで警察呼んで」

「あ、え……ああ、はい！　すぐ！」

即答する上ずった声は、瑞原のものだ。浅く息を吐きながらようやく目を開いた陽平は、見下ろす形になった自分のシャツの胸許が一文字に切り裂かれていたことを知る。ヒリつくような痛みに顔を顰《しか》めた時、上から声が降ってきた。

「陽平、紐かなにか持ってないか？　持ってこれるか」

「あ、……はい！」

耳慣れた声の命令に、腰を上げて受付に走った。

半年前まで勤めていた店だけに、備品の場所は心得ている。抽斗《ひきだし》の中からビニールロープを取って、改めてフロアに引き返す。

その時になって、陽平はフロアで信田を拘束しているのが――先ほど陽平と瑞原を助けてくれたのが仁科だと知ったのだった。

「ああ、それ適当な長さに切ろうか。とりあえずこれ縛っておかないとまずい」

今さらに困惑した陽平に、仁科が言う。その仁科にきれいに押さえ込まれた格好で、信田が声を上げて暴れていた。急がなければまずいと気づいて、陽平は引き出したロープに鋏を入れる。指示されるまま、信田の腕を縛り上げた。

「立派な暴行傷害未遂だな。……あー、いやこれだと完遂か」

ついでとばかりに慣れた手際で信田の足首まで括《くく》った仁科が、ぼそりと言う。今、気がついたように、左手で着ていたセーターの上から右肩を押さえた。その部分のシャツが朱《あか》い色に染まっているのが目に入って、陽平は息を止める。

「てんちょ、それ」

「ん、少し掠ったな。ま、見た目ほどのことはないだろ。――いいから陽平、ちょっと来い」

いつもの口調とともに、右の手首を摑まれた。仁科の前に膝をつく形になったかと思うと、いきなりシャツの前を引っ張られる。え、と思った時にはまじまじと胸許の肌を覗き込まれていた。

「え、あの……店長?」

「皮膚一枚ってとこか。まあ運が良かったな」

「スミマセン、今電話しました！　警察、すぐ来てくれるって」

割って入った声は、携帯電話を手にした瑞原のものだ。駆け寄りかけた足を止めて、不思議そうに陽平とその隣にいる仁科を見る。

「え、あれ？　あの、……えーと？」

そういえば、瑞原と仁科は面識がなかったはずなのだ。無理もない反応に一拍迷ったあとで、陽平は瑞原に言う。

「あの、瑞原さん。こっちうちの――『ＲＩＡ』の店長で」

「仁科です。噂はかねがね、『ＬＥＮ』の店長からいろいろと。瑞原くん、だよな」

陽平の紹介を引き継いだ仁科の言葉に、瑞原はさらに目を丸くする。

「え、あの仁科さんって、『ＲＩＡ』の店長って、……え？　あの、えーと何でここに？」

「ああ、俺のことは気にせずに。挙動不審なアシスタントがいたので、勝手に追いかけてきただけです」

さらりとした仁科の返答に、言葉を失ったのは陽平の方だ。同時に仁科の怪我が右肩だと思い出して、心臓の奥が凍った心地になった。

「……っ、あの店長、すぐ救急車――」

「警察に状況説明する前に、被害者がいなくなるとまずいだろ。ついでに、たぶん俺が一番重傷だ」

平然と答えた仁科の声音には、完全に決めてしまった響きがある。その語尾に被さって、遠くパトカーのサイレンが聞こえてきた。

いきなり店の入り口ドアが開いたのは、その直後だ。ぎょっとして飛び上がった陽平だったが、駆け込んできた人を認めて全身から力が抜ける。

「想⁉　無事か？　相良くんは」

梶山だった。よほど急いだのか、ネクタイが半端に緩んだ上に、上着も羽織っていない。瑞原の様子を確かめたあとで、床に座り込んだ陽平と仁科を認めて眉をひそめた。

「怪我は？　相良くんの方は」

「オレは、かすり傷です。あ、あの！　すみません、オレじゃなくて店長が——あの、うちの店長、右が利き手で仕事の時に鋏持つのも右で、だから」

混乱しながら、それでも梶山に助けを求めていた。無言のままの仁科を間に挟んだやりとりのあと、梶山は陽平に「いいから落ち着きなさい」と低く言う。

「想。救急箱はわかるか」

「あ、取ってくる！」

すぐさま、瑞原が休憩室に駆け込んでいく。それを横目に、梶山は改めて仁科に向き直った。

「失礼。――私は総合病院勤務の梶山と言います。専門は心臓外科だが、応急処置くらいはできる。傷口を見せてもらってかまいませんか」


きつく握られた右手の指が、痺れるように痛かった。

「すみませんが、今、こいつを逃がすわけにはいかないので。このままで頼みます」

連れて行かれた病院の夜間救急外来で、陽平の右手首を摑んだままの仁科が言う。その言葉に、今しも処置にかかろうとしていた医師と看護師は、ひどく怪訝そうな顔を見せた。

「店長、あの、オレ逃げません、から」

「悪いな。信用できない」

ばっさりと言い捨てた仁科に、手を放す素振りはない。

傍に突っ立って処置の一部始終を見届けながら、陽平は生きた心地がしなかった。

仁科の刺し傷は幸いにしてそこまで深くはなく、筋肉や神経には至っていないとのことだった。ただし、鋭利で長い傷だとかで、その場で縫合された。陽平の傷と同じく、数日は消毒に通い抜糸しなければならないのだという。

「お仕事は？　ああ、美容師さん。で、利き手が右？　そうですねえ、仕事は少し加減した方がいいですね。くれぐれも無理はしないように」

医師の言葉に安堵すると同時に、その場にへたり込みそうになった。その腕を掴まれ引っ張りあげられて、陽平は仁科と交替に医師の前の椅子に座らされてしまう。

頭上から、仁科の声がした。

「ありがとうございました。すみませんが、今度はこいつの手当てをお願いします」

「え、あの店長、でもオレ、かすり傷……」

「きちんと診てもらって、診断書を頼んでおけ。さっき、梶山って医者に言われただろう」

有無を言わさない口調に、結局陽平も診察を受け処置してもらうことになる。とはいえ、出血自体がごくわずかだったため、消毒し絆創膏を貼ってもらったらそれで終わりだった。

陽平の処置を待つ間も、しんと冷えた夜間救急処置室の外のベンチで受付処理が終わるのを待っている時にも、仁科は陽平の手首を掴んで離さなかった。そのくせ直接には声をかけることもなく、厳しい顔つきでずっと余所《よそ》を見ている。

病院に来る途中から、ずっとこうなのだ。必要最低限しか喋《しゃべ》らない上に、陽平の顔すらまともに見ようとしない。口調だけはいつも通りなのに、顔つきや気配が別人のように違ってしまっている。

ことの経緯を思えば無理もないことに、陽平には言い訳のしようもない。

うす暗い待合い室のベンチで隣にいる仁科の息遣いを気にしながら、陽平は「シノダ」での別れ際、今にも泣き出しそうな顔をしていた瑞原を思い出した。

(ごめん、陽平。本っ当にごめん……!)

事情説明のため、瑞原は梶山と一緒に警察に出向いているはずだ。陽平たちが病院に向かう間際までしきりに謝っていたのを思い出して、申し訳ないような気分になった。

……信田は、やってきた警察に連れて行かれた。あれこれと言い訳を喚いていたが、怪我をした仁科や陽平の証言と瑞原のそれが一致したことに加えて、凶器が信田愛用の鋏だったことが決定打になったようだ。

「……いた! 陽平、怪我はっ⁉」

耳に入った声に目を向けると、青い顔をした瑞原が廊下を駆けてくるところだった。その背後には、梶山の姿も見えている。

すぐさま腰を上げていた。息せき切って見上げてきた瑞原に、陽平は無理に笑ってみせる。

「平気です。もともと、オレのは怪我のうちじゃないですから」

「そ、か。良かった……あ、仁科さんの方はっ⁉」

「神経とか、筋肉は痛めてないそうです。何日かは病院通いになるみたいですけど、後遺症の心配はないって」

覗き込むように訊いてきた瑞原に答えながら目をやると、相変わらず陽平の手首を摑んだままの仁科が動いた。うっそりと瑞原に頭を下げて言う。

「警察はもう、終わったんですか？」

「終わったっていうか、追加で話すことも多いから、また明日ってことになりました。仁科さんと陽平にも、明日改めて事情を聞きたいそうです。えーと、でも今日のところは帰っていいって」

いったん言葉を切ったあとで、瑞原はおもむろに陽平と仁科を見た。深く、頭を下げてくる。

「あの、スミマセンでした。今回のは全部、おれのせいなんです。陽平は関係なくて、おれがちゃんとしてなかったから」

「いやそれ違いますって。オレの怪我はオレの勝手でやっただけだし、……店長のはオレのせいですから」

「でも陽平」

「瑞原さんが、無事ならいいんです。あ、あと梶山さん、すみません。何かオレ、うまくやれなくて」

「いや。こちらこそ悪かった。せっかく連絡を貰ったのに、出遅れた」

陽平にさらりと返して、梶山が仁科を見る。軽く会釈をして言った。

「失礼、仁科さん、でしたか？　少しよろしいですか」

怪訝な顔つきで「はあ」と返した仁科が、梶山に呼ばれてやや離れた場所に移動する。何の話をしているのか気になったものの、陽平はベンチに座ったまま傍に残った瑞原を見上げた。

「あの、ミユキさんは？　大丈夫でした？」

「ご両親が迎えに来た。ここんとこずっと実家にいたみたいで、今日は帰ってこないから気にしてたんだって。……どのみちご両親も、別れさせようと思ってたみたいだった」

「そうっすか」

瑞原の言葉に、他人事ながらほっとした。

ミユキ本人の意向がどうあれ、これ以上彼女が信田の近くにいることが望ましいはずはないのだ。

「何で、あんなのと結婚なんかしちゃったんすかねえ……ミユキさんも」

「そこまでさ、酷い人じゃなかったはずなんだよ」

顔を上げた陽平に苦笑してみせて、瑞原は続ける。

「自分で店持つのが夢だって言ってた頃とか、『シノダ』を開けたばかりの頃は、ちゃんと自分の仕事とか店にプライドやこだわりを持ってたんだ。……それが、どこであんなふうになったのかは、おれにもわかんないけど」

「そう、っすね。何でなんでしょうねえ」

返す言葉に苦笑が混じったのは、美容室「シノダ」での就職面接を思い出したからだ。あの時の信田は、今とはまったく違う精悍そのものの顔つきをしていた。新しい店ならではの不備も山ほどあるだろうが、だからこそ様々なことに挑戦するための努力を惜しまないと言い切った。「これから」を見据えたその言葉と熱意に、陽平は共感したのだ。

「けど瑞原さん、何もかも私情まみれにするのは駄目っすよ？　何で今まで、不当解雇や給料未払いを放置してたんすか」

「あ、うん、えーとそれは」

「あと、勝手に単独行動するのも駄目です。オレも梶山さんも止めましたよね？」

「うん、えーとごめん……反省シテマス」

慌てて頭を下げた瑞原が、思い出したようにちらりと梶山を見る。思いついたように言った。

「あのさ、陽平は今夜どうする？　ついでにセンセーん家に泊まる？　だったら」

「俺が連れて帰ります」

陽平より先に、背後から即答が返った。え、と思う間もなく腕を引っ張られ、引きずるように立たされる。慌てて背後を振り返ると、いつの間に話を終えたのか、そこには仁科が立っていた。

「じゃあ瑞原くん、また後日に。——陽平、行くぞ」

声とともに、無造作に引っ張られた。どうしてと思う間もなく、陽平は仁科について歩き出している。

「え、でもあの店長、まだ会計――」

「今、呼ばれてすませた」

振り返りもせず言う仁科に半ば引きずられながら、視界のすみで目を丸くしている瑞原に声を投げた。

「あ、あの！　瑞原さん、また」

「う、うん。えーと、……陽平、頑張って」

「何を頑張るのか」と問い返す前に、廊下の角を曲がっていた。非常灯の緑だけが煌々と灯る中、夜間救急外来の出入り口へと連れて行かれる。

目の前に、タクシーが停まったのがその時だ。車を降りた年配の女性が夫らしい男性に抱きかかえられて、夜間救急の出入り口へと向かう。そのタクシーに声をかけて、仁科は陽平を後部座席の奥へと押し込んだ。

隣に乗り込んだ仁科が、短く住所を口にする。耳慣れない響きの地名が、数時間前に連れて行かれた仁科のマンションのものだと察して、陽平は慌てて傍《かたわ》らの上司を見上げた。

「あの、店長。おれ、自分のアパートに、帰り……」

「却下だ」

取りつく島のない即答のあと、またしても仁科は黙り込んでしまった。

途方に暮れたが、この状況で逃げられるはずもない。まして、怪我人の仁科をひとりにしていいものかどうかも気になる。結局、陽平は口を閉じてついていくしかない。

重い沈黙を破るように、電子音が鳴った。

携帯電話を取り出した仁科が、低い声で何事か話し出す。詳しい内容はわからないまでも、受け答えだけで店の扉の件だと察しがついた。

いつの間にか、時刻は日付を変えていた。

街灯の明かりだけが煌々と灯る住宅街の景色を、陽平はただ見つめていた。

23

マンションに戻るなり、仁科は陽平をリビングに連れ込んだ。エアコンとヒーターのスイッチを入れ、低い声で座るよう促す。

迷いながら、陽平は数時間前にも座ったソファに腰を下ろした。

「それで？　続きを聞こうか」

「続き、って……」

不意打ちの言葉に目を上げると、真正面に膝をついた仁科ともろに視線がぶつかった。切れ長の瞳のいつになく鋭い色に、陽平は今さらに思い知る。

呆れているのではなく、仁科は本気で腹を立てているのだ。陽平に対して、その場で怒鳴りつける気にもならないほど怒っている。

「何があったのかは、何となくわかった。それで全部かどうかは別として、ひとまず訊こうか。——どうして何も言わなかった？」

突きつけられた問いに、陽平は一拍返答に詰まった。ひとつ息を飲み込んでから言う。

「どうして、って……だって、こんなことで店長や店に迷惑はかけられないです」

「こんなことって？」

「関係ないことじゃないですか。店長にも、『ＲＩＡ』にも」

とたんに、仁科が目を細めた。不興を買ったと察しはついたものの、陽平は覚悟を決めて淡々と続ける。

「前の職場絡みの厄介事《やっかいごと》ですから、オレが後始末するのは当たり前です。……それでなくとも『ＲＩＡ』に迷惑かけてるのに、店長まで巻き込むのはスジ違いです」

「どうしてそうなるかな。あのなあ、『ＲＩＡ』は俺の店だよ？　そこに被害が出た時点で無関係じゃないと思わないか」

「でも、信田店長の本当の目的は『ＲＩＡ』じゃありませんでしたから。要は、オレと瑞原さんをいいように扱いたかっただけで」

「だが、実際に被害を受けたのは『ＲＩＡ』だ」

「…………」

言われてしまえば返事のしようがなく、陽平は俯く。その頭上に、仁科の声が落ちてきた。

「で、生ゴミがどうのってのは？　おまえ、昨日の朝はやけに早く出勤してたよな。あの時に片づけたのか？」

「え……」

どうしてそれを知っているのかと、思わず顔を上げていた。それが伝わったのか、ほんの少し気まずそうに仁科は言う。

「悪いな。『シノダ』のドア口で、立ち聞きしてた」

「立ち聞き、って、あの……」

「瑞原くんが、信田を殴ったあたりから、ドア口にいた。こっちは部外者だし、勝手に入るわけにもいかないだろう」

早口に言われて、だからあのタイミングで飛び込んできてくれたのだと納得した。同時に、頭の中が真っ白になる。

それなら、ほとんどの経緯がバレてしまっているのだ。

「『ＲＩＡ』の扉の件は、信田が犯人で確定だそうだ。さっき梶山……さんとも話したが、その件はうちの店から被害届を出すことになった」

「え、……？」

「武藤から、連絡があった。店の前の防犯カメラを確認したら、信田がドアを壊しているのが、はっきり映っていたそうだ」

「あ、……」

言われて初めて、そういえばあのビルにはそんなものがあったのだと思い出す。同時に、自分の間抜けさにつくづく呆れた。

「すみません。オレが気が利かなくて、ご迷惑をおかけしました」

「おいこら」

声とともに、いきなり頬を叩かれた。

ほんの軽い力だったが、この人が誰かに手を挙げるのを見たのは初めてだ。ぽかんと見上げた先、さきほどまで表情のなかった仁科の貌《かお》が明らかな怒りを孕んでいるのを知って、思わず腰が引けた。

「そういう話じゃないだろう。……だから！　どうして何も言わずに自分だけで無茶をするんだよおまえは！」

最初は抑えていた声音が、後半には鼓膜に響く怒鳴り声に変わっていた。初めて耳にする仁科の怒声に、陽平は全身を竦ませる。

「あのなあ、俺は神様でも仏様でもないんだよ！　何かあっただろうくらいは察しがついても、実際どういうことが起きててどう困ってるかは言わなきゃわからないだろうが!!　それともおまえ、あの信田を自分ひとりで何とかできるつもりだったのか!?」

「そ、……んなこと、考えてないっすよ。だから、警察に届けるつもりで準備してましたし、瑞原さんや梶山さんにも相談して――」

「だから、瑞原くんはともかくどうしてそこで梶山なんだ！　だいたい、何なんだよあの男は！」

「いやあの、梶山、さんは瑞原さんの同居人っていいますか、大家さんみたいなもので」

「それで？　どうしてその梶山のところにおまえが泊まる話になるんだ」

「ですから、アパートの前で信田店長が待ち伏せてたので……その、アパートに帰れなくて、瑞原さんに連絡――」

「どうしてそこで俺に連絡しない？　何かあったら言えと、何度も言っただろう！」

「え、……あの、店長……？」

仁科の怒りの矛先が予想外の方向に向かっていることに、陽平はようやく気づいた。きょとんと見上げた陽平を睨むように見据えて、仁科は言う。

「いいか。今度対処に困ったりアパートに帰れなくなったりした時は、いの一番に俺に連絡しろ！　間違っても他の奴を頼るんじゃないぞ」

「……えーと、すみません。あのですね、何かまた話が違ってませんか。確か、おれが『RIA』に迷惑をかけたっていう」

「店のことはいい。扉のひとつやふたつ、保険で何とでもなる。いざとなったら弁護士雇って、信田から絞り取ればすむことだ。——けどなあ、陽平。人間ってのは、保険で直しますってわけにはいかないんだよ」

ふいに、仁科が大きく息を吐いた。声もなく瞬いた陽平を覗き込むようにして言う。

「身体的な怪我にしろ精神的なショックにしろ、人間のダメージを取り返すにはそれなりの時間がかかる。下手をすると、取り返しがつかないこともあるんだ。だから、店と自分を引き換えるような真似はしてくれるなよ……」

疲れたように、仁科はその場に両膝をついた。わしわしと、両手で陽平の頭をかき回す。

「どれだけ心配したと思ってるんだよ、おまえは。何も言わずに勝手にひとりで決めて突っ走って、あげく他人を庇って怪我してどうするんだ」

ぽつりと落ちたつぶやきが、ずっしりと重く胸に落ちた。

……確かにあの時、仁科がいなかったら——陽平だけでなく瑞原も、どうなっていたかわからないのだ。

捨て台詞のような言葉を投げつけて何も言わずに飛び出した陽平を、追いかけてきてくれた。それを思えば、この人にはどれだけ感謝しても足りるはずがない。

「すみません……ありがとう、ございました……」

俯いたまま、そう口にするのがやっとだった。

落ちてきた沈黙に顔を上げることもできず、陽平は小さく息を飲み込む。

こういう人だと、知っていたはずだ。飄々《ひょうひょう》としているようで、スタッフひとりひとりをきちんと見ている。店長という立場柄だとしても、骨惜しみなく細やかな心遣いをしてくれている……。

長い、ため息が聞こえた。知らずびくりと跳ねた肩を、伸びてきた手に押さえられる。

「……――それで？　他に気になることはあるか」

淡々とした声に、陽平は思わず顔を上げる。

「他に、って……」

「信田の件は、一段落した。これから後始末は必要だが、おまえがうちを辞める理由はなくなったわけだ」

真正面から言われて、思わず目を見開いていた。それへ、畳み込むように仁科は続ける。

「辞めたくて辞めたわけじゃない。『シノダ』でおまえ、そう言ったよな。それなら撤回しても構わないな？」

「そ、……れは……」

返答に詰まった陽平を覗き込んだままで、仁科は続ける。

「まあ、それでも辞めたいと言っても聞く耳はないけどな。さっき言ったように、俺は絶対、おまえを辞めさせない。退職届も受け取らないし、解雇する理由もない。おまえが出勤拒否するなら、このまま帰さずに毎日同伴出勤させるだけだ」

「なん、……すか、それ。そんなの、職権濫用じゃあ」

「せっかくの職権なら、たまには濫用しないと意味がない。言っておくが、俺はやると言ったら本当にやるよ？」

平然と答えた仁科に、陽平はおそるおそる口を挟んでみる。

「あの、それ職権濫用じゃなくて完全に犯罪ですけど。オレが訴えでもしたら、それこそ信田店長の二の舞っすよ？」

「仕方ないだろ。そのくらい気に入ってるんだから」

あっさりと言い放たれて、絶句した。やんわりと頬を撫でる指の感触を追いかけながら、陽平はどうにか口を開く。

「店長……それ、おかしいっすよ。たかだか退屈しのぎのオモチャ相手に、何も犯罪までやらなくっても――」

「それだ。その退屈しのぎの何とかって、おまえ、どっから持ってきた？」

陽平の言葉を半端に遮った仁科に、いきなり真正面から両肩を摑まれる。額がぶつかるかと思うほどの距離で、覗き込まれた。

「そりゃまあ俺ももういいトシだし、まっさらですとはとても言えない身体だけどね。少なくとも、俺はきちんとつきあおうと思った相手を退屈しのぎに扱う趣味はないよ？」

「酒の勢いで、よくお持ち帰りするって言ってませんでしたっけ？　オレもその延長だったじゃないっすか」

たじろぎながらもどうにか反論した陽平に、仁科はあっさりと頷いてみせる。

「ん、それは否定しない。だけど、注釈はつけるよ？　お持ち帰りは昔の話だって」

「昔？」

「そう。若い頃は確かに無茶をやらかしたけど、五年前に全部やめた。酒は下戸《げこ》だってことにしたし、そこからは非常に品行方正。陽平の初回の件は、まあ確かに俺が全面的に悪かったんだけど」

いったん言葉を切って、仁科はじっと陽平を見る。視線を合わせたままで、ふっと笑った。

「この際、白状しておこうか。俺は、あの朝がきっかけで陽平に惚れたんだけどな。そういうのも駄目か」

「……は、あ？」

思いも寄らない言葉に目を瞠った陽平をよそに、仁科はくすくすと笑い出した。

「いや、ああいう場合って大抵、罵《のの》られて責任追及されて今後も面倒見ろ恋人扱いしろって言われるのがパターンだったんだけどさ。陽平は最初っから違ったろ？」

過去を振り返ってみても、その場であっさり終わらせたのは陽平が初めてだったのだと仁科は言う。

「水に流そうって場合も、何かの交換条件があるのが当たり前だったからな。正直、最初はどこまで本気かと思ってた」

陽平の性分も行動パターンもおよそ知っていたが、色事が絡めば話は別だ。いずれ気を変えて何か言ってくるだろうと予想していたのだという。

「けど、そのあとがねえ……やたら俺を見てる割にはまるっきりふつうだし、何も言ってこなかっただろ？　それで、かえって興味が湧いた」

淡々と言われて、いつかの武藤の指摘を思い出す。

やはりバレていたのだと思うと、背すじが冷たくなった。

「すみません。その、……こっちとしては、睨んでるつもりは全然なかったんすけど」

「ん。わざと見返してみても反応薄かったから、無意識なのはわかってたよ。けど、その時の陽平の顔がやたら可愛くてねえ。気がついたら嵌ってましたと言うか。これはもう観念するしかないと思って、あの店に誘ったわけだ」

「え、……あの、観念、って」

「口説《くど》くつもりだったんで、わざと飲まなかったんだよ。ついでに、こっちとしてはあの時にきちんと意思表示したつもりだったんだけど」

さらりと告げられた言葉の意味が、すぐにはわからなかった。ぽかんと見返す陽平に、何を思ったのか仁科は苦笑する。

「そうか。全然、伝わってなかったかー。何が足りなかったかなあ……というより単純に陽平に信用されてないだけか」

間近から上目に見つめられ、恨みがましい声音で言われて、さすがに陽平は言い返してしまう。

「いや、だって店長、職場内恋愛はしない主義だって言ってたじゃないすか！　それに、オレのことはただのアシスタントだって言っ……」

「うん。確かに言った。あの時点では、の話だけどな」

呆気ないほどあっさりと頷いた仁科を睨みつけて、陽平は言う。

「何すか、それ。どういう」

「よーく思い出してみろ。二度目の飲みの時点では、俺とおまえはまだ、ただの職場仲間だったろ」

「え、……」

思いがけない指摘に瞬いたあとで、確かにそうだったと思い出した。

あの時は、むしろ陽平の方がルール違反をしたのだ。酔っ払っていたとはいえ、水に流したはずの「初回」を、仁科の元恋人の前でわざわざ暴露してしまった。

「そういうわけで、俺としてはあの時が仕切り直しだ。もちろん最初から下心は満載だったけどねえ。まさかおまえと昔つきあってた女を横に並べて、今日これからおまえをものにする予定ですとは言えないだろ。……ま、おまえが潰れたあとで言ったけどさ」

「え……」

「うん？　だから、あの時の相手には、俺はこの部下にめろめろになっててこれから告白する予定なんです、って言っといた」

「な、に言っ……」

けろりと言われた内容に、顔が火を吹くかと思った。顔を背けたものの、頬が熱くなるのはどうしようもない。狼狽えているうち、勝手に言葉がこぼれて落ちた。

「な、んで別れたんすか？　あの彼女、と」

「ん。何、興味ある？」

「いや、あるっていうか……きれいな人だったし。あの人、まだ店長のことが好きみたいだったじゃないですか」

陽平の言葉に、仁科はわずかに考える素振りを見せる。

「うーん……単純に言うと、互いの需要と供給が嚙み合わなかったんだな」

「需要と供給、ですか」

「そう。いろんなものを欲しがるのはいいにしても、こっちの希望要望を聞く耳がなかった。

人間関係ってのは基本的にギブアンドテイクだからな。そこが成り立たないと続けるのは難しいだろ？　で、最終的には俺の方が、相手と一緒にいても楽しいと思えなくなった。その状況で続けても意味はないだろ」

あっさりと、言いきられてしまった。

「他は、あれだな。元の奥さんに会ってるのが、どうしても気に入らなかったらしい。何年も前に別れたんだし、お互い恋愛感情なんか欠片も残ってないんだけどなあ」

「それは……だって、ある程度は仕方ないんじゃないですか？」

ぽそりと言いながら、以前目にしたカップルそのものの光景を思い出す。あの時に感じた胸の重みが蘇って、ほんの少しだけ彼女に同情したくなった。

「そう言われても、一応は共同経営者だ。定期的に会うし話すし相談に乗るのも当たり前だろ」

え、と陽平は顔を上げる。困ったように首を傾げた仁科に、そろりと言う。

「あの。共同経営者、って……」

「『遥』だけど、あそこ店の建物と土地の名義がね。あいつと俺の共同だったんだよ」

「…………」

思いがけない内容にぽかんとした陽平を見下ろして、仁科は肩を竦める。

「別れた時に処理するはずが、いろいろ事情があって名義だけそのままにしてあったんだ。

経営は完全に向こうに任せてるし、そもそも自分の店だとも思ってないけどな。ただ、向こうが変に真面目でね。——会って何してたかって言うと、要するにあっちの店の状況報告」

「は、あ……」

「まあ、もうそれもなくなるけどな。あいつの再婚が決まったから」

「再婚、……？」

「そう。目出度《めでた》いついでに、俺の名義を新しい旦那に書き換えることにしたんだよ。——この間、陽平と会った時に、名義変更の書類準備とか手続き関係の打ち合わせをしたんだ。あと何回かは会うけど、手続きが終わったらもう個人的なつきあいはナシになるだろうな」

「は、あ……そう、なんすか……」

「あれ。陽平、もしかして、結構気にしてた？　もしかして、あの日に電話に出なかったのはそのせいか？」

絶句したまま言葉を見つけられずにいると、窺うような声音とともに覗き込まれた。まさかその通りですと返答するわけにもいかず、陽平は曖昧に視線を彷徨《さまよ》わせてしまう。

間近で、仁科が苦笑する気配がした。

「うーん……悪かった。こっちの手順の問題だな」

「手順、ですか」

「ん。陽平だから大丈夫だって、勝手に決めすぎた。陽平、我が儘言わないし。居心地がよすぎて、言わなくてもわかってるはずだって気になってたんだよなあ……うん。この機会に、いろいろ反省しよう」

いったん言葉を切ったかと思うと、額がぶつかるほどの距離で改めて陽平を見た。

「あと、もうひとつだけ確認な。――さっきの梶山って医者のことだけど、あれは瑞原くんの相手ってことでいいのか」

「え、あ、や、えーと、ですね……」

唐突で、しかも思わぬ方向に飛んだ問いに、陽平は返答に窮してしまう。

肯定するのは簡単だが、そうすれば瑞原に同性の恋人がいることを暴露することになりかねないのだ。

陽平の様子で懸念に気づいたのか、仁科は軽く苦笑した。

「瑞原くんがそっちなのは、結構知られた話だぞ。本人も隠す気はないみたいだしな」

「え、と……そう、なんですか？」

「披瀝《ひれき》しないが訊かれたら肯定する、ってスタンスだけどな。じゃあ、それで間違いないわけか。――で、まさかとは思うけど陽平」

「それ以上言ったら、オレ怒りますよ？」

話題の行方《ゆくえ》を悟って、陽平は敢えて仁科の言葉を切り捨てる。物言いたげに見ているのを、じろりと見返して言った。

「そういう邪推は、瑞原さんや梶山さんに失礼です。ついでに梶山さんは瑞原さんひとすじなので、オレはタダのお邪魔虫でした」

「……なるほど。了解、俺が悪かった。ついでに安心した」

打って変わった満面の笑顔を向けられて、どういう顔をすればいいのかわからなくなった。摑まれたままの手首から伝わってくる体温をひどく熱いものに感じて、陽平は息を詰める。

「それじゃ、もう一回仕切り直しな。――陽平さ。俺と真面目におつきあいしてみる気はありませんか」

滅多に見ないような真剣な眼差《まなざ》しに射竦められて、全身が茹《ゆ》だったような気分になった。

「な、……んすか、それ。店長、気に入った相手にはすぐ手を出すし、入れ食い状態だって聞いてますよ？　あいにくですけど、オレはそういう人はちょっと」

「そこも訂正。ろくでもない噂があるのは知ってるし、禁酒前のことに関しては言い訳のしようがないけど、禁酒後は武藤に別人扱いされるほど品行方正だ。ついでに、俺には同時期に複数の人とオツキアイするほどの気力や体力はない」

真顔での反論に、胸の底に棘《とげ》が生えた。ずっと引っかかっていたそれを、陽平は思わず口にしてしまう。

「でも、こないだ――居残りのあとで夕飯食べに行った時、オレを帰してから女の人と会ってましたよね？」

「ん、会ったけど。何で知ってるんだ、おまえ」

悪びれた様子のない即答に、思わず顔をしかめていた。その頬を摘んで、仁科は笑う。

「あれ、俺の妹だよ」

「い、もうと……？　って、店長」

「隣駅に近いビルでOLやっててな。仕事で何かあったらしくて、酔っぱらって電話してきた。放っておけばいいようなものなんだが、そうするとどこで誰に迷惑をかけるかわからない。そうなると身内が拾うしかないだろうと」

迷惑、という言葉に眉を寄せた陽平の頬をつついて、仁科は苦笑する。

「家系かもしれないんだが、酒癖が相当よろしくないんだよ。下手すると居酒屋だろうが道端だろうが、駅のホームだろうがどこででも寝る。前にそれで身ぐるみ剝《は》がされたこともある。野郎なら放っておいてもいいんだが、一応は女だから放置もできない」

「はあ……それはまた……」

唖然とした陽平の様子をどう思ったのか、仁科はため息を吐いて諸手《もろて》を上げた。

「わかった。明日にでも妹と引き合わせよう」

「え、え？　あの、店長……」

「陽平に、信用されてないことも、その理由もよくわかった。だったら、まずは誤解を解くしかないよな」

「誤解、ですか」

「そう。その入れ食いってのもなあ、どこから聞いたんだよおまえ」

困ったように言われて、陽平はしどもどと言葉を探す。

「え、あの……どこって、あっちこっちからいろいろと」

「商売柄、お客さんから声をかけられることはあるし、確かに昔はいろいろ馬鹿やったけどなあ。あらかじめ断っておくが、特定の相手がいる時に別の人間とどうこうなったことだけはないよ？　陽平との初回があった時もフリーだったしな」

「え……？　でもあの、飲んだ時の悪癖って確か」

「ん。不思議なんだけど、それだけは理性が働くらしい。こっちの浮気が原因で別れたことは一度もないからな。——もっとも、それを疑われて壊れたのは二度三度じゃないけど」

天を仰ぐように言ったあとで、仁科は陽平の顔を覗き込む。

「信用しろと言われても、すぐには無理だろうなあ。……ああ、でも俺の過去なら武藤が知ってるから、気になるなら聞いてみな。若気の至りで悪さもしたけど、大概のことはあいつも共犯だから」

いったん言葉を切って、意味ありげに肩を竦める。

「でも、俺が本物の節操なしだったら、陽平には絶対に手を出さないけどな」

「何すか、それ。どういう」

「はっきりしてて、曖昧なことが嫌いだろ。彼女が他の男とちゅーしてるのも許せないくらい。そういうタイプは節操なしには面倒だし、重いよ？」

答えようもなく黙った陽平を眺めて、仁科は笑う。

「で、こっちはその陽平が何も言わないんだからわかってるんだろうって思い込んだわけだ。まあ、その点では全面的に俺が悪かったんだけどね」

「……はあ……すみません……」

思わず謝ってしまったのは、ふだんのままの陽平でいればここまで話がもつれることはなかったはずと確信できたからだ。とはいえ、仁科が相手となると「らしくなくなる」のはつまりソウイウ感情を抱いているからに違いなく、これでは二律背反だろうとつくづく厄介な自分に呆れてしまう。

「そういうわけで、返事は？」

つらつらと考えていた肩を、横から抱き込まれた。え、と目を上げた先、ピントが合わない距離に仁科の顔を見つけて、陽平はぽかんとする。直後、半開きだった唇に齧りつくようなキスをされた。

このパターンは、二度目の時と同じだ。遅ればせに気がついて、陽平は顔をしかめる。いつの間にやらソファの隣に座り、陽平を抱き込んで腰やその他のあらぬ箇所を撫でていた手を押さえつけた。

「あのー……店長？　返事とか言いながら何やってんですかこの手は」

「言っただろ。陽平を抱っこするのが趣味なんだよ」

「先月、それ用にクマ持って帰ったじゃないっすか。それに、まだオレ何も言ってないっすよ」

「クマより陽平の方が抱き心地がよくて好きなんだよなあ。それに陽平、本気で厭だったら触られる前に逃げるよな」

満面の笑顔で言われてしまえばもはや否定のしようもなく、陽平は曖昧に俯いてしまう。

「えーと、ですね。その」

「うん？　急がなくてもゆっくりでいいよ」

言葉だけはしおらしいが、声音が笑いを含んだ上にジーンズの上で怪しく動く指というオマケがつくと台無しだ。その指先を摑んで、陽平はじろりと仁科を見上げる。

「駄目ですよ。店長、怪我人でしょう」

「うーん、だけどただの刺し傷だからなあ」

「縫合した傷にタダの、はありません。とりあえず、今日はおとなしく寝てください」

よりにもよって、利き手の右だ。指先を使う仕事には肩の動きが不可欠であり、かなり酷使もする。

考えて、またしても暗澹《あんたん》とした陽平をよそに、仁科は能天気にぼそりと言う。

「陽平、冷たい。せっかく相思相愛になったのに」

「……言ってて恥ずかしくありませんか、それ」

「全然。本当のことだろ」

臆面もなく言ってのけるのは、もはやキャラクターとしか言いようがない。とはいえそれ以上のことをするつもりはないようで、今度はゆったりと両腕に抱き込まれた。

小さく息を吐いて、陽平は仁科を見上げる。

「店長、もう寝た方がいいっすよ。明日、仕事でしょう。事情聴取もあるみたいだし」

「ん。そうするかー。ああ、おまえ今夜はもう泊まっていくよな？　明日の朝、早くなるけど勘弁な」

え、と目を向けた陽平に、仁科は苦笑した。

「『シノダ』の傍まで、車取りに行かなきゃならないんだよ」

「え、車って……『シノダ』まで車で行ったんですか？　あのへん、ずらっと駐禁ですけど」

「コインパーキングにつっこんできたから大丈夫。住所しかわからなかったんでナビ使ったんだよ」

「そう、なんすか。えーと、いろいろすみません……」

「いえいえ。で？　おまえ風呂どうする？　一緒に入る？」

「何言ってんすか。その肩で風呂入れるわけないでしょう」

「はい了解。じゃあ今夜はこのまま寝ちまおうか」

言うなり腰を上げた仁科に引っ張られて、陽平はリビングから連れ出された。

寝室は、そこだけで陽平のアパートの部屋がすっぽり入りそうなほど広かった。にもかかわらず室内に置かれているのはやたら大きいベッドだけで、ずいぶん贅沢なことだと思う。

「よーへー、とりあえず着替えな。そのままじゃ寝られないだろ」

作りつけのクローゼットを覗いていた仁科が、衣類を押しつけてくる。それを受け取りながら、陽平は思わずぼやいてしまった。

「ありがとうございます……けど店長、家、広いっすね。ウチなんか、ここに比べたらウサギ小屋以下だなー」

「そうかー？　でも俺はよーへーの部屋の方が好きだけどな」

「え、何でですか。ウチ、やたら狭いじゃないっすか。壁も薄いし通気性良すぎるし」

「ん。そりゃまあ、広さで言うとこっちの方が倍以上だろうけど、だから快適とは限らないだろ？　俺はよーへーの部屋にいた方が落ち着くし、よく眠れるんだよ」

着替えながら言う仁科の肩胛骨の上を横切る包帯を眺めて、陽平はふと訊いてみる。

「……店長がやたらうちに来てた理由って、もしかしてそれっすか」

「ん、何か不都合あったか？　隣近所から苦情でも来たとか」

「いや、何でもないっす」

むしろ不思議そうに言う仁科に答えながら、全身から力が抜けた。

仁科の自宅に呼ばれないことを、やたら気にしていた自分がかなりの間抜けに思えてきた。同時に、そこまでこの人に構われたがっていた自分を知って、知らず顔が熱くなってしまう。

「よーへー？　どうした、顔赤いぞ？」

「気のせいっすよ。それよりいい加減、寝てください。明日、車取りに行くんでしょう」

ぶっきらぼうに言いながら、着替えを終えた仁科をベッドに追い立てた。広いベッドに家主が座るのを見届けて、陽平は「じゃあおやすみなさい」と背を向ける。

「はいはい。……ってよーへー、おまえどこ行く気だよ」

とたんに、背後から左手を掴まれた。振り返りながら、陽平は仁科の呼び方がいつのまにか平仮名に戻ったような気がして奇妙な心地になる。

「リビングのソファを借ります。あ、できたら毛布一枚、借りてもいいっすか？　無理ならナシでもいいですけど」

「毛布っておまえ、今まだ二月だよ？　それだけで寝る気？」

「一晩くらい大丈夫ですよ。さっき言ったじゃないすか、ウチ、通気性だけはいいんで多少のことには慣れてます」

けろりと言った陽平を何とも言えない顔つきで眺めて、仁科は大袈裟なため息をつく。

「……あのなあ……見ての通り、うちのベッドはでかいんだよ。ついでにここで寝ればいいだろう」

「遠慮します。間違って店長の右肩にぶつかった日には、それこそ営業妨害ですから」

「だからそこまで大怪我じゃないって」

呆れ声の直後、いきなり腰ごと攫《さら》われた。え、と思った時にはめくり上げられた布団の中に押し込まれ、隣で横になった仁科に背中から抱き込まれた形になっている。

「ちょっ……てんちょ」

「はいはい、今日のところは何にもしません。おとなしく寝ましょう」

畳み込むような声とともに、被せられた布団の上からぽんぽんと肩を叩かれた。半端に振り返った格好のまま疑いの目を向けた陽平に、軽く額をぶつけてくる。

「ん？　それとも何かして欲しい？」

「……遠慮します」

「じゃあ寝な。明かり消すぞ」

言うなり、本当に部屋の明かりを落としてしまった。

押しのけて逃げてやろうかと思ったが、布団の上から陽平を抱き込んでいるのは怪我をした右腕だ。背後からすり寄ってくる気配こそ感じるものの、それ以上何かを仕掛けてくる気配はなく、陽平はそろそろと身体の力を抜く。じきに、静かな寝息が聞こえてきた。

疲れているはずなのに、欠片ほどの眠気も感じなかった。白い壁を眺めて背後の呼吸音を聞くうちに、ふと陽平は仁科の顔が見たくなってくる。

しばらく躊躇ったあとで、陽平はそろそろと振り返った。それでは仁科の顔が見えないことを知って、今度はじわじわと身体の向きを変えていく。仰向けの格好で上に載った仁科の腕の位置を確かめてから、傍らで眠る人の顔をまじまじと眺めた。

(陽平さ。俺と真面目におつきあいしてみる気はありませんか)

先ほどの告白を思い出しただけで、またしても顔が火を吹きそうになった。

そう言えば、結局きちんと返事をしていないのだ。

明日にでも、自分の言葉で気持ちを告げよう。仁科の寝顔を見ながら、陽平はそう決める。曖昧なのは、嫌いなのだ。つきあうならつきあうで、相手の気持ちを知っておきたい。そう思うなら、自分の気持ちも告げなければフェアじゃない。

「……——」

かすかな声を上げた仁科が、すり寄るように陽平を抱き込んでくる。

慣れたはずのその体温にくるまって、陽平は初めてこの人が自分の恋人なのだと感じた。

三十二番目のコイビト

絶対に、何があっても怒らせない方がいい人、というのは存在する。

「想《そう》。そこに座りなさい」

帰りついたマンションのリビングに入るなり、梶山敬之《かじやまよしゆき》はやけに静かにそう言った。

とても神妙な気持ちで、瑞原想《みずはら》はその言葉に従った。示されたソファに凭《もた》れないようちょこんと腰を下ろして、おそるおそる梶山を見上げる。

相良陽平《さがらようへい》や仁科《にしな》と別れた病院の夜間救急から帰宅する車中で、ハンドルを握っていた梶山は終始無言だった。

けして口数は多くないが、想が無茶をした時には必ず諫《いさ》めてくれる人だ。初めて出会った半年前とは比較にならないほど表情も豊かになったし、はっきりとした言葉をくれるようになったとも思う。

そういう人が、この場面で何も言わないのはかえって怖い。

(勝手に単独行動するのも駄目です。オレも梶山さんも止めましたよね?)

数十分前に、病院で陽平にそう言われたのを思い出す。

陽平は、信田《しのだ》から理不尽な扱いを受けてもさらりと受け流していたほど穏和な性格だ。その陽平が初めて、ほんのわずかだが棘《とげ》のある言葉で想を咎《とが》めてきた。その事実に、正直心臓が冷えた。

かちかちに固まったまま、想は着ていたセーターの胸許《むなもと》を摑む。その向かいにゆっくりと腰を下ろした梶山が、フレームレスの眼鏡越しにまっすぐにこちらを見た。

「言い分があるなら、まずそれを聞こう」

「え、あの、言い分、って」

「私や相良くんに何も言わず、勝手に信田に会いに行ったんだ。それなりの理由はあるんだろう？」

口調は平淡だが、声の響きはいつになく鋭い。滅多に聞くことのない言い方に、梶山の怒りが見えた気がした。

しどろもどろになりながら、想は「シノダ」に行くことになったきっかけを口にする。

「えー……と、あの……最初は全然、そういうつもりじゃなくて。夕飯の買い物に行ったんだけど」

美容室「LEN」での仕事を終えた後に立ち寄ったショッピングモールで、偶然に信田の妻でありかつての友人でもあった深雪《みゆき》を見かけたのだ。

想が最後に深雪に会ったのは、半年ほど前だ。ほんの数分ほど立ち話をして別れて、それきり音信不通になった。

深雪は、過去に想と信田がどういう関係だったかを知っている。おそらくもう二度と想と関わりたくはないだろう。そう思ったから、見ないふりで行きすぎるつもりだった。

深雪が、ゆらりとその場に崩れていくのを目にするまでは。

思わず駆け寄って手を貸していた。ベンチに座らせ水分を摂《と》らせながら、顔色の悪さが気にかかって、誰かに迎えを頼もうと提案した。

そうしたら、深雪がいきなり涙をこぼしたのだ。

「言ってることはぐちゃぐちゃだったけど……流産した、ってことと、信田さんとうまくいってないっていうのを聞いた。そんで、――深雪が、おかしいくらい痩《や》せてやつれてるのに気がついて」

ワンピースを着た深雪の身体《からだ》のそこかしこが、刃物で削《そ》いだように痩せていた。時期を思えば丸くなっているはずの腹部も真っ平らで、想にしがみつく腕も病的に細かった。その腕で必死に想にしがみついて、大声を上げて泣き出した。

そんな状態の深雪に、ひとりで帰れとは言えなかった――。

「それで？　わざわざ自分から、信田のところに行ったのか」

「え、と……深雪を送り届けたら、すぐ帰るはずだったんだ、けど。『シノダ』に着いた時に、ちょうど信田さんと出くわして、……深雪に、『何しに来た』とか言う、から……」

まっすぐに見据える視線に、声が小さくなった。

「彼女と信田の間の問題は、あのふたりで解決する以外にない。そのくらい、きみにもわかっていたはずだ。――何でも自分でどうにかできると思っているなら、それはきみの思い上がりじゃないのか」

淡々と頭上に落ちてきた梶山の声音を聞きながら、昨夜《ゆうべ》のこの人からの忠告が耳の奥にくっきりとよみがえった。

(信田の家族には、関わらないようにしなさい)

意味がわからず首を傾《かし》げた想に、年上の恋人は言い聞かせるような口調で言ったのだ。

(きみが、以前友人だった相手を気にかけるのはわかる。だが、そうするにも時と場合というものがあるんだ。――信田とその家族に関しては、今回の件以外で接点を持つ理由も必要性も皆無だ。それは、きちんと心得ておきなさい)

梶山の言う通りだったと、今さらに想は思う。同時に思い出すのは、迎えにきた両親とともに帰途につく前に、深雪が想に見せた寂しいような笑顔だ。

(いいんです。わかって、ましたから。……瑞原せんぱい、どうもありがとうございました)

妹のように、思っていた子だ。勤務先も違う上に、たいした助言もできない想を「せんぱい」と呼んで慕ってくれた。だからこそ、信田とのことを知った時も、牽制《けんせい》のような妊娠報告を聞いた時にも嫌悪感を持てなかった。

幸せで、いてほしかったのだ。友人としての縁が完全に切れてしまっても、できることなら深雪には笑っていてほしかった。

誰に頼まれたわけでも、望まれたわけでもない。想が勝手に、自分の気持ちで突っ走っただけだ。その結果、深雪に信田の暴言を聞かせてしまった。

結局のところ、想がやったことはただの自己満足でしかなかったのだ――。

「ごめん、なさい。迷惑、かけました……」

梶山は、しばらく無言だった。その沈黙がひどく痛くて、想は膝《ひざ》の上の両手を痛いほど握りしめる。

「わかったのなら、もういい。――今日は早く寝なさい。明日も仕事なんだろう」

ため息まじりの声とともに、目の前の気配が動く。顔を上げると、梶山がソファから腰を上げるところだった。

「あ、あの！　センセー、夕飯は？」

「今日はいらない。風呂も明日の朝にするから、構わなくていい」

素《そ》っ気《け》なく言ったきり、梶山はリビングから出ていってしまった。

音を立てて閉じたドアを見つめたまま、想は硬直したように動けなくなる。

――本当に、怒らせてしまったのだ。

静かで穏やかで、辛抱強い人だ。半年前に成り行きで居候していた頃を含めても、あんなふうに切り捨てるような言い方をされたのは初めてだった。

「……——」

心臓の奥が、引き絞られるように痛かった。ソファに座ったまま唇を噛《か》みしめて、想は茫《ぼう》然《ぜん》とカウンターの上の置き時計を見つめる。

時刻は、とうに日付を変えていた。それを認識した後で、「明日も仕事だ」という梶山の言葉を思い出した。

仕事と、プライベートはまったく別物だ。まして明日以降には警察からの事情聴取や半年前の決着をつける準備のため、どうしても仕事にしわ寄せがいく。そこに体調まで崩した日には、それこそ店長や他のスタッフや、想を指名して来てくれる客にも迷惑をかけてしまう。

どうにか腰を上げ、リビングの明かりを消した。のろのろと廊下に出て、そして想は途方に暮れる。

去年のクリスマス以来、このマンションでの想の寝場所は梶山の寝室に変わっている。

仕事の都合で互いの就寝時間がずれる時にも、梶山は必ず想を自室に呼んでくれた。先に想だけがベッドに入り、スタンドライトを頼りに本を読む梶山を眺めながら眠ることもたびたびだった。

今夜は、どうすればいいだろう。梶山は先に引き上げたきりで、呼んでくれそうな気配もない。

玄関横の和室で、布団を借りて寝るべきだろうか。思ったけれど、このまま朝まで梶山と顔を合わせずに過ごすことを考えただけで、ぞっとするような恐怖が襲った。

そろそろと廊下を進んで、梶山の寝室の前に立った。

もしかしたら、もう眠ってしまっただろうか。思いながら、想は勇気を振り絞る。目の前のドアを、ノックした。

返事を待って数秒、反応のなさに絶望的な気分になった頃に、内側からドアが開く。

梶山は、すでに寝間着に着替えていた。言葉に詰まって見上げるだけの想に苦笑して、フレームレスの眼鏡を外す。想の手首を摑《つか》むと、部屋の中に引き入れた。

きちんとメイクされたベッドの上に座らされて、それだけでほっとした。直後、窓際のデスクに分厚い本が広げられていることに気づいて、想は慌てて梶山を見上げる。

「あの、……ゴメンなさい、勉強、邪魔したよね？」

「いや。どのみち頭に入りそうもないからいい」

さらりと言った梶山が、デスクの上の本を閉じてその上に眼鏡を置く。それへ、思い切って言った。

「センセー、凄《すご》く怒ってる、よね……？」

振り返った梶山は、器用に片方だけ眉《まゆ》を上げてみせた。大股に近づいてきたかと思うと、腰を屈めて想を覗《のぞ》き込む。

「どうしてそう思う？」

「おれが、考えナシだから。陽平にもセンセーにも言われたのに、勝手なことばっかりやったし」

返答の代わりのように、梶山は苦笑した。想の頬《ほお》を軽く撫《な》でると、隣に腰を下ろしてきた。

「……確かに怒ってはいるが、きみに対してというわけじゃない。どちらかと言えば、自分に腹が立っている」

「え、あの、何で？」

見上げたのとほぼ同時に、長い腕に腰を抱き込まれた。こめかみ同士を軽くぶつけるようにされて、想はほんの少しだけほっとする。

梶山の気配が、先ほどとはがらりと変わっていた。想の様子に気づいたのか、間近で視線を合わせた後で自嘲気味に言う。

「相良くんに連絡を貰《もら》ったのに、間に合わなかっただろう。結局、何もできなかった」

「だけど、センセーは仕事だったんだよね？　そんなの、不可抗力じゃん。センセーのせいじゃないよ」

梶山は医師で、勤務先は病院だ。入院外来を問わず、急変患者がいれば即時に対応しなければならない。終業時間を過ぎたからといってそう頻繁にプライベートの携帯はチェックできないだろうし、まして帰宅時刻をコントロールするなど論外だ。

陽平からのメールを見て、慌てて駆けつけてくれたのだ。そのくらい、言われなくても予想がついていた。

「わかっている。それでも、腹が立つものは仕方がない」

低い声とともに、きつく腰を抱き寄せられた。痛いようなその力に安堵《あんど》して、想は梶山の腕をきつく握りしめる。

「きみが、信田の妻を気にしていることも、きっかけがあれば何かするだろうともわかっていたんだ。相良くんにも様子を見てくれるよう頼んではいたんだが、……私本人が間に合わないのでは意味がない」

「セン、セ……？」

「悪かった。さっきリビングで言ったことは、忘れてほしい。ただの八つ当たりだ」

決まり悪そうな顔つきの梶山と目が合うなり、いきなり頭ごと抱き込まれた。梶山の喉許《のどもと》に顔を埋める形にされて、想はようやくたった今告げられた言葉の意味に気づく。

「ち、がうじゃん。センセーが言ったのは全部本当で、どこも間違ってない。おれが考えナシだったからみんなに迷惑かけて、深雪にも辛《つら》い思いさせて」

必死で口にするなり、梶山が笑う気配がした。

「相良くんにも言ったが、私はそこまで善人じゃないぞ」

え、と上げようとした頭を制するように押さえられ、優しい手に撫でられた。触れた肌から伝わってくる体温を感じながら、想は続く言葉に耳を澄ませてみる。

「信田夫婦がどうなろうが、私にはどうでもいい。……私はただ、きみが妙な厄介事《やっかいごと》に巻き込まれる事態を避けたかっただけだ」

「セン、セ……？」

「昨日、相良くんに言われたな。他人事《ひとごと》を他人事として放り出せないのがきみの長所で、私もそこが気に入ってるんだろうと」

「え、え？　センセー、陽平と何の話してんのっ⁉　っていうか、あの」

「事実だから、否定はしない。きみがよかれと思って動いた結果を迷惑だと思ったことはないし、おそらく今後もないはずだ。――今回は、ただ相手が悪かっただけのことだ」

長い指先で繰り返し何度も、うなじから首の後ろを撫でられる。肌に馴染《なじ》んだその体温が、そこに「想が居る」ことを確かめているような気がして、思わず小さく息を飲んでいた。

「ただ、……できれば無茶をする前に、私に一言断ってくれないか？　そうでないと、安心して仕事にも行けなくなる」

続いた言葉は静かな分だけ重くて、すぐには返答できなかった。

――こんなにも、気にかけてもらっていたのだ。だからこそ、あんな言い方をした。信田を筆頭にした過去のレンアイ相手とはまるで違う、想を思ってくれたからこその言葉だった。

「……ゴメンナサイ。もうやりません」

「いや。こちらこそ、悪かった。きみを咎めるはずではなかったんだが、私もまだまだ未熟者だな」

どうにか絞った謝罪への梶山の返答は、苦笑が濃くまじっている。

想の頭を押さえていた指が髪の合間をくぐって、地肌の上を優しく撫でるように動く。ゆるりと移動し耳朶《みみたぶ》に触れたかと思うと、耳許から顎《あご》の付け根を確かめるようになぞっていく。びくりと揺れた肌を確かめるように手のひらに包まれて、伝わってくる体温にすっぽりとくるまれたような心地になった。

「……でも、おれ。センセーがいたから、大丈夫だったんだよ」

手を止めた梶山が、覗き込んでくる気配がする。優しい腕に頭を預けたままで、想は自分なりに言葉を続けた。

「直接、助けてくれたのは陽平と仁科さんだったけど。でも、おれがちゃんと信田さんに言うことを言えたのは、センセーが傍《そば》にいてくれると思ったからだから」

いつでもどこでも都合よく扱われて、それでも仕方がないとしか考えない。そういう自分に慣れていたし、それで丸くおさまるのなら構わない。ずっと思ってきたし、実際に去年「シノダ」を辞める時にもそうやって終わらせたつもりでいた。

けれど、そのやり方では問題を先送りにしてしまうだけなのだ。曖昧《あいまい》にしてきた関係は、こちらの都合や思惑とは裏腹に、何かのきっかけで浮かび上がってきてしまう。

その結果、梶山にも陽平たちにも迷惑をかけてしまった。誰が何と言おうがそれは動かしようのない事実で、だったらこんなことは二度と繰り返すべきではないと、肝に銘じておかなければならない。

手の中の寝間着の腕を、ぎゅっと握ってみる。応えるように腰を抱く腕の強さを、想は今さらに思い知った気がした。

こんなにも、想を気にかけて大事にしてくれる人がいるのだ。だったら、梶山が思ってくれるのと同じだけ、想が「自分」を大切に扱わなければいけないのだと思う。

「信田さんの件は、ちゃんと終わらせる。自分で、きちんとケジメをつける。だから、……センセーには、見ててほしい」

そうか、と返った声はいつも通り静かで穏やかだった。

するりと動いた腕に、背中ごと抱き寄せられる。自由になった顔を上げてみるなり、間近にいた梶山とまともに目が合った。

眼鏡のない梶山の顔は、ふだんとは少し違って見える。フレームレスだからほんのわずかな差のはずだが、レンズというフィルターがないせいか目許の表情が素になるような気がする。

寄ってきた気配に目尻を啄《ついば》まれて、思わず目を閉じていた。反射的に竦《すく》めた形になった顎を取られ、上向かされた鼻先を小さく齧られる。こぼれた吐息ごと攫《さら》うように、深く唇を塞《ふさ》がれた。

「……――ン、……」

優しいけれど強引なキスに応えながら、想は伸ばした両手で傍にいる人にしがみつく。抱き返してくれる腕の力に、泣きたくなるほどこの人が好きだと改めて思う。

だから、強くなろう。他の誰でもないこの人のために、この人が思ってくれている自分のために――今よりもずっと強くなりたい。

周りにいる、大切で優しい人を傷つけることがないように。

――この先もずっと、大好きな人と一緒に居るために。

仕切り直しの告白

■

仁科《にしな》の傷口の抜糸が終わったのは、「シノダ」での騒動から一週間が過ぎた頃だった。

「お疲れ。無事に糸抜けたか？」

「ん、完了。もう来なくていいってことで、傷口見せてみな」

「そりゃよかったな。ってことで、傷口見せてみな」

「いや見せろっておまえね。そんなもん見て楽しい？」

すっきりした顔で笑った仁科は、昼休憩中に病院に出掛けて戻ったところだ。ちょうど手持ち無沙汰そうにしていた武藤《むとう》が、さっそく絡みに行っている。

「結構楽しい。というか、実際どの程度の怪我だったのかに興味がある」

「あーそう。いいけど。んじゃ見せようか？」

「馬鹿か、ここで脱ぐなっ！　そもそも肩くらい、脱がなくても見せられるだろうが！」

「あらそう。残念だなあ」

スタイリスト同士の軽口の応酬を、やや離れた場所からアシスタントの芽衣《めい》と柳井《やない》が興味津々に眺めている。――という構図を、相良陽平《さがらようへい》は受付カウンターの内側から見ていた。

本日の美容室「ＲＩＡ」の予約客の数はいつも通りで、昼過ぎまでの飛び込み客数もそれなりだ。なのに、珍しくも三時前にふっと客がいなくなった。

そのタイミングを狙《ねら》ったように、仁科が戻ってきたのだ。

「うわー……本当に縫ったんだな。傷口ばっちりだ」

「残念ながら一針だけどね。これが二桁だと箔《はく》がつくんだろうけど」

「何に対しての箔なんだそれは。……って、まだ痛そうだけどな。絆創膏も何もなしか」

袖《そで》をめくり上げて傷痕《きずあと》を寸評する武藤の背後に、いつのまにか芽衣と柳井が雁首《がんくび》揃《そろ》えて寄っていっている。きゃあきゃあと、楽しそうな黄色い声を上げた。

「うわーでもホント、痛そうですねえ」

「ホントに病院は終わりなんですか？」

「引っ張ったり、叩《たた》いたりしたら痛いよ。それと、完治なんで通院はもう無用。あー、楽になった」

笑って言うと、仁科はシャツの袖を下ろした。無意識になのか、右肩に左手を当てている。

それへ、武藤が面白そうに言った。

「おまえ、それ注意しとけよ。知り合いから聞いたことがあるぞ？　抜糸の後、傷口ぱっくりになったことがあるって」

「それはどうも、ご忠告痛み入ります。……聞くだけで痛いことをわざわざ言うか、おい」

「他人の忠告は素直に聞け」

武藤が笑った時、ドアベルが軽い音を立てた。入ってきたのは仁科指名の常連客で、陽平はすぐに接客に入る。前後してやってきた飛び込みの客には、芽衣が対応に走った。その頃には、仁科と武藤もすっかりスタイリストの顔に戻っている。

常連客を席に案内したあとで、陽平はカラーの準備に入った。仁科が客のカウンセリングをしているのを横目に専用ワゴンを移動させ、薬液やタオルを準備する。指定の色を混ぜ合わせてから作業に入ると、手が空《あ》いているとかで仁科が手伝ってくれた。

ふたりがかりで客の髪に薬液を載せながら、陽平はこっそりほぼ吐息の声で訊《き》いてみる。

「……右腕、大丈夫っすか？」

「ん、平気。おまえも後で傷口見る？」

「遠慮します。っていうか、それ見世物じゃないと思いますけど」

この様子なら心配無用だと、呆《あき》れると同時に安堵《あんど》した。その陽平を見下ろして、仁科はぼそりと言う。

「まあなあ。どっちかっていうとおまえの方が重傷に見えるよな」

はあ、と曖昧《あいまい》に返しながら、妙なところにこだわりを見せる上司に呆れた。仁科よりも一足先、昨日抜糸したばかりの額にかすかに残る違和感を認識しながら、陽平は黙々と仕事に集中する。

カラーの処理を終えて客にお茶を出したあとには、新規の客のオーダー受けと荷物預かり、それに会計とシャンプーとヘッドマッサージだ。さきほどの空白を埋めるようにどっとやってきた客の対応に追われながらも、陽平は仁科の様子を窺《うかが》ってしまう。

「シノダ」での事件から今日まで、連日出勤し指名客相手の仕事もそつなくこなしていた仁科だが、当初はかなりのダメージがあったのだ。もちろん表情には出さないし仕事の出来も従来通りだったが、右腕だけでなく動作全般にぎこちなさがあった上に、翌日や翌々日にはわずかな空き時間にも休憩室で休んでいた。終業後にはまっすぐに帰宅し、夕食もそこそこに早々と寝てしまう。

（ん。少し復活してきた）

そんな言葉を聞いたのが一昨々日《さきおととい》のことで、そのあたりから仕事終わりにもいつもの調子が戻ってきてはいた。とはいえ、仕事がやりづらそうだったことに違いはなく、それがずっと気がかりだったのだ。

鼻歌まじりに鏡の前に立った仁科が、シャンプーを終えて戻ってきた客に声をかける。アシスタントの芽衣が準備を終えるのを待って、客と話しはじめた。常連客だけあってオーダーもはっきりしていたようで、さほどの間を置くこともなく鋏《はさみ》を使い始める。午前中より明らかに滑らかになった手際に、ほっと安堵した。

「相良くん、ちょっといい？」

「あ、はい！」

柳井に呼ばれて、陽平は慌てて受付カウンターを出た。パーマ準備中の客の髪にロッドを巻くのに手を貸す。

見上げた時計は、ようやく午後三時を回ったところだ。夕方から夜にかけて客足が多くなる「RIA」にとって、まさにこれからが正念場だった。

■

快気祝いに飲みに行こうと言い出したのは、武藤だった。

「全員でフォローしたんだ。感謝と礼をするのは人として当たり前だよな？　お誂《あつら》え向きに、明日は定休日だしな」

「はいはい。んじゃこれから店に予約入れるから」

そんな会話で唐突に決まった飲み会の会場は、かつて陽平が前の彼女と他の男のキスシーンを目にした居酒屋だった。「RIA」では馴染《なじ》みの場所だけにセレクトに文句はないが、暖簾《のれん》をくぐりながら陽平は非常に不思議な気分になる。

あの時、ここで加奈《かな》と出くわすことがなければ、仁科とふたりで飲む機会はなかった。つまり、信田の件を含めた現状は今とはまるで違っていたはずなのだ。

ほんの一か月前の偶然を感謝すべきか、それとも悔やむべきなのだろうか。

手洗いを使った帰り、つらつらと考えながら引き返す途中で斜め上から名前を呼ばれた。二階席へと続く階段の途中で手招いている仁科を認めて、陽平は激しい既視感に襲われる。

「トイレっすか？　今なら空いてますよ」

「ん。そうじゃなくて、おまえ二次会はどうする？　行くか？」

一拍考えた後で、陽平は言う。

「今日のところはやめておきます」

「了解」

あっさりと返して、仁科は先に二階へと戻っていってしまった。

大柄な背中を追うように階段を上がりながら、そんなことを訊くためだけにここに来たのかと思わず首を傾《かし》げていた。

廊下の先、「ＲＩＡ」が借り切った個室に入ると、どうやらまたしても傷談義になっていたようだ。窓側の席に収まった仁科のセーターの右袖が、思い切りまくり上げられていた。

「ねえねえ、そういや相良くんは？　相良くんも、抜糸終わったのよねえ？」

席に戻った陽平に、いきなり芽衣が話を振ってくる。瞬間きょとんとした後で、「はあ」と苦笑した。

「見ての通りですけど、目立ちますか？」

昨日に抜糸を終えたばかりの陽平の傷は、前髪の生え際のラインに沿う形で残った。とはいえ担当医が考慮してくれたおかげもあって、さほど大きな傷にはなっていない。

「目立っていうか、何かまだ赤いよね。すぐ目につくからかもしれないけど、相良くんの方が店長より痛そう」

「そりゃそうだろ。顔面の傷の方が相対的に痛みは酷《ひど》いらしいぞ」

口を挟んだのは、武藤だった。機嫌よく飲んでいるらしく、ビール瓶《びん》を片手に陽平の傍《そば》ににじり寄ってくる。

「相良ー、どうした？　おまえザルのくせに、今日は飲んでないじゃないか」

「はあ。えーと、まだ多少痛みがあるので今日は控えておこうかと」

「え、まだ痛いのか？　どこが？　傷か？」

乗り出して言う武藤の顔は赤いが、本気で気にしてくれているのはすぐにわかる。慌てて陽平は両手を振ってみせた。

「たぶん打ち身が残ってるんだと思いますよ。お医者さんからも、そっちの方が長く残りやすいと言われましたから」

「そうか。じゃあ飲まない方がいいな。——よし、じゃあ次は相良の快気祝いやろうな。その時は割り勘で」

純然たる厚意だとわかるだけに、曖昧に笑うしかなかった。そのまま、話題は陽平の傷痕を目立たなく見せるにはどんな髪型がいいかにスライドしていく。

翌日が定休日ということもあって、結構長い飲み会になった。最終的にその居酒屋を出る頃には、時刻は二十三時を回っている。

「相良、二次会は出ないんだろ？　だったらついでに家まで仁科に送ってもらいな」

居酒屋の暖簾をくぐったところで武藤に言われて、すぐには反応できなかった。瞬《また》いた後で、陽平はようやく言う。

「でもあの、店長は二次会行くんですよね……？」

「傷口がぱっくりいくと怖いから、今回はパス。――んじゃ相良、とっとと帰るか」

返事は向かいにいた武藤ではなく、背後から聞こえた。ほぼ同時にぽんぽんと頭を叩かれ、気がついた時には仁科に背を押される形で歩き出している。慌てて振り返ると、これから二次会場に移動するらしい武藤や芽衣たちに「またねえ」と手を振られてしまった。

飲み会の主役にもかかわらず、仁科は今夜もいつも通り、スタッフ全員を自分の車でここまで連れてきたのだ。

「店長、いいんすか？　せっかくの快気祝いなのに」

辿《たど》り着いたパーキングで助手席に乗り込みながら言ってみると、運転席の仁科はエンジンをかけながら横顔で笑った。

「一次会だけで十分だろ。二次会まで全額奢《おご》れるほど、持ち合わせもないし。それと、さすがにちょっと疲れた。早く帰って寝たい」

そういえば、先ほどの飲食代は仁科が全額を負担することになってしまったのだ。飲み放題に設定したにせよ、料理もかなり頼んだはずだ。こういう時の遠慮は野暮だというのが「ＲＩＡ」での不文律で、陽平も過去にはそうして奢ってもらっている。

とはいっても、今回はいつもとは事情が違う。

「あ。そうだ、その飲み代なんすけど、いくらかかりました？　オレ、とりあえず半額は出しますんで」

「ん？　何でだ」

「快気祝いって名前のお詫《わ》びも兼ねてますよね？　みんなに迷惑かけたっていう。だったら、本来オレが出すべきじゃないっすか。けどすみません、今はそこまで財布が追いつかないんで……残り分は月賦にしてもらえると助かるんすけど」

言い終えるなり、目を丸くして聞いていた仁科に頭を押さえられた。そのまま、ぐしゃぐしゃと髪をかき回される。

「訂正だ。お詫びじゃなくてお礼だよ。みんなに助けてもらったおかげで、どうにか凌《しの》げたわけだし。ついでに、迷惑をかけたのは俺だよ？　よーへーが全額負担する理由はないだろ」

軽い口調でいなされて、陽平はきっぱりと言い返す。

「ありますよ。店長の怪我の原因作ったの、オレじゃないですか」

「その分は相殺してチャラだな。怪我してからこっち、よーへーはずっとプライベートで世話してくれてたろ？」

「でも」

「半額貰《もら》ってもいいが、そうするんだったら俺はここ一週間分の日当を陽平に出すよ？　それでもいいのか」

呆れ顔で言われて、反論が出なかった。渋々と前を向いた陽平は、ヘッドライトに照らされた光景を目にして思わず言う。

「店長、すみません。オレのアパート、別方向なんすけど」

「ああ、そうだった。悪かったな、間違えた」

あっさりと承知した仁科が、交差点で方角を変える。じき目に入ってきた馴染みの風景に、何とはなしにほっとした。

結局、陽平は「シノダ」での事件以来、一度も自宅アパートに帰っていないのだ。詳しく言うなら、「帰れなかった」というのが正しい。

あの翌日、陽平は店のスタッフに事情説明をし警察の事情聴取を受けた上に、通常通り店での仕事にも出ることになった。当然ながら終業後はへろへろに疲れきっていて、とっとと自宅アパートに帰って寝るつもりだった。

そこに、仁科が声をかけてきたのだ。

（え？　よーへー、怪我人を見捨てて帰る気か？）

（いやあの、見捨てるって店長……）

（あー、右肩痛えなあ。すっぱり切れてるんだから無理ないけど、どうしようかなあ、中で化膿してるかも……俺、ひとり住まいだしこのまま家に帰ったら敗血症で、明日の朝には死体になってそうだよなあ）

ひとつひとつ区切るように言いながら、仁科は満面の笑顔で陽平の顔を覗《のぞ》き込んだ。

（いやあの、ちゃんと医者に診てもらったし、消毒にも行きましたすよね？　オレは素人《しろうと》だし、いようがいまいがどうってことは）

（いくら医者でも傷口の奥のことまではわからないだろ？　それと、無理に右肩動かすと炎症起こすって言われたんだよなあ）

得々と言われて、反論ができなくなった。

仁科の右肩に負担がかからないように、努力はした。けれど、それはあくまで店内でのことだ。ひとり住まいの仁科は家事も自力でやらなければならず、それが負担になると言われてしまえば陽平の答えはひとつしかない。

（じゃあ、あの……また、泊めてもらっていいっすか？）

（大歓迎だな。んじゃあよろしく）

そんな会話が二日目からも以下同文で続いた結果、陽平はすっかり仁科専属の世話係と化してしまったのだ。

にもかかわらず、陽平は未《いま》だに仁科に「答え」を伝えていない。同じマンションで寝起きして同じ職場に出掛けてとほぼ二十四時間顔を突きあわせているのに、どうにもタイミングが摑《つか》めないままだ。

あの時、その場で頷《うなず》いておけばよかったと後悔しても遅い。結局肝心のことは据え置きのまま、一週間が過ぎてしまっている。

「ところで店長、車の運転は大丈夫なんですか。傷口ぱっくりの心配は？」

「左手メインで使ってるから平気。つーか、そう簡単にぱっくりはいかないだろ」

けろりと返す仁科は、横目で陽平を眺めたかと思うと「やっぱり傷口が見たいんだな？」

などとお気楽に笑う。

「ところでよーへー、その額の傷さ。形成外科とか、紹介してもらったか？」

「もらってませんよ。今はまだ目につきますけど、赤みが取れれば目立たなくなるそうですし」

さらりと返した陽平を信号待ちの合間にまじまじと眺めて、仁科は言う。

「んー……おまえ、痕が残るのは気にならない？」

「なりませんね。生え際だし、このくらい髪で隠れますよ」

「俺は気になるんだけどな。といいますか、よりにもよって顔に傷作るかなあ……」

「はあ。そう言われましても、好きで作ったわけではないので」

「そうかー」

巨大なため息をついた仁科を見上げて、相変わらず妙なことにこだわる人だと陽平はつくづく思う。

飲み屋街から陽平のアパートまでは、車を使えば二十分ほどの距離だ。

陽平が住むアパートは築年数二桁のかなり古い建物だが、各部屋ごとに一台分の駐車場が確保してある。その所定スペースに、仁科は慣れたふうに車を乗り入れた。

久しぶりに目にしたアパートに、ひどく懐かしい思いがした。エンジンを切った車の中、シートベルトを外しながら、陽平はいきなり思い出す。

「あ。自転車、取りに行くの忘れたな……」

「今から行くか？　車回してやろうか」

「この時間だととっくに閉まってますって。また明日にでも自分で行きますよ。えーと、ありがとうございました。お世話になりました」

「はいはい、お疲れ」

軽い調子で返した仁科が、車を降りて先にアパートの階段へ向かっていく。

ぽかんとそれを見送っていた陽平は、階段の手前で振り返った仁科に手招きされてようやく我に返った。慌てて階段に駆け寄り、手摺《てす》りを摑む。

「ちょ、……どうしたんすか？　店長、疲れたから早く帰るって言っ……」

「ん。不審人物がいるとまずいから、用心棒代わりにね」

「大丈夫っすよ。オレの周りはそこまでドラマじみてないっすから」

呆れ顔で言って先に階段を上がった陽平だったが、自宅玄関を目にするなり「うわ」と声を上げる羽目になった。

「ほれ見ろ。箒《ほうき》あるんだろ？　手伝ってやるから出して来な」

玄関前で絶句した陽平を見透かしていたように、仁科が肩を竦《すく》める。

玄関ドアの真ん前に、夥《おびただ》しい煙草の吸い殻が落ちていたのだ。明らかに昨日今日のものではないから、おそらく信田の嫌がらせの名残《なごり》なのだろう。

慌てて部屋に駆け込んで、箒を引っ張り出した。横からそれを奪い取った仁科に「ちりと り取って来い」と言われて、陽平は室内に引き返す。空気の悪さに気づいて窓を全開にし、広告チラシを摑んで玄関先に出た。吸い殻の始末を終える頃には部屋の空気も入れ替わっていて、それでようやく人心地ついた。

「よーへー、早く入れよ。疲れたろ、ちょっと休みな」

玄関ドアを閉じるなり聞こえた声に振り返って、陽平は何とも摩訶《まか》不思議な気分になる。

ここは、陽平のアパートだ。その証拠に居住空間は一目で見渡せる狭い和室だけだし、鴨居には先日自転車ごと転んだ時にボロボロになった、愛用のジャンパーが引っかかっている。

少し傷んで日焼けしたその部屋の畳にあぐらをかいて座った仁科は、窓を閉めた上にヒーターの電源も入れてくれていた。窓際の壁に寄りかかり、脱いだコートを手近に放り出したままで悠然と笑っている。

「店長……くつろいでますね。帰らなくていいんすか？」

「あ。よーへー、酷い。追い返す気か？」

「いや、そうじゃなくて……えーと、ここはオレん家なんですが」

「知ってるよ。無事に肩が治ったからな、風呂も洗面所もここので十分だ」

けろりとした返事を聞きながら、仁科のコートを拾ってハンガーにかける。軽く背伸びをし、鴨居に引っかけたあとで、仁科の言葉の意味に気づいたのだった。

「え、あの。怪我が治ったからウチなんですか……？」

「ん。ここの方が落ち着く」

よもやの問いは、いともあっさりと肯定された。

そういえば、この人は自宅よりも陽平の部屋の方が好きだと断言していたのだ。改めて思い出して、正直言って目眩《めまい》がした。

「よーへー、こっち来な」

自分のコートを仁科のそれの横にかけていると、横合いから手首を摑まれた。え、と思った時には強い力で引っ張られて、半分転がるように仁科の膝《ひざ》に座り込んでいる。

自分が仁科の右半身に体重を預けていることを知って、ぎょっとした。慌てて逃げようとした腰を背後から拘束されて、陽平は抱っこ状態から身動きが取れなくなる。

「て、んちょ……！　何やってんですか、肩っ……」

「もう治った。言ったろ、完治だって太鼓判貰ったって」

「ぱっくりいったらどうしようって言ってたの、誰ですかっ」

「ん、俺だな。——あー、久しぶりだ。よーへーの匂いがするー」

暢気《のんき》な声とともに、肩に顎《あご》を載せられた。そのままうなじの辺りを嗅ぐようにされて、別の意味でぎくりとする。

「え、匂います？　昨夜、ちゃんとシャワー浴びたんすけど」

「そういう意味じゃなくて、このところ全然くっつけなかっただろ？　慢性的なよーへー欠乏症になってんだよ。ちょっと諦《あきら》めてじっとしててくれ」

懇願に近い声音で言われて、そういえばと陽平も再認識する。

ほぼ二十四時間体制で一緒にいたのは確かだが、何しろ仁科は怪我人で、しかも痛めたのは右肩だ。間違っても悪化させるわけにはいかなかったから、二日目からは頑として仁科とは寝床を別にした。やたら抱きつきたがるのも却下して、せいぜい寄りかかってくるのを容認した程度だったのだ。

早々に何か仕掛けてくるかと思ったが、仁科は陽平にくっついたまま動く気配を見せない。

肩の上の重みと伝わってくる体温に小さく息を吐いて、陽平はもう一度念を押す。

「店長。右肩、本当に平気ですか」

「んー？　うん、大丈夫。何、ぱっくりの心配か？」

「いや、そういうわけじゃ……えーと、ですね。この間の件なんすけど」

ん、と聞き返す仁科の声音は、どこか眠そうだ。

言うなら今だと、ふいにそう思った。

今のこの体勢なら、陽平から仁科の顔は見えない。同じように、仁科からも陽平の表情はよくわからないはずだ。

「おつきあいの、件っす。あ、もしかしてもう期限切れか時効ですか？　だったら」

「いや？　まだ全然、賞味期限内。あ、でも悪い返事は受付拒否するよ？」

「……オレ、まだ何も言ってませんけど」

思わず怪訝《けげん》な声音になった陽平の、頬《ほお》に頬を寄せるようにして仁科が笑う。

「ん。一応、予防線を張ってみました」

「何の予防線ですか。——その前に、ひとつ訊いていいっすか？　店長は、本当に相手がオレでいいんですか」

「よくないと思うことを、わざわざ自分から言う趣味はありませんが。どうした？」

「はあ。いやあの、見ての通り、オレは男なんで」

いったん言葉を切って、陽平は先日からずっと胸の奥にあった気がかりを口にする。

「知り合いから、言われましたんすよ。離婚歴がある人ってのは基本的に女性でもいいわけだし、そうなるといろいろ——世間体とか将来とか、そういうことが絡んでくると長く続かないとか。厄介事《やっかいごと》も多いっていうし。それに、前に店長、職場内恋愛はしない主義だって言ってましたよね？」

「ん。何だ、気になる？」

「気になるっていうより、何となく。意味がわかってきたといいますか」

職場内恋愛はしない主義だと仁科は言ったが、それは正しい判断だと、最近つくづく陽平は思うようになった。

もっとも、仁科の線引きは見事なほどはっきりしている。プライベートでは呆れるほど陽平にべったりのくせに、店に入ったとたんに二か月前と同じ顔で陽平を「相良」と呼ぶ。武藤にするのと同様のセクハラ発言満載で、以前と同じように陽平を構いつけてくる。

うまく切り替えられずにいるのは、むしろ陽平の方だ。大抵のことには動じないという自負が、こと仁科が絡むとあっさりと崩れ落ちてしまう。

要するに、陽平だけが過剰反応している状態なのだ。そ知らぬフリをすればいいとわかっていても、他のスタッフの反応が気になって仕方がない。結果、仕事中の仁科に対して必要以上に突っ慳貪《つっけんどん》な態度を取ってしまっている。

「それはねえ。考え方次第じゃないかと、俺は思うんだけどね」

「考え方、っすか？」

「ん。職場恋愛しないってのは単純な話、ああいう環境だと公私の区別が難しいからで、それさえできればこれといって問題はない。ついでに人の気持ちってのは考えてどうにかなるものでもないだろ。よって、よーへーとこうなったことに関しては不可抗力ってことで」

「不可抗力、ですか。それでいいんすか？」

「いいも悪いも。主義なんかよりも、よーへーの方がずっと大事ですから」

臆面もなく言い切った仁科の腕に、さらに深く抱き込まれた。顔に当たる髪の感触に目を向けると、至近距離にいた人が笑うのが見て取れる。

「あと、性別に関しては度外視な。少なくとも俺は、男だとか女だとかで相手を選んだことはないから」

「じゃあ、何で選ぶんですか」

「単純な話。好きかどうか、一緒にいたいと思うか、だな。あとは一緒にいて楽しいと思えるかどうか」

さらりと告げられた言葉に視線を向けた陽平の頬を撫《な》でて、仁科は笑う。

「まず、世間体なんてのは結局他人様の価値観でしかないから、受け入れるかどうかは個人の問題だな。将来が云々《うんぬん》ってのは、なってみなきゃわからないから考えるだけ無駄だ。結婚したところで十年二十年先まで一緒にいるかどうかはわからないってのは、身をもって実証済みだしな」

「店長……それ、極論なんじゃあ……」

「極論で結構じゃないか」

陽平の腰を揺するように抱き寄せて、仁科は笑う。

「まだ起きてもいない、この先起きるかどうかもわからない厄介事を今から心配しても無意味だろ。それよりどうすればこの先、うまくやっていけるかを考えた方がよほど建設的だ。――そういうわけで、陽平が迷ってる理由が今言った通りなんだったら、この際だから素直に俺が好きだと言っておきなさいって」

「……店長。オレは真面目《まじめ》に言ってんですが」

「俺も真面目に答えてますよ？」

笑顔のまま、仁科はもう一度陽平の額に額をぶつけてきた。

「そういうわけで、俺の今後の予定な。よーへーに愛想尽かされず、できるだけ長く一緒にいられるように鋭意努力する。後は、よーへーがどこまで信じてくれるかだな」

やけに爽やかに、きっぱりと言い切られてしまった。

肩越しに覗き込む仁科からふいと視線を逸《そ》らして、陽平は言う。

「……それで？　もし、オレが店長を信用できないって言ったらどうすんですか」

「そりゃ、信用してくれるまで頑張るしかないだろうなあ。——ああ、そうだ。信用材料になるかどうかがわからないけど、遥《はるか》と武藤にはもう話したよ」

「何を、ですか」

聞き返した後で、「遥」という名が仁科の元妻だったことに気がついた。怪訝に目を向けた陽平にいつもの笑顔を見せて、仁科は言う。

「うん？　だから、俺が今、陽平とつきあってるって」

「……は、あ……？　何すか、それ。いったいいつの話——」

「町中で遥といる時に出くわしたろ。あの時に教えた」

「え、……？」

意味がわからず瞬くだけの反応が面白かったのか、仁科が耳許《みみもと》で笑う気配がした。

「ついでに武藤には、よーへーが自転車で事故するより前にバレてる。店の中でのことなら、多少はフォローしてくれるから心配ないよ」

あっさりと続いた台詞《せりふ》の意味を理解したのは、一拍置いたあとのことだ。

予想外のことに、座ったままでくらくらと目眩がした。

「——嘘、ですよね……？　バレてるって、オレ……そんなに露骨でしたっけ」

「よーへーじゃなくて俺の方からバレたんだよ。見てたら一発でわかったってさ。ついでに、最初の頃は俺が無理強《じ》いしてるんじゃないかとか我儘《まま》言って困らせてるんだろうとか、よーへーは真面目なんだから迷惑だけはかけるなとかさんざん言われた」

「………」

今さらに、別れ際の武藤の様子を思い出す。さりげなく仁科とセットで帰されたが、考えてみればそういった形で飲み会を終えたのは初めてなのだ。

あれは、つまり武藤からの心遣いだったということか。

「な、にやってんですか、店長……」

喉《のど》の奥からこぼれた声は、我ながら低く唸《うな》るような響きがあった。

思い切り睨《にら》みつけた陽平を平然と見返して、仁科は笑う。

「何って、訊かれたから答えただけだけど。遥からは『今、特定の相手がいるか』で、武藤からは『相良に妙なちょっかい出してないか』だったな。それでまあ、隠すのもどうかと思ったからさ」

「――あ、のですね！　そういう場合は晒《さら》してもいいのかどうか、で判断してほしいんですけど！　っていうか、どーすんですか、そんな簡単に喋《しゃべ》ってて、噂《うわさ》でも広まったりしたら」

「それはない」

きっぱりと、仁科は言う。即答に気圧《けお》された陽平の頭をぐりぐりと撫でて続けた。

「あのねえ……いくら俺でも、誰彼構わず喋るわけがないでしょうが。きちんと相手は選んでますって。ちゃんと、口止めもしておいたし」

息を吐き、肩を竦めて続ける。

「俺の方は別に、バレたところで全然構わないんだけどね。よーへーはまだ無理だろうと思ったから」

「はあ……さようですか」

何とも言いようのない気分で、陽平は先日会った仁科の「妹」を思い出す。

「これ妹」の一言とともに引き合わされた女性は、確かにいつかの夜に仁科の車に乗り込んでいた相手だった。

昼間だったら、一目でそれと察しがついたはずだ。そう思うほど兄とよく似た目鼻立ちをしていた彼女に、仁科はするりとぶちまけたのだ。

(で、こっち陽平な。今、俺がつきあってる相手)

(ふーん、そうなの。……で？　一応訊いておくわ。ずいぶん若い子だけど、まさか犯罪行為に走ってないわよね？)

平然と仁科に問うた「妹」から、その時陽平は連絡先を手渡された。――曰《いわ》く、仁科絡みで面倒なことがあれば遠慮なく連絡してくるように、と。

仁科とよく似た人懐こい笑顔を、唖然《あぜん》と見上げる以外にどうしようもなかった。

同性同士の関係が周囲からどんなふうに認知されるものなのか、陽平にはまるでわからない。身近なサンプリングになる瑞原《みずはら》はある程度自分の性癖をオープンにしていたようだが、しかし果たしてこれで良いものなのか。仁科の「妹」といい武藤といい「遥」の店長といい、全力で「良い」と言われているような気がしなくもないのだが、しかし。

悩んでいると、こめかみに何かがぶつかってきた。かすかな痛みに顔をしかめた先、間近で覗き込んでいた仁科が改まったように言う。

「で？　陽平のお返事は？」

「はあ。……まあ、見ての通りということで」

「何だそれ。どういう意味？」

追及してくる仁科の声は、明らかな笑いを含んでいる。それでも強く促されていることは察しがついて、陽平はどうにか言葉を探す。

「ですから、……オレは根が正直なので。どうとも思ってない相手に抱きつかれておとなしくしてるほど、博愛主義にはできてないんです」

「うーん。惜しい、もう一声」

「一声って店長、市場の競《せ》りでもあるまいし……っ」

言いかけた声が半端に途切れたのは、陽平の腰を抱き込んでいた右手が怪しげに動き始めたせいだ。

セーター越しにやんわりと腹部を撫でられて、思わずその腕を掴んでいた。とたん、横で仁科が悲鳴のような声を上げる。

「いってー。やばい、傷口あいたかも」

「え、マジっすか!? 嘘ですよね、そんな」

「いやホント。すげー痛いぞ、どうしよう」

棒読みの台詞と連動したように、仁科の指が再び動き出す。

「て、んちょ……っ、傷口あいたって……！」

「ん。どうやらよーへーが暴れると開くらしい。ってことで、ちょっとおとなしくしてな」

「お、となしくって……オレが暴れたらって、あるわけないじゃないっすかっ。そんな、都合のい、――」

言いかけた、その顎を掴まれて強い力で引かれた。え、と思った時には嚙《か》みつくようなキスで呼吸を塞《ふさ》がれている。

「……ン、――っ」

喉の奥から漏れた声が、自分の耳にもやけに甘く聞こえた。

歯列を割って入った体温が、無遠慮に唇の奥を探っていく。頰の内側をやんわりと抉《えぐ》られ、歯の裏側を撫でられる。引っ込めていた舌先をつつかれたかと思うと、輪郭をなぞるようにぐるりと舐《な》められ、搦《から》め捕られた。そのたびに響く水っぽい音が、やけに生々しく耳の奥に響く。

「ちょ、……てん、ちょ……っ」

長く深いキスの合間、無理に振り向かされる姿勢の息苦しさに、どうにか抗議の声を上げた。それを聞き届けたように落ちてきたキスに飲み込まれて、語尾は半端に途切れてしまう。狼狽《うろた》え身動《みじろ》いだ腰を、さらにきつく抱かれる。背中越しに伝わってくる体温を、今さらのように意識した。

ゆったりと太腿《ふともも》を撫でていた手のひらが、他意を感じさせないさりげなさでジーンズのウエスト部分を辿る。歯列の裏側をなぞられる感触に息を飲んだタイミングで、再びセーターの中に指先を突っ込んできた。

「——……っ」

器用に動く指が、セーターの下に着ていたシャツをたくしあげてじかに触れてくる。肌の上を撫でる体温の冷たさに思わず身を竦めると、宥《なだ》めるように舌先を齧《かじ》られた。

執拗《しつよう》なキスが終わっていたことに気づいたのは、耳許で低く名を呼ぶ声を聞いた時だ。ふだんよりわずかに掠《かす》れた響きがダイレクトに鼓膜に伝わってくるようで、それだけで全身がぞくりとする。

どうにか見開いた視界の中、くせのある髪がすぐ傍で揺れていた。怪訝に思ったその瞬間を狙ったように、喉の尖りに歯を立てられた。

痛みとは違う感覚にぞっと身を震わせると、腰を抱き込んでいた腕の力がさらに強くなるのがわかる。気がついた時には陽平は仁科の膝に横抱きにされ、自分からその首に腕を回してしがみついていた。

「て、んちょ……肩、は？　傷っ……」

途切れがちの問いに、仁科は器用に片方だけ眉《まゆ》を上げてみせた。

「大丈夫。もっとも、大丈夫でなくてもやめる気はないけど」

「で、もあの、店長……明後日《あさって》から、指名もしっかり入ってるんです、けど」

「店長禁止。……って、何回言っても覚えないの、わざとじゃないよな？」

「……っ、あ、――」

間近で笑った声に、今度は耳朶《みみたぶ》を食《は》まれる。耳殻の形をなぞるように、尖った舌先でまさぐられた。同時に動いた指先に今度はジーンズの上を探られて、勝手に声がこぼれて落ちる。

自分の声が露骨な響きを孕《はら》んでいると知って、かあっと顔が熱くなった。同時に心得たように動く指先に布越しの輪郭をやんわりと辿られて、いつのまにかその箇所が後戻りのきかない熱を帯びていたことを思い知る。

「や、ちょ、――待っ……」

「お預けも禁止。もう待たない」

言葉とともに、顎の裏から喉許に歯を立てられる。かすかな痛みとそれを上回る悦楽に、ぞくんと大きく腰が跳ねた。手早く動く指が自分のベルトを緩めにかかったのを知っていて、陽平は指先に触れた仁科のセーターを握り込んでいる。

耳許で囁《ささや》く声に応じて腰を浮かし、足先で蹴《け》るようにジーンズを脱ぎ捨てた。無防備になった膝の内側をそろりと辿った手のひらが、脚の形を確かめるように肌を撫でていく。ゆったりとしたその動きに焦《じ》れて目に入った耳朶に嚙みつくと、しがみついた肩が笑うように揺れた。

「ん？　もうキツい？」

「そ、……ン、──っ」

いつの間にか目尻に溜まっていた涙を拭《ぬぐ》うように、目の前の首すじに顔を押しつけた。その直後、ようやくその箇所にもう覚えた指先が絡みついてくる。

「……っ、──」

ひきつったような吐息を、殺すこともできなかった。

身体の中でもっとも過敏なその箇所に、手で触れてきた他人は仁科が初めてだ。自分とは違う体温が与えてくる予期できない刺激に、どうしようもなく熱が上がっていく。いつの間にか陽平はセーターではなく、仁科の手首をきつく握りしめていた。

そろそろかな、と囁く吐息にすら、鳥肌が立つような気がした。見開いたままの視界の中、寄ってきたキスに呼吸を塞がれて、息苦しさに喉が鳴る。舌先を柔らかく食まれる感覚に、目の前が白く染まるような錯覚に襲われた。

「……っ、あ──」

自分の呼吸音が、やけに大きく聞こえていた。ほうっと息を吐いたタイミングで耳朶を齧られ、どうしようもなく全身が震える。頰へ、顎へと続いて落ちるキスに小さく肩を揺らしながら、陽平はどうにか顔を上げる。

目が合うなり、またしても呼吸を塞がれた。腰ごときつく抱き込んでくる腕に応えるように、陽平は仁科の背中にしがみつく。かすかに耳につく早い呼吸音で仁科も昂《たか》ぶっていることを知って、それが自分でも意外なほど嬉《うれ》しかった。

陽平、ともう一度名前を呼ばれる。息を吐いて目を上げた、そのタイミングで畳の上に転がされた。

浅い息を吐きながら見上げた先、見慣れた天井をバックに仁科が見下ろしているのがわかった。

背中は大丈夫かと問う声は聞こえたが、意味がよくわからなかった。ぼうっとしたまま曖昧に頷いた時、ふいに玄関の外で物音がする。

夢から覚めたように、一気に我に返った。

足音が止まったあと、間を置かずドアを開閉する音がする。やけに近く聞こえるのは、それが隣人のものだからで——今になって、このアパートの壁の薄さを思い出した。

隣人は、陽平と同世代の学生だ。週末にたびたび複数の友人たちを呼び入れては賑《にぎ》やかしている。おかげで、壁の向こうにどのくらい音が漏れるかは熟知していた。

だからこそ、陽平は部屋に人を呼ばないのだ。

「てん、ちょ……待っ――」

「ん？　何で？」

いつの間にか、セーターが首から抜けていた。浅い息を吐きながら目を凝らした先、胸許の、そこだけ色を変えた箇所に歯を立てられて、背すじが妙な具合に引きつるのがわかる。咄嗟《とっさ》に漏れそうになった声を、両手で口を塞ぐことでどうにか食い止めた。とたん、揶揄《やゆ》まじりの声が上から降ってくる。

「それも禁止。はい外して外して」

やすやすと手首を掴まれ、力尽くで引き剝《は》がされてしまった。そのまま喉や顎に歯を立てられ、同時に腰を引かれて過敏な箇所を手のひらに囚《とら》われる。いったんはおさまったはずの熱を再び煽《あお》られて、堪えきれない声がこぼれた。

「……ぁ、や……っ」

必死に、陽平は唇を嚙みしめる。隣人に聞かれるよりはと、意図的に頰の内側に歯を立てた。そうしながら、頭のすみで「どうして」と思う。

それなりに、慣れた行為だったはずだ。初回も二度目もその後もこの陽平の部屋で、当たり前のように抱き合ってきた。触れる体温も肌も匂いも、……わずかに掠れた吐息のような声すらも、きっと五感を奪われたとしても思い出せるはずだった。

それなのに、どこかが違う。何かが、決定的に変わってしまっている気がする……。

「こら。声、噛むなって。……よーへー？」

真上から覗き込んできた人が、鼻先が触れる距離で囁く。やや掠れ気味のその声がかすかに肌を撫でていく、その感触にすら神経を直接探られたような錯覚が襲った。

「……隣、帰って、き……声、聞こえ……」

ああ、とつぶやいた吐息に顎先を齧られた。長い指にやんわりと髪を梳《す》かれて、その感触にほっとする。

「なるほど。今さらって気もするけどな」

声とともに、掬《すく》うように呼吸を奪われた。タイミングを合わせたように、今度は腰の奥の、仁科しか知らない箇所を指先でなぞられる。

未だに慣れない感覚は確かに異様なもののはずなのに、背すじの奥をぞっとするものが走った。

「……っ、ん、――」

喉の奥で上がった悲鳴は、そのまま仁科のキスに飲み込まれた。

長くて執拗な、キスだった。息苦しさに逃げようとしても、顎を摑む指がどうしても離れてくれない。ようやく解放された時には、全身から力が抜け落ちていた。

「――……隣に、バレるのはまずい？」

聞こえた声に、それでも必死に頷いた。

「ん、了解。だったら、コレでも齧ってなさい」

苦笑まじりの声とともに、馴染んだ体温に歯列を割られる。目を瞠《みは》った先、それが仁科の指だと知って、慌てて手首を掴んでいた。押し戻そうとした舌先をやんわりと抓《つま》まれ抉るように撫でられて、陽平は喉の奥を引きつらせる。

肩の怪我が、やっと癒えたところなのだ。間違って指を噛んでしまった日には、また仕事に支障を来してしまう。

「ら、……ゆ、び……！」

「噛んでもいいけど加減してな。傷ができない程度なら、よーへーの好きにしていいから」

すっきり言い切ったかと思うと、再び胸許を齧られる。同時に腰の奥を指先で探られて、頭の中が真っ白になった。その後は互いの体勢を変えるたび、律儀に唇の合間に指先を押し込まれる羽目になった。

「ン、――っ……」

声が音になりにくいのは確かだが、だからといってこのやり方はないだろう。そんなふうに憤慨していられたのは最初のうちだけだ。気がついた時には、陽平は天井を見上げたままで、唇の合間にある指先に舌を絡みつかせてしまっていた。

「よーへー、かーわいい」

「…………」

仁科がもう一度、上に重なってきたのは、さんざんに煽られた陽平が息も絶え絶えになった頃だ。

満面の笑顔で見下ろされて、余裕そのものの態度にむっとした。

舌先と協力して、右手で摑んだ仁科の指を吐き出す。どういうわけか嬉しそうに見ている人の、髪を摑んで引き寄せた。

嚙みつくつもりで仕掛けたキスは、歯が当たって痛かった。思わず顔をしかめた陽平に気づいたのかどうか、喉の奥で笑った仁科が指の代わりとでもいうように今度は舌先を押し込んでくる。それへ、陽平はわざと嚙みついてやった。

やんわりと腰から下肢を撫でていた仁科の手が、陽平の膝にかかったのがわかる。呼吸を分け合うキスをしながら、身体の奥を抉られていくのを知った。まだ慣れたとは言い切れない感覚に、陽平は喉の奥を引きつらせた。

間近で、仁科が笑ったのがわかった。

(この際だから、素直に俺が好きだと言っておきなさい)

激しくなっていく波に揺らされながら、陽平はふと先ほどの仁科の言葉を思い出す。

——結局、言いそびれてしまったのだ。たった一言、ほんの二文字を口にすればすむことなのに、どういうわけかそれがうまくいかない。

過去につきあってきた女の子たちにはさほど苦労もなく言えたのに、これはいったいどうしたことか。

指の中のくせ毛を摑み締めたままで、陽平はぼんやりと思う。とたん、いきなり額に何かがぶつかってきた。

「余所事《よそごと》を考えるのは禁止。……って、前に言ったよな？」

文字通り鼻先が触れる距離で、仁科が些《いささ》か怖い顔で見ていた。

瞬いた目尻を齧られ、かすかに残る涙の痕を宥めるようになぞられる。軽く唇に歯を立てたかと思うと、下唇を触れあわせたままで名を呼ばれた。

陽平、と呼ぶ響きが、どうしてか漢字だったような気がした。無意識に伸ばした指先で目の前の人の頰に触れた時、吐息のような声音で短い告白が落ちてくる。たった二文字のその音の響きに、目許に熱が上っていくのがわかる。

間近にいた人が、笑ったのがわかった。

やけに嬉しそうなその笑顔を引き寄せるように、陽平はもう一度、その人に自分からキスをした。

■

寝起きの悪い相手を恋人にすると、朝に要《い》らぬ苦労をすることになる。

「……てーんちょー。そろそろ起きませんか」

「ん？　んー……あと十分……」

「って、すでに一時間以上経《た》ってますが」

即座に突っ込んでみたものの、すでに相手は夢の国だ。

布団の中、すやすやと寝息を立てる仁科に抱き枕よろしく抱え込まれたままで、陽平は大きく息を吐く。

初回の朝から知っていたことだが、仁科は本当に寝起きが悪い。

マンションでの同居中にも、毎朝起こすのに苦労したのだ。何しろ、最初にセットした目覚まし時計で起きることは絶対と言っていいほどない。布団から出てくるのは目覚ましからたっぷり一時間経った頃で、しかもその後二十分ほどは魂が抜けたように座り込んでいる。よくこれでひとり暮らしができるものだと、つくづく感心したほどだ。

もっとも本人に言わせると、「ひとりの時は最初の目覚ましで起きる」らしいが。

「……——」

今日は定休日で、夜まで寝ていても支障はない。つまり、このまま仁科を放置したところで何ら問題はない。

すっぱりと割り切って、陽平は布団から抜け出した。獲物を奪われた動物よろしく追いかけてくる腕から逃れて、手早く服を着る。

日中の屋内とはいえ、閉め切っていても換気不要の通気性を誇るアパートの部屋は、暖房なしではかなり寒い。タイマー切れになっていたヒーターのスイッチを入れて冷蔵庫を覗き込んだ陽平は、自分が一週間以上、この部屋を留守にしていたことを改めて思い知った。

コンビニで何か買ってくるか、この際だから食べに出るか。迷った時に、メールの着信音がした。

携帯電話を開いてみると、相手は瑞原だ。よかったら一緒にランチをしないかという誘いだった。

「シノダ」での一件以降、瑞原とは警察の事情聴取の時に顔を合わせたきりだ。指定された時刻までは小一時間ほどあるから、十分に間に合う。

あの様子では、仁科が起き出すのは早くとも昼過ぎだ。それならと思い、了承のメールを送った。

その時に、いきなり足首を掴まれたのだった。

ひっと、喉の奥で声を上げていた。慌てて足許に目をやって、陽平は盛大に顔をしかめてしまう。

「店長。何やってんですか？」

いつの間に起きてきたのか、仁科が畳に転がったまま、すぐ傍まで来ていた。素っ裸で寝ていた陽平とは違い、下半身にはきちんと着衣をつけている。

そういえば、目が覚めた時には出した覚えのない布団の中にいたのだ。それもこの人の仕《し》業《わざ》だったのかと納得した後で、つまりは寝入る前に自分だけ服を着たのだと思い当たって、何となくむっとした。

「んー。よーへー、だいぶ辛《つら》そうだなあ」

返答はけろりとして、悪びれたふうもない。思わず陽平は、仁科を睨みつけてしまった。

「……誰のせいだと思ってるんすか」

結局、明け方まで離してもらえなかったのだ。やっと終わったかと思えば腰を抱かれ、足首を掴まれて引き戻される。その繰り返しで、ようやく眠りにつく頃には、カーテンの外はすでに白み始めていた。

おかげさまで、腰から下は未だに泥を詰め込んだように重い。セーターとジーンズを着る間にもそこかしこの関節が軋《きし》むような錯覚に見舞われて、何度も休憩しなければならなかった。

「誰のせいって、そりゃまあ俺だよな」

「自覚があるなら、少しは自制してくださいよ。こっちの身が保《も》ちません」

「え、だって好きな相手が目の前うろうろしてたら、そりゃあ速攻でとっ捕まえてどっかに連れ込んで可愛がりまくりたくなるのが男だろ？　よーへーはそう思わない？」

むしろ意外そうに言われて、臆面のなさに頬が熱くなった。わざと長い息を吐いて言う。

「——……一応忠告しておきますけど、今の発言はかなりセクハラっすから。間違っても芽衣や柳井さんの前では言わないでくださいね」

「言わないよ。っていうか、よーへー以外に言っても意味ないし」

満面の笑顔で言われて、うっかり赤面しそうになった。

「二度目」以降から何となく思ってはいたが、案外にこの人本人のこういう言動こそが、根も葉もない「噂」を助長してしまうのではなかろうか。

セクハラ発言すらも、やたらライトで爽やかに聞かせる人なのだ。本気で愛想を振りまいた日には、周囲に誤解されまくること間違いなしだろう。現実に、常連客の中には仁科の追っかけとも言える存在が複数いる。

改めて考え始めると、相当に根の深い話に発展しそうだ。つくづく思って、陽平は敢えて話を切り替えた。

「ところで、朝メシ——っていうか、もう昼なんですけど、どうします？　オレはちょっと出て来ようと思うんすけど」

「ん？　用でもあるのか」

「瑞原さんからお誘いがあったんで、ランチに行ってきます。あ、眠いならそのまま寝てていいですよ。適当に何か買って帰りますんで」

ふうん、と言いながら仁科は畳の上に座り直す。さすがに寒気を覚えたらしく、陽平が揃えておいた衣類に手を伸ばした。セーターの襟から頭を出したあと、唐突に言う。

「……梶山《かじやま》は？　一緒なのか」

改めて見直した瑞原からのメールに、それに関する記述はない。

「さあ。たぶん別行動じゃないっすか？　ていうか、たぶん梶山さんと休みが重なってる時には誘いは来ないと思いますよ」

マンションにあった勤務予定表を見る限り、梶山は不定休だったはずだ。加えて言うならあのふたりは、休日が一緒の時には迷うことなくふたりきりで過ごすことを選びそうな気がする。

「なるほど。……なあ、それ俺も行っていい？」

思いがけない言葉に、陽平は目を見開く。

「え。あの、何でですか？」

「腹が減ってるんだよ。おまえが帰ってくるまで保ちそうにない。それと、信田の件がどうなってるのかも気になる」

「あー……そっちは大丈夫だと思いますけどねえ。瑞原さん、全部録音してたみたいだし」

用意周到な梶山は、何かあった時のためにと瑞原に小型の録音機を持たせていた。それを使って、瑞原は「シノダ」での会話をすべて残していたのだ。おかげで陽平の自転車の件も、信田が認めた証拠が出た形だった。

「何？　俺が一緒だと何かまずいのか」

「え？　いや、それはないっすけど……」

怪訝に答えて、その後で陽平は仁科がやけに渋い顔をしているのに気づく。

陽平の視線に気づいたらしく、仁科が微妙に視線を逸らす。ぼそりと言った。

「……実は梶山も一緒だとか、そういう話じゃないだろうな？」

反論する前に、呆れ返った。じろじろと仁科を眺めて、陽平はため息を吐く。

「何すか、それ。何でそんなに梶山さんが気になるんすか？　あの人は瑞原さんの恋人で、べったべったに仲がいいんですよ。梶山さんの目から見たら、オレなんか瑞原さんのお気に入りの案山子《かかし》みたいなもんです」

「案山子……」

「もののたとえですけどね。あの人、本当に瑞原さんしか目に入ってないですから。――あ、そういうわけなんで、梶山さんはもちろんですけど瑞原さんにも妙なちょっかい出したら駄目っすからね。馬に蹴られて死んじまえ、を地でいくことになりますよ」

「よーへー、おまえ……」

「それから、今後オレは店長を信用することにしましたから。店長も、ちゃんとオレのことを信じてください」

非常に苦い顔つきになった仁科に、すっぱりと言いきった。

とたんに目を丸くした仁科が、一拍間を置いて綻ぶように笑う。じゃれつくように引っ張られたかと思うと、背後から抱き込まれた。

「わ、……ちょっ……店長、何すんですかっ」

「ん。いや、ちょっと感動した。よーへーって結構、かなり俺のこと好きだよな」

全開の笑顔で覗き込まれて、陽平は今さらにたった今の自分の台詞が気恥ずかしくなる。ぼそりと言った。

「そういう台詞、自分で言ってて恥ずかしくないっすか？」

「いーや、全然。むしろ、言ってて嬉しい」

「はあ、そうですか。あのー、店長、髭《ひげ》がゾリゾリするんで、ほどほどにお願いしたいんすけど」

しつこく頬を擦り寄せてくるのへ、淡々と指摘した。勝手に熱くなった頬が緩むのを必死に引き締めて、陽平は背後にくっついた人を押しのける。

「で、どうします？　一緒に行きますか？」

「ん。行く」

「了解です。じゃあ、とりあえず洗面だけすませてください。オレは先に外に出てますんで、戸締まりは頼みます。鍵はそこですから」

「はいはい。あ、間違っても置いていくなよ？　俺は根に持つからなー」

「わかりました。——それより店長、頬に涎《よだれ》の痕がついてますよ」

素っ気《そけ》なく言って、スニーカーに足を突っ込んだ。玄関ドアから半分出ながら振り返ってみると、陽平の最後の言葉が気になったらしい仁科が、台所の横にかけていた鏡を覗き込んで首を捻《ひね》っている。

ありもしない涎を探しているらしいと察して、つい笑いそうになった。

「オレの勝手に使ってもらっていいですから、髭剃って身だしなみもちゃんとして、いつもの店長に戻っておいてくださいね。——瑞原さんに、改めて紹介しておきたいんで」

「紹介？」

怪訝そうにこちらを見た仁科をよそに、外に出ながら早口に言った。

「こないだは、店長として紹介したでしょう。今日は、オレが好きな人ですって伝えておきたいんです」

閉じたドアの向こうで、ガタガタと物音がする。それを聞きながら、陽平は急ぎ足にアパートの階段を駆け下りる。

外は、雲ひとつない冬晴れだった。冷たく澄んだ空の色は淡いのに、高く突き抜けたように青い。それなのに、両の頬だけがやけに熱いのは――おそらく、真っ赤になっているからに違いない。

頬の熱と、勝手に早くなった鼓動とを持てあまして、陽平はわざと大きく息を吸い込んだ。ぱんぱんと、自分で自分の頬を叩いてみる。そうしながら、昨夜仁科に言えなかった理由を今さらに思い知った。

とにかく、気恥ずかしいのだ。たった二文字の言葉なのに、仁科はするりと言ってのけるのに――以前はここまで意識しなくても言えた言葉なのに、相手が仁科だと思っただけで飛んで逃げたい心境に陥ってしまう。

「……よし」

火照《ほて》った頬が少しずつ戻ってくることを実感しながら、陽平は小さく頷く。

とりあえず、言うべきことは言った。フェアじゃない状況からは、きちんと脱したはずだ。

――出てきた仁科の反応を考えるだけで、蒸発したい気分にはなるが。

思った時、二階の自宅玄関ドアが開くのが目に入った。

陽平が頼んだ通り、ドアを施錠した人が階段へと向かう。待っていた陽平が目に入ったのか、手摺《てす》りを摑んだままで見下ろしてきた。

逆光でシルエットになっていても、頬のラインだけで仁科が笑っているのがわかった。

わざとしかめっ面《つら》を作って、陽平はその人を見上げる。

「――急いでくださいよ。遅刻するじゃないっすか」

最後の初恋

手に取ったカップの底のコーヒーは、すでに冷めきってしまっていた。

最後の一口を飲み干して、梶山敬之《かじやまよしゆき》は手許の本を閉じた。傍らに掛けていた上着を手に会計をすませ、観音開きの扉を押して外に出る。

戸外はすでに夕闇に沈んでいた。外気の冷たさにその場で上着に袖《そで》を通しながら腕時計に目をやると、午後五時を回っている。

ずいぶん長く、喫茶店に居座ってしまったようだ。そう思ったあとで、昼食を食べていなかったことに気がついた。

(センセー、ちゃんとごはん食べなきゃ駄目だよ。適当にすませたりしたら怒るからね)

今朝に駅まで送った別れ際、真面目な顔で言った恋人——瑞原想《みずはらそう》を思い出す。

どちらかと言えば、梶山は食欲が薄い方だ。さすがに出勤日には半強制的に三食摂《と》るが、休日には固形物をいっさい取らないことも珍しくない。

想に知れたらさぞかし怒られるだろうと思ったものの、どうにも食欲がなかった。夜空を見上げたままで、梶山はどうしようかと思う。

「あれ。梶山さん、ですよね?」

ひとまず歩き出した、その直後に横から声がかかった。反射的に目を向けた先、縦にひょろ長い男を認めて、梶山は怪訝に眉をひそめる。

どこかで見たようなと思った時、相手は人懐こく笑った。

「どうも、守屋《もりや》です。えーと、わかるかな。『LEN』の店長なんですが」

「ああ、はい。――何か？」

美容室「LEN」は、想の勤務先だ。梶山自身は昨年末から客として通い始めたばかりだが、初回から担当として想を指名しているため、想以外の店員との接点はほとんどない。

梶山が「守屋」を覚えていたのは、想から名前を聞いていたからだ。何でも、美容室「LEN」に就職した想が当座の住まいに困っていた時に、ずいぶん親身に世話をしてもらったのだという。

「直接、お話しするのは初めてですよね。……今日は、これからお仕事ですか？」

「いえ」

「よければ、少しおつきあいいただけませんか。お話したいことがあるんですが」

数秒の思案のあとで頷いたのは、どうにも帰る気になれなかったせいだ。「じゃあ」と笑った守屋に促されて、数メートル歩いた先の喫茶店に入る。

窓際の席でオーダーをすませるなり、守屋はにっこり笑って梶山を見た。

「ああ、そうだ。ひとつ聞きたいんですが。今後、想と一緒に住む予定はないんですか？」

思わず眉をひそめた梶山だったが、守屋に動じた様子はなかった。

「どうしてそういう話になるのかが、私にはよくわからないんですが？」

「でも梶山さん、想の恋人ですよね？」

真正面から言い切られて、今度こそ梶山は顔を顰《しか》めてしまう。

「……それは、どういう根拠で？」

慎重に問い返したのは、言われたこと自体は事実でも、現時点での梶山と想のスタンスに大きな食い違いがあるせいだ。

梶山自身は想との関係を隠す必要性を感じていないのに、想は「梶山の立場」を気にして過剰に反応するのだ。その代表格が同居の件で、梶山は何度となく引っ越してくるよう促しているが、想の方がどうにも煮えきらない。

その想が、軽々しく自分たちのことを他人に話すはずがなかった。

「根拠と言われてもねえ。敢えて言うなら、想の様子でわかったといいますか。もっとも、去年梶山さんがウチに来られた時点で、想とは理由《わけ》アリそうだと思いましたけどね」

運ばれてきたカップを手に頬杖をついて、守屋はにっと笑う。

「笹沢《ささざわ》って、想の師匠に当たる人がいるんですが。その人が今の想には絶対に相手がいるはずだと言い出して、本人を問いつめましてね。確かに恋人がいると白状させたわけです」

「……それで？」

「もちろん相手の名前までは聞いていませんが、想は何でも顔に出るたちでしょう。梶山さんが来店するたびにスタッフにバレないかと、俺は一応、気を揉《も》んでるんですよ。――ああ、そうだ。想は無事に出かけましたか？」

笑顔で続ける守屋の様子に、隠しても無駄だと察しがついた。カップをゆっくりと持ち上げて、梶山は淡々と言う。

「今朝、駅まで送りました。無事に実家に着いたと連絡もあったので、大丈夫でしょう」

「そうですか。それはよかった」

とたんに守屋は相好《そうごう》を崩した。ほっとしたように、目許を和らげる。

「招待状を渡した時にかなり動揺していたので、笹沢も気にしてたんです。まあ、休みが欲しいと言ってきた時点で、梶山さんから口添えをくださったんだろうとは思ったんですが」

「口添えというほどのことは、特に。――迷うなら行くようにとは言いましたが」

「ああ。それで決心がついたかな。そう、それで笹沢から伝言があったんですよ。想の恋人に心当たりがあるなら、礼を伝えておいてほしいとか」

「礼？」

思わぬ言葉に、梶山は眉を寄せる。それへ、守屋はさらりと言った。

「想が帰る気になったのは、梶山さんのおかげだと思ったからでしょう。実際、去年のクリスマスが過ぎてから、想の様子はずいぶん変わりましたからね」

□

絶縁状態にあった想の実家の「兄」から結婚式の招待状が届いたと知らされたのは、四日ほど前のことだった。

その日、通常日勤だった梶山は残業のため帰宅が遅れ、駐車場に車を乗り入れたころには時刻は二十一時を回っていた。

暦はすでに春とはいえ、夜半には気温がかなり下がってしまう。上着の襟をかき寄せながらエレベーターを七階で降りた先、自宅玄関ドアの前に想が蹲《うずくま》っていたのだ。

（おかえりなさい、センセー。いきなりゴメン、ちょっとだけいい？）

遠慮がちに言う想はうすい上着を羽織っただけで、ひどく寒そうに見えた。リビングに通して温かいコーヒーを差し出しても口もつけようとしない。

（招待状、来た。兄貴が、結婚するから式と披露宴に来いって。……センセー、おれ、どうしよう。どうしたらいい？）

動揺した声とともに見せられた封書の表書きには想の名前しか記されておらず、切手も貼られていない。差出人として「瑞原正徳《まさのり》」という名と女性の名前が並んで印刷されており、中に入っていた招待状には丁寧な手書き文字が記されていた。

できれば前日には帰ってきてほしい。ゆっくり話がしたいから、と。

（今日、笹沢さんが店に来て、兄貴から預かったから渡しとくって。店長も、休みはやるからせめて式だけでも出てこいって言ってくれて）

笹沢という人物はかつての想の上司であり、大切な「恩師」でもあるのだという。

その笹沢に、想は懇々と言い聞かされたらしい。

（この機会に、ちゃんと顔を出してこいって……結婚式とか一生ものなんだから、弟として祝福しておかないとあとで後悔するからって）

訥々《とつとつ》と続く声を聞きながら、梶山は以前に聞いた想の「事情」を思い出していた。

想が家族と没交渉になったのは、美容専門学校に在籍していた時だったはずだ。学校を続けながら働ける場所を見つけて、家出同然に移り住んだ。以来、居場所や連絡先はもちろん、国家試験に合格したことすらも連絡しなかったという。

連絡できる立場ではないと、想は言っていた。自分が原因で兄の結婚が壊れたのだから、家族に顔向けできないのだ、と。

どんな人間であれ、何らかの後悔を抱えているものだ。仕事柄、梶山はそれをよく知っている。けれど、想のそれは聞いただけでもやりきれない、息苦しさを伴うものだった。

どんなに明るく振る舞っていても、想の内に居座る後悔は消えない。どこかで無理にでも断ち切らない限り、ずっと抱えていくことになる。

（行ってくるといい）

だから、梶山は敢えてそう言った。

(でも、センセー。おれ、兄貴と顔、合わせられな、……)

(何が何でも式に出なければならないわけじゃない。どうしても無理だと思えば、その時はすぐに帰ってきなさい。──待っているから)

想は、しばらく無言で梶山を見つめていた。手許の招待状に視線を落とし、……ややあって小さく頷いた。

式や披露宴に出ると決めるには、かなりの覚悟が必要だっただろう。決めたあとにもずっと、不安そうな様子を見せてもいた。

それでも、物事にはタイミングというものがあるのだ。

(帰る時には連絡を入れなさい。……迎えに来るから)

駅で別れる寸前まで、想はずっと梶山の上着の袖を握っていた。何度も振り返った背中が電車に乗り込むまでを、梶山も最後まで見送った。

やり直す機会が巡ってきたのなら──家族がそれを望んでいるのなら、その機会は逃してはいけない。

いったん逃したタイミングは、二度と巡ってはこないかもしれないのだから。

□

翌日の昼休みに確認した携帯電話には、着信もなくメールも届いていなかった。

折り畳んだそれを白衣のポケットに押し込んで、梶山はよく晴れた窓の外に目を向けた。

予定ではすでに挙式は終わり、披露宴に移っているはずだ。朝からバタついていれば電話やメールどころではないだろうし、あるいはそこまで精神的な余裕がないのかもしれない。

いずれにしても、この場合は便りがないのがいい便りだと解釈すべきだろう。

昨日のうちに想が帰ってくる可能性も危惧していただけに、奇妙に複雑な心地になった。

（ご家族はねえ、ずっと想のことを気にかけているんですよ）

昨日聞いた、守屋の話を思い出す。

（家を飛び出したと言っても学校には通ってるわけだし、それと並行して住み込みで働くとなると、ご両親の承諾が必要になる。その件もあって笹沢が間に入ったらしいんですが、想の方が家族との接触を受けつけなかった。自分で自分に罰を与えてたんじゃないか。っていうのが、笹沢の推測なんです）

梶山が眉をひそめたのに気づいたのだろう。守屋は苦笑まじりに続けた。

（あれだけのことをやった自分がのうのうと家族と一緒にいて許されるはずがない、という

感じですかね。実際、当時は放っておくと何をするかわからない状態だったようですよ）

（……どうしてそれを、私に？　笹沢さんとやらの差し金ですか）

低く問うた梶山を人懐こい笑顔で見返して、想の上司はあっさりと否定した。

（笹沢に頼まれたのは、想の恋人に礼を言うところまでです。あとは俺の独断で、あなたには事情を知っておいてもらおうかと。余計なことだったら忘れてください）

言ったかと思うと、守屋はあっさりと席を立った。最後の言葉は「じゃあまた来月、店でお会いしましょう」というもので、梶山は狐に抓《つま》まれた気分になった……。

「……――」

改めて思い返して、梶山は小さく息を吐く。

（大事な、家族だったんだろう？　きみがそう思うなら、きみのご家族もきみの幸福を願っているはずだ）

かつて想から「過去」を聞いた時、梶山はそう言った。けれど、本音を言えばその時点で想の家族に対して疑問を感じていたのも事実だ。

本気で想を気にかけているのなら、ずっと音信不通でいられるはずがない。何年もの間アクションがないのだとしたら、実際に想を見放している可能性もある、と。

その全部を、昨日の守屋の言葉で払拭された形だった。

想を見ていれば、わかることだ。年齢より幼く見えるくせ、梶山よりもずっと思いやり深く、相手の立場を考えることができる。相手の気持ちまで配慮した上で、当たり前のように行動する。

親は子の鏡といい、子は親の鏡という。想のあの資質は家族から受け継いだものなのだろうし、――それならきっと、仲のいい家族だったのだろう。

よかったと、心の底から思う。想が抱える後悔が少しでも軽くなるなら、それ以上のことはない。そう願いながら、今さらに自分勝手な懸念を覚えている。

想が家族の許に戻りたいと望んだ時に、自分は快く応じることができるのか、と。

窓からさす光の眩しさに、梶山は眼鏡を外した。わずかに曇ったレンズを拭きながら、半年前の――想に出会う前の自分を思い出す。

一生、ひとりで生きていく。それが自分の責任であり過去への償いだろうと、覚悟を決めていた。そうして「ひとり」でいることが日常になった去年に梶山は想と出会い、いつのまにか傍らに想の笑顔があることが当たり前になっていた。

――生まれて初めて、欲しいと思った相手だ。だからこそ、五年前と同じことを繰り返すつもりはない。想が望むならいつでも自由にすると、何度も念を押した。

その気持ちに、嘘はない。けれど、あの時とは確実に違うことがひとつだけある。

想を失った自分はきっと、以前と同じ「面白味のない、機械のような」人間には戻れない。ただの、抜け殻になるだけだ。外側の形があるだけの、ハリボテとして――そのあとは今度こそ、ひとりで生きていく。

想と出会って別れるまでの時間だけを、想いながら。

□

珍しいことに、その日の仕事は定時上がりとなった。

空腹なのに、呆れるほど食欲を感じなかった。自宅の冷蔵庫には想の作りおきの料理があるが、温めて食べる行為には過剰に「ひとり」だと思い知らされてしまう。それなら、本でも読みながらファーストフードのハンバーガーでも齧《かじ》っていた方がましだ。

考えながら向かった駐車場で車のロックを解除した時、ふいに横合いから声がした。

「おかえりー。ていうか、お疲れサマです」

思いがけなさに、梶山は言葉を失った。

披露宴のために新調したスーツを着た想が、梶山の車の傍に座り込んでいたのだ。

「どうした？　もう一晩、泊まる予定だったんじゃないのか」

「何か落ち着かなくて、披露宴が終わったあとで帰ってきた。……ゴメンナサイ、センセーはまだ仕事中だったんで、ここで待ち伏せしてマシタ」

上目に見上げて言う様子に苦笑して、梶山は想の肘を摑んで引き起こす。想が椅子代わりにしていたらしいボストンバッグを、後部座席に押し込んだ。

「いいから乗りなさい。夕飯は？　もうすませたのか」

「ん、まだ。ていうか、センセーもまだだよね？　おれ、これからセンセーん家に行っていい？　冷凍ごはんでよければ、ちょっと手ー加えてみるから」

遠慮がちに申し出た想が助手席でシートベルトを嵌めるのを待って、梶山は車を出した。

「披露宴はどうだった？」

車中で聞いてみると、想はネクタイの端を窮屈そうに引っ張りながら言う。

「お嫁さんがきれいだった。同じ職場の人で、八つ年下だってさ。おれより若いんでびっくりした。あとは親類の人に怒られたり説教されたりとか、いろいろ」

「親類の人？」

「うん。おれ、家出人みたいなもんだったじゃん？　だから」

ぼそぼそと続けたところによると、叔父叔母からは家を出た経緯から近況までを問いつめられ、祖父からは拳骨を貰ったのだという。かなり痛かったと顔をしかめる想は、そのくせ肝心の両親や兄の様子には触れようとしない。

「ご両親とお兄さんとは？　何か話《かし》したのか」

意図的な問いに、想は軽く首を傾げた。困ったように笑う。

「何を喋《しゃべ》ってどういう顔するか、お互いに悩んでた感じかなあ……ソレナリに話したけど」

「そうか」と答えた時、フロントガラスの向こうに自宅マンションが見えてきた。駐車場に車を停め、想の手からボストンバッグを奪い取って、梶山は七階の自宅へと向かう。

ふいに想が抱きついてきたのは、靴を脱いで玄関に上がった直後だ。コートの背中から前へとしがみつくように腕を回されて、いきなりのことに面食らった。

「……想？　どうした？」

「うん。センセーだなーと思って。ゴメンナサイ、ちょっとだけくっついてていい？」

背後から回った手が、梶山の腹でぎゅっと握り合わされている。宥《なだ》めるように触れた指先から伝わってくる体温に、梶山の方が安堵《あんど》した。しばらくそうしていたものの、背中越しに擦り寄ってくる気配に物足りなさを覚えて、梶山は想の両手首を掴む。怪訝そうな声に構わず、握り合っていた指を引き剝がした。

「え、あ、嘘！　センセー、何で——」

「どうせなら、こちらからにしてくれないか」

言うなり真正面から抱き込んで、柔らかい髪に顎を埋めた。ほっと息を吐く気配のあと、上着の背中を摑まれる気配に、ようやく想が帰ってきたことを実感する。

たったの二日だ。厳密に言えば、四十八時間にも満たない。

互いの仕事の関係で、三日四日と会えないことも珍しくはない。それなのに——今はひどく、腕の中の体温が懐かしかった。

小さく、梶山を呼ぶ声がする。目を向けるなり頬を指先に撫でられ、かけていた眼鏡を奪われて、首に両腕を回す形でしがみつかれた。

遠慮がちに唇を啄《ついば》んで離れていった吐息を追いかけて、もう一度唇を塞《ふさ》いだ。合間にこぼれる吐息すら惜しくて、背中ごと恋人を壁に押しつける。さらにキスを深くした。

小さな音を立てて唇が離れたあと、鼻先が触れる距離で想が笑ったのがわかった。

「あの、さ。……おれ、ここに引っ越してきてもいい？」

唐突な言葉はあまりにも予想外のもので、梶山は怪訝に腕の中の恋人を見た。

「センセーの邪魔になるようだったら、やめる。けど、もしセンセーがいいって言ってくれたら、今のアパートは解約したい。そんで、……店にも、ちゃんと住所変更を出したい」

生真面目な表情で、想は梶山の腕を握りしめている。一言ずつ、確かめるように続けた。

「家の中のこともちゃんとやるし、もちろん家賃も払う。迷惑かけないようにするし、邪魔になったらすぐ出ていく。必要だったら、セイヤクショでも何でも書く。だから」

「待ちなさい」

まだ続きそうな台詞を、急いで遮った。腕の中の恋人に額をぶつけて、梶山は低く囁《ささや》く。

「許可を取る必要はない。きみに来てほしいと頼んだのは私の方だろう？」

緊張したふうに見上げていた想が、ほっと表情を緩めるのがわかった。梶山の腕を握る指に力を込めて、ぽつりと言う。

「あと、……おれ、センセーに謝らなきゃならないことがあるんだ」

「謝る？」

「ゴメンナサイ。おれ、うちの親に話した。センセーのことも、全部」

絶句した梶山を真っ直ぐに見上げたまま、想は続ける。

「すごく好きな人がいて、その人から一緒に住もうって言ってもらってるって。そんで、

──その人からもうイラナイって言われるまでは絶対に離れない、って」

「……想？」

恋人の名を呼ぶ自分の声が、他人のもののように聞こえた。

数年ぶりに、帰った実家だ。家族関係を再構築するためには、大切な機会だったはずだ。

それなのに──どうしてそんなことを口にしたのか。

「とーさんとかーさんと兄貴と、長いこと話をした。永澤《ながさわ》のことや、……家出したあとのことも全部。その時に今どうしてるのか訊かれて、どうしても嘘は吐きたくなかったから」

必死の様子で顔を上げて、想は言う。

「でも、センセーの名前や住所は言ってないよ。実家に伝える連絡先も、ここじゃなくて『LEN』にしておく。だから」

「……そういうわけにはいかないだろう」

苦笑まじりに言うと、想は怯んだように黙った。緊張を露わにしたその頬を撫でて、梶山

はゆっくりと続けた。

「引っ越しをする前に、ご両親にここの住所と電話番号と、私の名前を伝えておきなさい。必要なら勤務先も知らせて構わないし、私から連絡もしよう」

「そ、——でもセンセー、そんなことしたら」

「相良《さがら》くん流に言えば、この件に関してきみと私は一蓮托生だろう。きみひとりで対処することじゃない。——それで？　私のことを聞いたあと、ご両親は何と？」

意図的にそちらを追及すると、想は少し困ったように笑う。

「困ってた、みたいだった。けど兄貴が、もういいじゃないかって言ってくれて」

「お兄さんが？」

うん、と小さく頷いて、想は言う。

「おれが元気でちゃんと仕事してるんだったら、それでいいって。兄貴さあ、前々から時々、おれの様子とか見にきてたんだってさ。そんで、——前と比べたらおれがベツジンみたいに落ち着いてるから、たぶんそれが一番いいんだろうって」

「…………？」

怪訝に目を向けた梶山に、想は泣き笑いのような笑顔を向けた。

「笹沢さんや店長にも言われたんだけど、おれ、前とは違ってるって。去年まですごく危なっかしかったのに、今はオダヤカで、安心してるように見えるって。そんで、兄貴が——だったらそれは、今おれと一緒にいてくれる人のおかげなんだろうって、言ってくれた」

だから、と想は顔を上げる。

「その通りだから諦めてくれって、ぶちかましてきた。ゴメン、やっぱおれ、センセー専属のストーカーになると思う……」

言いきったかと思うと、俯いて黙り込んでしまった。腕にしがみつく指すら遠慮したように弱くなるのを知って、梶山は恋人を抱く腕に力を込める。大切なものを扱うように、そっと名前を呼んでみた。

「奇遇だな。――ちょうど昼休みに、私も同じようなことを考えていた」

「へ、……?」

「きみにイヤがられても離せなくなりそうで、その時にどうすればいいかを悩んでいる」

「セン、セ……? 何、言っ……そ、んなんあるはず――」

「だったらそれもお互いさまだ」

え、と見上げてきた想の額に額をぶつけて、もう一度呼吸を塞いだ。小さく声を上げた恋人の耳朶を指先で擽《くすぐ》りながら、唇から頬へ、こめかみへとキスを落としていく。

センセー、と想が呼ぶ声がする。腕の中に囲い込んだままでもう一度顔を寄せると、目許を赤くした想がぼそりと言った。

「無理なら無理で、いいけど……できたら、兄貴がセンセーに会ってみたい、って。センセーの都合がよくて、その気になったらでいいから連絡してほしいって、言って――」

「わかった。それならきみの引っ越しが終わってから、ここに来てもらえばいい」

「ここって、だってセンセー」

「反対されたところで、私にはきみを離すつもりはない。きみのお兄さん相手に、身構えたり隠したりする気もない。――大丈夫だ。きみと私と、ふたりでいれば何とかなる」

淡々と答えた梶山に、想はすぐには答えなかった。数秒ののちに小さく頷き、梶山の顎の下に顔を押しつけるようにして、しがみついてくる。小さな声で、「アリガトウゴザイマス」と囁くのが聞こえた。

――「嘘は吐きたくない」と、想は言った。それはつまり、目の前に突きつけられた出来事から逃げるでなく、曖昧にするのでもなく真正面に向き合うということだ。

何もかもが、円満にいくとは限らない。こと肉親が絡めばなおさら、互いに傷だらけになって、それでも終わらない迷路に踏み込むことになるのかもしれない。

けれど、双方が自分の気持ちを忘れずにいられれば、互いを見失うことだけはないはずだ。

この先の人生を、一緒に歩いていくために。

……できることなら最後の瞬間まで、傍にいられるように。

あとがき

おつきあいいただき、ありがとうございます。椎崎夕です。

今回は、「三十二番目の初恋」のスピンオフになります。が、脇で出るだけだったはずの前作の人々が、どういうわけかやたら出張っております。ラストの番外が梶山視点なのはなにゆえなのかと、真面目に己に問いかけている昨今です……（といいますか、二〇〇九年の半分はひたすら梶山を書いていたような気がします）。

ちなみに今回の原稿は「三十二番目」とは雰囲気がまったく別物で、さらに「いつもの感じとも違う」のだそうです。どこがどう「違う」かは読んでくださった方々の判定にお任せするとして、原因は書いていた当時の椎崎がちょっと壊れていたためと思われます。

というわけで、そんな椎崎を全面的にバックアップしてくれたMさんに、心からの感謝を。毎度毎度ありがとうです。おかげで、とても楽しくお仕事できました。

金ひかる様。拝見したカバーイラストの雰囲気がイメージそのもので、とても嬉しかったです。本当にありがとうございました。本の出来上がりが、とても楽しみです。

担当様にも、前回に引き続き沢山お世話になりました。心より感謝申し上げます。

そして末尾になりますが、この本を手に取ってくださった方々に。

ありがとうございました。少しでも楽しんでいただければ幸いです。

椎崎夕

✦初出　仕切り直しの初恋……………書き下ろし
三十二番目のコイビト………書き下ろし
仕切り直しの告白……………書き下ろし
最後の初恋……………………書き下ろし

椎崎夕先生、金ひかる先生へのお便り、本作品に関するご意見、ご感想などは
〒151-0051 東京都渋谷区千駄ヶ谷 4-9-7
幻冬舎コミックス　ルチル文庫「仕切り直しの初恋」係まで。

幻冬舎ルチル文庫

仕切り直しの初恋

2010年1月20日　第1刷発行

✦著者　椎崎　夕　しいざき ゆう

✦発行人　伊藤嘉彦

✦発行元　株式会社 幻冬舎コミックス
〒151-0051 東京都渋谷区千駄ヶ谷 4-9-7
電話 03(5411)6432［編集］

✦発売元　株式会社 幻冬舎
〒151-0051 東京都渋谷区千駄ヶ谷 4-9-7
電話 03(5411)6222［営業］
振替 00120-8-767643

✦印刷・製本所　中央精版印刷株式会社

✦検印廃止

ISBN978-4-344-81846-0　C0193　Printed in Japan